Gray

Herman Landon

Magic

論創海外ミステリ
Ronso Kaigai MYSTERY
154

灰色の魔法

ハーマン・ランドン

中勢津子◎訳

論創社

Gray Magic

1925

by Herman Landon

目次

主要登場人物

アリソン・ウィンダム……………………別名グレイ・ファントム。義賊
ヘレン・ハードウィック…………………グレイ・ファントムの恋人
カリガー…………………………………ニューヨーク市警の警部補
マーカス・ルード………………………グレイ・ファントムの宿敵
トビアス（トビー）・グレンジャー ……脱獄囚アラン・ホイトの召使い
ハンク……………………………………ルードの昔の手下
ブレーズ…………………………………ルードの現在の手下
ジミー・マーラー………………………金庫破りの名人
カルノキ…………………………………科学者。マーカス・ルードの友人
ウィックス………………………………カリガーの上司。ニューヨーク市警の第三副長官兼刑事局局長
ウィル・トレント………………………生命保険外務員協会の調査部長

灰色の魔法

第一章　囚人服

稲妻の閃光がジグザグの炎の筋を空一面になぐり書きする、嵐の吹き荒れる闇夜のことだ。ひどく曲がりくねった道が、果てしない山並みを縫うように続いている。時折現れる、目まいのしそうなカーブに震え上がるような下り坂。強風に叩きつけられた土砂降りの雨が、ヘッドライトのまぶしい光の中で、霧のような飛沫《しぶき》を上げている。雷鳴が割れんばかりの歓声となって天空に轟いている。やがて、切り立った崖の縁で、ハイウェイが急カーブを描いた時、突然、頭の中がハッと真っ白になった。ハンドルがあらがいようのない力で捻じれたのだ。女性の甲高い悲鳴が上がり、ゾッとするような宙ぶらりん状態になったかと思うと、世界の端から転げ落ちるような感覚がし、凄まじい衝撃が走り、そして火の手が上がった――

アリソン・ウィンダムが思い出せるのはこれだけだった。その恐ろしい夜の記憶は、あちこちが空白となって欠け落ち、断片をつないでどうにかひと続きの物語に組み立てようとするものの、断念せざるを得なかった。事故の全容を思い描こうするたびに、思考はとりとめもなくさまよい、どことなく快い心身のけだるさに呑み込まれてしまうのだ。ついに諦めると、ウィンダムはただこう自分に問いかけた。骨は何本折れているんだろう？　この明るく快適な部屋で、俺はいったいどのくらい寝ていたんだ？　どうやら時間の感覚がすっかり狂ってしまったらしい。ひと晩か、一週間か、ひょっとしてひと月――？

ウィンダムは自問するのをやめた。あの大冒険からどれだけ時間が経ったのか、まるで見当がつかなかったからだ。今覚えている限りでは、奈落の底へと落下していく息詰まるような場面で、冒険の記憶はぷっつりと途切れていた。だが、奇妙な点は、みなそのうちにきっとわかるようになるだろう。おそらく医者か看護師が、記憶の欠けた部分を補ってくれるに違いない。今はともかく、横になって休んでいられるだけで満足だ。煩わしい心配ごとからすっかり解放されているというのは、実に気分がいいものだ。こんな贅沢は、ふんわりと優しく守るようなまどろみに、身も心もすっぽりと包まれている時にしか味わえるものではない。

次第に意識がはっきりしてくると、ウィンダムは体を横向きにした。驚いたことに、体を動かすのは多少難儀ではあったものの、痛みはまったく感じなかった。周囲の光景が半覚醒の脳を通して、淡い色合いと輪郭を持ってゆっくりと意識の中に入り込んでくる。部屋には陽光が満ちあふれ、かぐわしい風がそよいでいる。一対のオレンジ色のカーテンが、楽しげに風にはためいている。大きな黒猫が部屋の真ん中に敷かれたじゅうたんの上で、いとも気持ちよさげに日なたぼっこをしている。空気にはホウセンカの強い芳香が入り交じり、外からは鳥の明るいさえずりが聞こえてくる。

アリソン・ウィンダムはわずかに目を開けると、病院での生活もそう悪いことばかりではないのだな、とぼんやりと思った。今までこうした施設の中を覗いたことがなかったから、てっきり薬や麻酔剤の匂いが充満した陰気くさい場所だとばかり思い込んでいたが、まさかこんな場所だったとは。しかも鳥の楽しげなさえずりまで聞こえてくるなんて。それに猫とオレンジ色のカーテン？　おかげで部屋がより親しみやすくなってはいるが、この手の施設の雰囲気にはどうもそぐわない気がするぞ。

もしかすると、俺は自分の居場所を少々慌てて決めつけ過ぎたのかもしれない。ここは病院なんかじゃなくて、本当は――だが、心に湧き上がった疑念をウィンダムは振り払った。真っ暗闇に勢いよく飛び込んだあとで人が意識を回復する場所なんて、病院以外どこにある？　きっとまだ頭が朦朧《もうろう》としているんだろう。猫もオレンジ色のカーテンも鳥も、おそらく錯乱した脳が作り出した幻覚に違いない。看護師が脈を取りにきたり、医者が食事の変更を指示しにきたりすれば、こんな幻覚はたちまち消えてなくなるはずだ。今だってほら、足音が近づいてくるのが聞こえてきたぞ。

ウィンダムはじっと耳を澄ました。足音は男のものだった。ということは、診察に来る医者の足音なのだろう。だがどうやらこの医者は珍しいタイプの医者らしい。大抵の医者は職業柄、きびきびと快活に歩くものだが、この医者は違う。むしろ静かに品よく振る舞おうと、細心の注意を払っているかのようだ。ドアが開く音がし、日の当たる床に影が伸びるのが目に入ると、まもなく長身痩軀の人物がベッドに近づいてきた。

「ご気分はよくなりましたか」部屋に入ってきた男が尋ねた。

「ええとても」ウィンダムが答えた。「あとどれくらいで退院できますか」

「退院？」

ウィンダムが頷いた。「ええ、先生《ドクター》、やらなければならない大事な仕事がありましてね。とにかくできるだけ早くこの病院を出たいんですよ」

やや間があってから返ってきた返事は、驚くべきものだった。「誤解なさっていますね。私は医者じゃありませんし、ここは病院ではありません。それにまだ当分の間は、ここをお離れにならないほうがよろしいでしょう」

しばらくの間、ウィンダムはじっと横向きに寝そべったまま、三重の意味で驚くべきこの返事について、じっくりと考えた。頭の中で三つの言葉がこだまのように響いていたが、何のことやらさっぱりわけがわからなかった。この男は医者ではない。ここは病院ではない。そして俺自身、いつまでかはわからないが、ここを出ていかないほうがいいという。放心したように顔を上げると、ウィンダムはともするとボーッとなる頭をしっかりと働かせるために、これまで気に留めていなかった部屋の細部をじっくりと観察することにした。部屋はいたって質素で、飾り気はなかったがすがすがしかった。高い天井は松の梁で支えられ、壁には間柱が並んでいる。部屋の反対側には、大きな石造りの暖炉があり、薪架《まきうま》（炉の薪を載せる台）の上では、白樺の薪の山がきらめいている。どうやら夏の間は炉床が使われないため、その殺風景さをやわらげるために置かれているらしい。大きなぶ厚い石板の炉棚の上のほうでは、ベイツガの枝に部分的に覆われた、光沢ある一対の鹿の角が、日射しを受けて輝いている。ウィンダムはゆっくりと頷いた。自分の勘違いに気づき始めていた。でもどうして――？

疑問は宙に浮いたまま、ウィンダムは初めて相手の顔全体にチラリと目をやった。それは五十歳くらいの男の顔だった。面長で、顔色は青ざめていると言ってもよいほどで、顔をしかめる癖で目立たなくなっているようだが、鼻と唇が大きく反り返っている。淡い碧眼はどこか冷たく、人間味を与えるには、温かな微笑みをたたえさせる必要がありそうだ。頭はほとんど禿げ上がり、両側頭部から飛び出しているごま塩のもじゃもじゃの毛が、滑稽なほど人相を悪く見せている。

ウィンダムは黙って相手を観察しながら、考えをはっきりさせようとした。興味深い顔だ。しわや顔の角度によっては、密かな悪意のようなものがうかがえる。だが、表情でもっとも目につくのはそのうやうやしさだ。ちょうど、よく訓練された執事を思い起こさせるような。

「医者でないなら」ウィンダムが問いただした。「お前は何者なんだ」

「旦那さまの召使いでございます」

「でも俺には召使いなんていないぞ」

「よろしいのでございますよ」男はわかっておりますとも、とでも言いたげな同情的な素振りで、安心させるように言った。「もう少しお元気になられたら、すぐに私のことは思い出しますよ。私はトビアス——トビアス・グレンジャーです。旦那さまはいつも私のことをトビーと呼んでいらっしゃいました。どうです、これで思い出されたのでは？」

ウィンダムは何一つ思い出さなかったが、胸中模索していたことについては、まだ確信し切れなかったので、とりあえず意見を口にするのは差し控えることにした。ウィンダムはベッドに身をかがめている痩せた男の顔を、チラッと探るように見た。

「座ってくれ、トビー。訊きたいことがある」

召使いは、言われるがままに椅子を引き寄せると、腰を下ろした。

「俺はここに来てどれくらいになる？」

「明日で三週間になります」

ウィンダムは心の中でうなった。ぼんやりと思い出していた。多くの緊急の問題が——それがいったい何だったのか、今は思い出せないが——忘却の淵に飛び込んだあの夜に、危機に瀕していたことを。それにしても、こんなにも多くのことが、三週間のうちに起こるとは！

「私なら心配なんていたしませんね」病人の顔色を見て、自分なりの結論を下したトビーは、なだめるように言った。「ここならやつらに見つかりっこありませんから」

「え？　誰に見つかりっこないって？」

「旦那さまはご存知のはずです。それに、ここなら安全です。でも私なら、まだあれこれ思い煩うような真似はいたしませんね、もし私が旦那さまの立場でしたらね。さあ、横になって安静になさってください。何か食べ物をお持ちしましょう」

「待ってくれ」部屋を出ていこうとする召使いを、ウィンダムは呼び止めた。「空腹よりも、知りたい気持ちが満たされないほうがこたえる。俺はどこにいるんだ？」

「フライ島でございます」

「フライ島？」ウィンダムは弱々しく訊き返した。その地名は、彼にとって何の意味も持たなかったが、島にいると聞いていくぶんギョッとした。絡まり合った糸を鈍った頭で何とか解きほぐしにかかる。あの大事故の前で最後に覚えていることと言えば、そうだ、俺は夜どおし車を猛スピードで走らせていたんだ。そうこうするうちに、ハンドルに何かが起こった。そう、それは確かだ。そしてそのあと――だが今は残りを思い出そうとするのはよしておこう。

「妙だな」ウィンダムがつぶやく。「ここが島だというのは確かなのか、トビー？」

「もちろんでございますとも」

ウィンダムはまたもや考え込むと、首を横に振った。「何かが間違っている。あれは水陸両用車じゃなかったんだから」

「あれは――何ですって？」

「つまり」ウィンダムは探るように言った。「車が崖から転落したのに、島に着地するなんておかしいと言ってるんだよ」

トビー・グレンジャーは一瞬ぽかんと口を開けたが、すぐにひどく心配そうな目つきになって、ウィンダムの顔をまじまじと見た。「それは確かに妙ですね」トビーは同意したが、それは子供をあやすような口ぶりだった。「でも車というのはわかりませんよ、時々妙な動きをするものですからね」

ウィンダムは仰向けになると、ぼんやりと考えをさまよわせた。トビーの面長の青白い顔がいたずらっぽく笑うのが、チラッと目の端に見えたような気がしたが、この男の意見などどうでもよかった。知りたいのは事実――ボーッとする頭の中で、ぐるぐると渦を巻く謎を解き明かすのに必要な事実だった。突然、ウィンダムはガバッと身を起こすと、上体を肘で支えながらトビーの腕を鷲づかみにし、相手の顔を食い入るように見つめた。

「あの女性《ひと》は、トビー！　彼女はどうなった？」

「あの女性？」

「俺と一緒に車に乗っていた女性だ。彼女が悲鳴を上げて――その直後に事故が起きたんだ。彼女はどうなった、トビー？　彼女は――亡くなったのか？」

トビーは困惑したようにウィンダムの顔を見つめたが、すぐに気を取り直した。「いいえ。あのご婦人ならまったく心配ありません。ちょっとしたかすり傷とあざにはなりましたが――それだけです。さあ、もうこれ以上お考えになってはいけません。安静になさってください、そうすれば――」

最後まで言い終わらぬうちに、トビーはせかせかと部屋から出ていき、ウィンダムは疑いと安堵の入り交じった面持ちで、その後ろ姿を目で追った。まもなく男は、泡立つ大きなコップを手にして戻ってくると、それを病人の唇にあてがった。彼女のこと、お前の言葉をすっかり信じたわけじゃないからな、と言いたげな目つきでトビーの顔を見ながら、ウィンダムは一心にそれを飲み下した。液体は冷たく、飲むと気分が落ち着いてきて、少なくともこの瞬間だけは、トビー・グレンジャーも良心的な人物のように思えた。ありがたいことに、精神的緊張がほぐれたのを感じると、ウィンダムはふたたび頭を枕に落とした。

「かすり傷だけだったと言ったな、トビー?」

「それだけです。心配はご無用。何もかも大丈夫ですよ」

その言葉は、どこか遠くから聞こえてくるようで、病人の耳に祝福のごとく優しく降り注いだ。もう一つ、絶えずぼんやりと心につきまとっている謎があったが、それはどうしても言葉にならなかった。防音用の衝立《ついたて》を通して、部屋を出て行くトビーの、軽く密やかで注意深い足音が聞こえてきた。漂う靄《もや》にぴったりの足音だ。靄は、部屋に射し込む日光を霞ませ、病人の狭まりゆく視界にあるものを、一つずつぼんやりとぼやけさせていくようだった。最後に、じゅうたんの上で日なたぼっこをしていた、滑らかな黒毛の黄色い目をした猫を、すっぽりと覆い隠した。

ウィンダムは眠りに落ちた。

輝く日射しが優美なひだを後ろにたなびかせる、昼が訪れた。徐々に伸びる影が、時の経過を告げている。涼しげな青々としたジャングルからは、鳥や虫たちが声を揃えて一心に鳴く声が聞こえてくる。

音もなくドアが開き、トビー・グレンジャーがそっと忍び足で部屋に入ってきた。ベッドを見下ろすように立つと、眠っている男の上に痩せた体をかがめ、忍び寄る夕暮れの淡い光におぼろげに霞む病人の顔を、じっと覗き込んだ。顎の尖った面長の青白い顔には、暗く陰鬱な邪悪さが表れている。それは、日中の明るい日射しの中で、彼が巧みに隠していたものだった。くすんだ碧眼はまばたき一つせず、両側頭部にある二房のごま塩の髪の毛は、窓から吹き込むひんやりとした風に揺れている。

「よく眠っているな。ともかく、あと一時間はぐっすりと眠っていることだろう。もし急げば――」

トビーは部屋を出ると、後ろ手にそっとドアを閉めた。まもなく、小枝がピシパシと折れる音、下草がカサカサいう音が聞こえてきたが、それはめったに人が通らない道を使って、誰かが家から遠ざかっていったことを表していた。

風が弱まり、無数の鳴き声が奏でる森のセレナーデと混じり合いながら、眠気を誘うささやき声のメドレーとなって、次第に消えていった。レース編みのごとく重なり合う、樺の木の葉とモミの枝の隙間から、半月が銀色の光をまき散らしている。遠くから、水鳥アビの不気味な鳴き声が聞こえてくる。

病人は、音も立てずにぐっすりと眠っていたが、その眠りは次第に断続的となった。不安をかきたてるような夢に苛まされていたのだ。急に体をピクッと動かしては、切れ切れに言葉をつぶやく。と突然、病人はベッドの上がけをはねのけた。ガバッと上体を起こして座ると、銀色の光線がかすかに射す暗闇を、当惑したようにじっと見つめた。初めは名前が出てこなかったが、まもなく思い出した。

「トビー！」大声で呼びかける。

返事はなかった。窓の外の薄暗いジャングルに響き渡る、無数の鳴き声のほかは、どんな音も聞こえなかった。何度も繰り返し叫ぶと、その語気の荒い大声は、しんと静まり返った家にこだました。

病人はついに片方の足を床に下ろすと、ベッドの端に腰かけた。長く休んだおかげで、以前よりも意識がはっきりし、体もしっかりしたように感じられたが、ぼんやりとした夢の余韻のせいで、漠然とした疲労感があった。体を前に傾けて、おぼつかない足取りでよろよろと歩き始める。それは、長いこと体を動かさずにいた者の歩き方だった。この先どうしようという計画も案もあるわけではなかったが、ただ夢の中でおぼろげに見た、あの複雑怪奇な出来事を、何としても解明しなければ、といてもたってもいられない気持ちだった。

ウィンダムは、部屋の反対側の壁際にある粗末な松材のテーブルに向かって、手探りしながら歩きだした。そこにランプがあったのを覚えていたのだ。肌を刺すような夜気を思いきり胸に吸い込むと、少しずつ頭がはっきりしてきた。今では体も前よりも思いどおりに動かせるようになっており、頭の中を覆っていた靄の残りも徐々に消えつつあったが、体力の尽きぬうちに素早く行動しなければ、と焦っていた。まもなくランプが見つかり、少しまさぐると、今度は炉棚の上にマッチが見つかった。オイルランプのくすんだ光の中で、ウィンダムは周囲をさっと見回した。

服だ！　そう、今すぐ必要なのは服だ。意識を失っている間に、くすんだ茶色い綿の寝巻に着せ替えられていたが、ここにたどり着いた時に着ていた服が、その辺にあるはずなのだ。それに、ポケットの一つには、こんな時にこそ役立ちそうな道具、オートマチックも入っていた。それから、書類も携帯していた。どちらかというと、個人的に重要な意味を持つ様々な書類だ。ウィンダムは、色鮮やかな松の板で覆われた壁をくまなく見渡しながら、ふと思った。あれをみな、トビーに見られてしまったんだろうか。だとしたら厄介だぞ――

ウィンダムの口元から嬉しそうなつぶやきが漏れた。探していた服が、部屋の隅のかけ釘に吊るされているのを見つけたのだ。さっそく服を下ろし、ランプの灯りに照らしてみる。だが粗末な馴染みのない生地に指が触れた途端、ウィンダムは思わず驚きの声を漏らした。その粗末な服は、わびしい灰色の塀に囲まれた刑務所での暮らしを、紛れもなく示唆するものだった。あまりにじっと服に見入っていたため、ドアが開いて、トビーが驚きとおかしさがない交ぜになったような顔で、こちらを見ていることに気づかなかった。

「おや、起きてらしたのですね、旦那さま」召使いは穏やかに声をかけると、ウィンダムの注意を奪っている服に目をやった。「私が旦那さまなら、そんなものは着ませんね。ともかく差し当たっては。寝巻のほうが、囚人服よりもずっと着心地がいいですからね」

「どこで――どうしてこれがここにあるんだ」ウィンダムは覇気のない声で尋ねた。

「おやまあ、旦那さま」質問に当惑したように目を丸くすると、召使いはもっともらしく答えた。「ここに到着なさった時に、旦那さまがお召しになっていたものですよ。まさかお忘れになったのですか?」

第二章　トビーの説明

　ウィンダムは放心したように、むさ苦しい服を指でもて遊んだ。トビーの言葉にどう返答すればよいのか、考えが浮かぶまでに途方もなく長い時間がかかるように思われた。今のところ理解できているのは、目先の些末なことがらだけだった。粗悪なデニムの服に縞模様がないのを、少し変に思ったが、すぐに思い出した。昔ながらの伝統的な囚人服は、坊主頭や時代遅れの地下牢とともに、ほとんどの刑務所で廃止されていたのだ。愚かな出来事は今もたびたび起こるとはいえ、世界はやはり進歩し続けているらしい。この囚人服もまた、そうした進歩の一つのようだ。

「ということはトビー」切り出したウィンダムの声には、不合理極まりない出来事から懸命に論理的な答えを導き出そうとしているかのような響きがあった。「俺はこれを――こいつをここへ来た時に着ていたというのか？」

「もちろんですとも」トビーはあっさりと断言した。「旦那さまはこの服を着たまま脱走し、着替える暇がなかったのです」

「脱走ってどこから？」

「トマストン州立刑務所です」

「聞いたことのない場所だな。まあだからと言って、その刑務所が存在しないとは言えまいが。で、俺はトマストンで何をしていたんだ?」

「刑に服していらっしゃいました」トビーが厳かに答えた。「強盗の罪で。判事は十年の懲役刑を言い渡しました。でも服役なさったのは二年だけ。塀の外にいるご友人たちが集まって、旦那さまの脱獄を計画したのです。手筈を整えて——でも、すぐにみな思い出しますよ。ここは安全な場所です。それだけでじゅうぶんでしょう?」

「まあ——そうなんだろうな、トビー。ところで俺はどこにいるんだっけ? 今朝教えてもらったと思うんだが、ど忘れしてしまってね」

「メイン州のセベーゴ湖に浮かぶフライ島です。かなり大きな島です——千エーカーほどの広さで、全域が森林地帯です。所有者はポートランドに住んでいます。私たちがここにいることを知ったら、たちまち追い出しにかかるでしょうね。不法侵入者を毛嫌いしていますから。でも私たちは安全です。というのも、その男がこの辺りに来ることはめったにありませんので。ついでに申せば、ここへはめったに人は来ません——少なくとも一年のうちのこの時期には。今はまだ六月なので、七月中旬まではここにいても大丈夫です。その頃になると、本土のキャンプ場が、夏の休暇を楽しむ人たちであふれ返り始めるんです」

ウィンダムは部屋の隅のかけ釘に囚人服を戻すと、ぐったりと座りこんだ。「こういうことかね、トビー。つまり俺は、トマストンという刑務所で服役中に、仲間の援助を受けて逃亡した脱獄囚で、お前と俺は今フライ島という場所に不法侵入者として滞在していて、あと数週間はここにいても安全だと、そういうことなのか?」

「そのとおりでございます。もう少しお体が回復したら、残りもみな思い出すでしょう。今はお考えにならないことです」

「でも、考えずになどいられるものか。物事がはっきり理解できるようになるまで、休んでなんかいられないよ。ところでトビー、お前はこの計画にどう関わっているんだね？」

「ええ、それが三週間前に、ご友人たちが旦那さまをここへ残していかれた時、私はお世話係として来るように頼まれたのです。旦那さまが投獄される前の数年間、私が忠実な召使いとして旦那さまにお仕えしていたことを、ご友人たちは覚えていらして、私なら信用できるだろうとお考えになったのです。旦那さまはひどい怪我を負っていらしたので、看病する者が必要でした。それで私を呼び寄せたのです」

ウィンダムは顔を上げた。頬のこけたトビーの顔には、実直ともおこがましいともつかぬような、忍耐強い献身的愛情が表れていた。背筋をピンと伸ばして立つトビーの振る舞いは、よく訓練された召使いのように、遠慮深く礼儀正しかった。その誠実な眼差しは、思いやりにあふれているといってもいいほどだった。

「忘れるなんておかしいな」ウィンダムがつぶやいた。「お前が俺の召使いだったことがあったただなんて、ちっとも思い出せない。だがどうやら、俺はかなり多くのことを忘れているらしい。不平をこぼすべきではないのだろう。脱獄囚のくせに、目が覚めたら、忠実で献身的な召使いがかいがいしく世話をしてくれていて、自分のことを『旦那さま』と呼んでくれるなんて、そうあることじゃないからな。俺はついているんだろう」

「旦那さまはいつも私によくしてくださいました」トビーが穏やかに言った。「そのことを忘れてはおりません。これはご恩に報いる願ってもない機会なのです」

「いいことを言ってくれるね、トビー。お前は、俺が過去に罪を犯したことを気にしていないようだな」

「まさか！」

「ふむ。召使いを雇えるほど裕福だったということは、俺はいわゆる義賊の一人だったに違いない」

「そんなところでございます。さあ、旦那さま、何か食べ物をお持ちしましょう。お腹がペコペコでしょうから」

「待ってくれ、トビー」精神を集中させているウィンダムの眉根が寄っている。口元にはかすかに笑みらしきものが浮かんでいる。「お前はすべてをつまびらかにしてくれたが、一つ二つわからない点がある。車の事故は、今の話のどこに当てはまるんだね？」

トビーは控えめに微笑んだ。「車の事故はございませんでした」

「事故がなかった？　それは確かなのか、トビー？　じゃあ、事故の直前に叫び声を上げた、あの女性はどうなるんだ？」

「その女性もいなかったのです」

「でも今朝、お前は俺に言ったぞ――」

「ええそうです」トビーが口を挟んだ。「旦那さまは、どなたか女性のことを心配なさっていたようで、その方が大怪我をしたのではないかとお尋ねになりました。まだ衰弱している旦那さまと言い争いたくはなかったので、手っ取り早く旦那さまのお気持ちを静めるために、その女性は無事だとお伝えしたのです。一緒にいた女性はおりませんし、事故も起きていません。旦那さまはひどいご状態でした。病人というのは、時々奇妙な幻覚を見るものなのです」

「まったく、こんなおかしなことは初めてだ」額を手で大きくぬぐいながら、ウィンダムがつぶやいた。それから寝巻を手でまさぐりだしたが、目当てのものはそこにはなさそうだった。

「煙草でございますか?」いくぶん色あせた燕尾服のポケットから、トビーは煙草を一箱取り出すとウィンダムに差し出した。「長いこと吸ってらっしゃいませんでしたからね」

「すまんな、トビー」ウィンダムは甘い悪習と旧交を温めるかのように、さもうまそうに一服した。

「俺のいつもの銘柄だ。ねえ、トビー」ウィンダムの目が、召使いの落ち着き払った淡い碧眼を射抜く。「お前が今話した嘘八百を、この俺が信じるなどと本気で思っているのか? それとも何か、たちの悪いいたずらにでも興じているつもりか?」

「旦那さま?」トビーはひどく悲しげな顔つきになった。

「悲しませてすまんな。だがあんな奇想天外な与太話を聞かされた以上、こっちもざっくばらんに言わせてもらわんとな。確かに、俺の頭はまだかなり混乱している。だがいくつかの事実については、はっきりとわかっているんだ。俺は今朝までお前に会ったことはないよ、トビー。お前が俺の召使いだったことはない。今お前にあてがわれているこの役割以外ではね。それから、俺はこれまでの人生で、刑務所に入ったことは一度もない。入るに値するだけのことはしてきたかもしれんがね。言うまでもなく、入ったことのない場所からは逃げだせない。ということはだな、トビー――」

「ひどい誤解です、旦那さま」トビーが抗議した。声は詰まり、今にも泣きださんばかりだ。

「待て、トビー」そう命じるウィンダムの声は、今や毅然とした力強さを取り戻していた。それは、敬意を持って耳を傾けられることに慣れた者の声だった。「お前の話には嘘だとはっきりわかる点がいくつかある。ただ、まるでわからない点もある。例えば、あの囚人服はどこから来たのか。なぜそれが俺のものだと、お前は俺に信じ込ませようとするのか。なぜ俺はここにいるのか。どこから来て、どうやってここへたどり着いたのか。なぜお前から至れり尽くせりの世話を受けているのか。でも、ちゃんとわかっていることもいくつかあるんだよ、トビー。一つはあの晩——ええとあれは、五月十九日だ——俺はあるお嬢さんを助手席に乗せて車を走らせていた。しばらくステアリング・ナックルの調子が悪かったのを覚えている。だがひどく急いでいたので、止まって修理する暇がなかったんだ。事故は午前一時頃に起こった。グリーン山脈のどこかの急カーブで、町からそう遠くない場所だ。町の名は——何だったっけ？　思い出したぞ——ブリストルだ。そうだ！　やっと思い出したぞ。急にコントロールが効かなくなって、お嬢さんが叫び声を上げると、車はすごい勢いで転げ落ちていった。そして——それから爆発したんだと思う」

ウィンダムはビクッと身震いした。話が終盤に差しかかると、どことなく曖昧な、躊躇するかのような響きが声に交じった。長患いでやつれた顔は、次第に青ざめ、ふたたび恐怖の色が目に浮かび上がった。話している間じゅう、あたかも身の毛のよだつような惨状が、想像の中で克明に再現されているかのように、目はじっと虚空を見つめていた。精神的緊張で体に無理のかかったウィンダムは、またもや弱々しく椅子の背にもたれかかった。

「アルコールが必要ですね」トビーはそう言うと、一パイントの大きさの瓶を燕尾服のポケットから引っ張り出した。ついさっき、煙草の箱が出てきたのと同じポケットだ。

ウィンダムが液体をわずかに飲み下すと、またたく間に神経に刺激が走った。トビーは気遣うように主人の顔を見てから、瓶をポケットに戻した。

「それは確かなのですか」主人が軽い目まいから回復したのを確認してから、トビーが尋ねた。「五月十九日の夜にその事故が起こったというのは」

「そうだ、はっきりと思い出したぞ。あれは十九日——というか正確には二十日だな、事故が起こったのは午前一時頃だったから——深夜十二時頃、ガソリンを入れるために止まって、その一時間後に事故が起こったんだ」

「で、その場所はブリストルの近辺だったとおっしゃるんですね？」

「ブリストルから十二キロから十六キロ以内の場所だ」

「どんな車を運転なさっていたんですか？」

「八気筒エンジンのマーキュリー（米国製の乗用車）だ。なぜそんなことを訊くんだね、トビー？」

「実に奇妙ですよ」この時、珍しくトビーの淡い碧眼が興奮に生き生きと輝いた。「こんな奇妙な幻覚は初めて聞きました！　だって、八気筒エンジンのマーキュリーが、二十日の未明にブリストルから十三キロ離れた崖から転落したんですから」

「当たり前だろう」ウィンダムはぐったりとして言った。「今俺が話してやったとおりじゃないか」

トビーは細長い頭を横に振った。「でもそれは旦那さまの車ではなかったのです。車に女性が乗っていた形跡はありませんでしたし、運転していた男性は亡くなったのです」

「死んだだって！　馬鹿な！　俺はここにこうして座って、ピンピンしてるじゃないか」

「ええ、でも旦那さまは勘違いなさっています。車は——残骸のことですが——翌日、谷底で発見されました。大部分は捻じれて破損し、残りは焼けていました。どうやら谷底に激突した衝撃で、キャブレターから出火したもようです。運転していた男性は、破損した車の下敷きになっていたに違いありません。恐ろしいことです！　翌日車が発見された時、遺体で残っていたのは、粉々になった数個の黒焦げの骨だけでした」

「馬鹿言うな、トビー！　俺の骨は、さっきベッドから起きた時に見せたように、折れてもいなければ焼け焦げてもいないんだぞ」

召使いは絶望したようにため息をついた。「旦那さまを説得するのは、まったく至難のわざですね。五月十九日の夜、旦那さまはブリストルの近くにはいらっしゃらなかったのです。それに大破した車の運転手の身元も確認されています」

「じゃあ誰かがあっぱれな仕事をしたんだな。焼け焦げて粉々になった骨から、身元を割り出そうってんだから」

「ナンバープレートは焼けてはいませんでした。ナンバープレートは身元確認方法の一つです。それに、腕時計、指輪、たくさんの鍵、銀の柄に持ち主の名前が彫られたジャックナイフもありました。ほかにも色々あったのです。身元については間違いありません」

「そのナイフなら覚えているとも。どこにあるんだね、トビー？　あれは無くしたくないんだ」

トビーはこのいささかくだらない発言に眉をひそめた。「ですから今申し上げたように、身元については絶対に間違いないんです。死んだ男の名は、アリソン・ウィンダムです」

ウィンダムは一瞬目を大きく見開くと、途端に笑いだした。「何を言いだすんだね、トビー！　こうしてお前の目の前で、俺は生身の体で座っているというのに、五月十九日に死んだはずがないじゃないか。こうなるともう、お前が骨身を惜しまぬ嘘つきか、あるいは誰かがいくつかの単純な事実を取り違えて、恐ろしく誤った結論を導き出したかの、どちらかということになるな」

「旦那さまがその死んだ男性だなんて、誰も言ってやしませんよ」トビーが冷ややかに指摘した。自分の誠実さに疑いをかけられて、どうやら腹を立てているらしい。「死んだ男の名は、アリソン・ウィンダムなんです」

ウィンダムはぽかんとして相手を見つめた。「そうか、それじゃあお次は何かい、俺がアリソン・ウィンダムじゃないとでも言いだすつもりかい」

「そりゃそうですよ」トビーは躍起になって答えた。話が互いに食い違ってばかりいるので、かなり苛立っているようだ。「旦那さまの名は、アラン・ホイト。トマストン州立刑務所での囚人番号は、10,987番。アリソン・ウィンダムは死んだんです。新聞記事の切り抜きをとってあります。私の言うことが信じられないなら、これをお読みください」

燕尾服の裾のたっぷりしたポケットから、トビーは擦り切れてくしゃくしゃになった新聞記事の切り抜きを取り出した。それから、何か食べ物でも口にすれば記憶もはっきりしてくるでしょうと言うと、憤然としながらスタスタと部屋を出ていった。

第三章　深まる謎

トビーが引き下がるや否や、ウィンダムは椅子を灯りの近くに引き寄せると、新聞の切り抜きを見た。見出しをチラッと見た瞬間、ゾクッと震えが走った。頭では存在しないとわかっているはずの恐ろしい亡霊を見つめるかのように、驚愕の色を目に浮かべながら、太字で書かれた見出しをまじまじと見つめた。それはとうてい信じがたかった。見出しは単刀直入で、正気を嘲り理性を愚弄するかのような内容だったが、にもかかわらず、黒字で印刷されたその二行の言葉には、どこか不思議と胸を揺さぶるものがあった。

灰色の幻《グレイ・ファントム》の生涯
炎上事故で幕切れ

オイルランプの芯を少し出してはみたものの、印刷された文字列は、やはりぼやけてのたうったままだった。重い病に臥せってもなお、若々しいしなやかさとバネを保っていた体が、力なく椅子に崩れ落ちた。頭をガツンと殴られたような衝撃的な見出しは、弛んだ神経と衰弱した体には少々酷過ぎた。だがしばらくして、これはみな何かの間違いだと気がついた。ほんの少し前に、トビーが調子よく繰り返していたあの突拍子もない戯言と同様に、事実がひどく歪曲されているのだ。

見出しに添えられた文章を冷静に熟読するために、何とか気を静めながら、ふたたび新聞の切り抜きに目をやった。記事はブリストルからニューヨークの新聞社に届いた特報らしく、日付は五月二十日と記されている。事故で大破した車が谷底で発見された日だ。この記事がどれほど馬鹿げたものか見てやろうと、半ば挑戦的な気持ちで最初の段落に目を通したが、記憶と矛盾するような内容は一つもなく、いくつかの出来事は記憶と完全に一致していた。記事には、牛を放牧しようとした農場主が、衝突で捻じ曲がった車の残骸を発見した時の状況が書かれており、またステアリング・ナックルの欠陥についても、多くの考察がなされていた。加えて、車が山腹を勢いよく転落していく際の様子が、想像力たくましい生々しい筆致で描かれ、さらにはキャブレターの火がガソリンタンクに引火し、その結果大爆発が起こり、非金属部分が全焼した可能性についても、様々な憶測が述べられていた。

こうした詳細な内容について、これまでのところ、異議を唱えたくなるような点は何もなかった。くだりによってはどぎつ過ぎると思われる描写もあったが、とりあえずは、記者が語るとおりに事故が起こったと見てよさそうだった。また記事には、車についていたニューヨークのナンバープレートが、アリソン・ウィンダム名義で取得されたものだと判明したこと、彼はカスバート・ワナディーやウィルトン・ストーンなど、様々な異名を持つ人物だが、もっとも広く知られたあだ名は、グレイ・ファントムであることなども書かれており、それらについても文句はなかった。続いて記されていたのは、グレイ・ファントムの略歴で、とりわけ二大陸の警察にその名を知らしめ、世間をあっと驚かせたいくつもの英雄的行為に力点を置いてまとめられており、最後の部分は、「こうしたエピソードの主人公も、最近ではこれまでと同様に刺激的でありながらも、さらに価値ある偉業にその才能を注ぐようになっていた」との言葉で締めくくられていた。

ここまでで、ウィンダムが同意できない箇所は一つもなかった。自分自身の死亡記事を読むのはゾッとしなかったが、細部についても記事はおおむね正しかった。さらに読み続け、記事の中盤に差しかかると、ウィンダムはふたたび麻痺したような感覚に陥った。事故現場で発見された恐ろしい車の残骸についての、生々しい描写があったのだ。見るも無残に散らばった残骸の中からは、様々な物品が見つかっていた。腕時計、ナイフ、数個の宝飾品、煙草ケース、それにオートマチック・ピストル。これらはみな、間違いなくグレイ・ファントムの所有物であることが確認されていた。さらに、黒焦げになった遺体の残存部分が、検査のために医学の専門家の元に送られていたが、その解剖学的特徴は、グレイ・ファントムと同じ体格の男性のものと一致する、と結論づけられていた。

ウィンダムは指の間から切り抜き記事を床に落とすと、頭を手で支えた。頭は熱っぽく、内側からぐるぐるかき回されているかのように激しく混乱していたが、どうやら切り抜き記事を読んだ興奮が、休止状態にあった脳のあちこちにショックを与え、働きを呼び覚ましたらしい。長いこと意識を失って寝ている間に、心の暗い深淵に沈み込んでいた詳細な記憶が、ふたたび表面に浮かび上がってきたのだ。少し前まではバラバラな断片の寄せ集めに過ぎなかった記憶が、ついにひとまとまりの完全な形につながりつつあった。

稲妻が闇を切り裂いていたあの晩の、雄大で凄まじい光景が、ふたたび眼前に広がった。雷鳴の轟きと、うなる風が織りなす、荒々しい合奏が聞こえる。翼を持つ悪魔さながらに、漆黒の荒野を疾走する高速車の、力強く速いエンジン振動に、またもや武者震いが走る。全身の血管に追跡の興奮がみなぎっているのは、柔和な微笑みの下に邪悪な歪んだ心を隠し持つ悪党、マーカス・ルードのあとをふたたび追っているからだ。何度も見失ったり曲がり角を間違えたりして、追跡は長時間に及んだものの、ついにウィンダムは成功を確信するに至った。あとはもう距離と時間だけの問題だ。もう少しで、この血沸き肉躍る追跡劇も終わるのだ。

隣には、ヘレンが寄り添うように座っていた。顔は暗闇に包まれ、うっすらと白く輝いているのが見えるだけだったが、ヘレンの存在は、この野蛮な夜を魅惑的な魔法に純化していた。二人はこれまで幾度となく命がけの冒険を共にしてきていたが、マーカス・ルードの追跡は、その中でももっとも大きな冒険の一つだった。ウィンダムは思い起こした。追跡の最中に、ヘレンが恐怖のあまり身を寄せてきたことを。そして、彼女のぬくもりと疼きを感じさせるほどの近さが、どれほど自分の心をいっそう奮闘に燃え立たせたかを。

それなのに今は？　チラッと新聞の切り抜きを目にした途端、スーッと魔法が解けたかのように、不気味な感覚だけが残った。何と奇妙に捻じれたこの一連の状況！　運命の語る言葉は、とりとめがなく、ちんぷんかんぷんだった。ヘレン・ハードウィックを助手席に乗せて、グリーン山脈の山道を走っていたグレイ・ファントムの車が、衝突、炎上し、何者かがその残骸の下で焼け死んだ。それについては疑う余地はなさそうだった。だが、その不運な人物は何者で、なぜそんな場所に居合わせたのか？　それに、グレイ・ファントムのポケットの中身が、あのゾッとするような車の残骸の中から出てきたというのは、いったいどんな状況だったのだろう？

それにヘレンは？　一瞬背筋に冷たいものが走ったが、ウィンダムは即座に恐ろしい疑念を打ち消した。焼け焦げた遺体の残骸が専門家の手によって調べられていたのは好都合だったし、遺体がグレイ・ファントムと同じ背格好の男性のものであると、専門家が断定したのも、ウィンダムにとって安心材料だった。ヘレンはきっと、俺と同じように奇跡的にうまく脱出したに違いない。ヘレンさえ無事なら、その他もろもろの不可解な謎など、大した問題ではないのだ。それにしても、今この瞬間にも、世間の人たちがグレイ・ファントムを死んだものと思い込んでいるかと思うと、愉快だなあ。

そうした考えは、確かに愉快ではあったが、同時にどこかしんみりとした気分にもさせられた。とそこへ、トビーが食べ物を満載にしたトレイを、器用に片手でバランスを取りながら担いで戻ってきた。看病相手の気分がすっかりよくなっているのを見て、驚いているようだった。ウィンダムは腹ペコだと言わんばかりに料理をじっと見つめた。どれも病人の体調に合わせた内容でありながら、おいしそうで食欲をそそるものばかりだった。

「ずいぶんとお元気になられたようですね」主人の前にスープのカップを置くと、トビーが言った。

「この料理を食べたら、さらに元気になるだろうよ、トビー。君は料理の名人なんだな」

「ありがとうございます。旦那さまは、私の料理の腕前をよく褒めてくださったものです――昔のことですが」

「俺が道を踏み誤る前に？」

「ええ――そういう言い方をなさりたければですが」

ウィンダムはそれ以上追及しなかった。スープから魚料理へと食べ進みながら、ふたたび疑問に思った。この男は俺がそんなまことしやかな嘘を信じるなどと、本気で思っているのだろうか。

「新聞の切り抜き記事をお読みになったのですね？」体をかがめて、ウィンダムが床に落とした切り抜き記事を拾い上げながら、トビーが尋ねた。

「ああ、トビー。実に面白い読み物だったよ」

「それで、旦那さまは克服されたのですか、あの――あの幻覚を」

ウィンダムは微笑んだだけだったが、トビーはそれを同意と解釈したらしい。

「ようございました。何しろ先ほどなど、私のことを嘘つき呼ばわりなさったも同然でしたからね。まるで旦那さまらしくありませんでしたよ。でも、すぐにまた元の旦那さまにお戻りになるとわかっておりました。長患いをすると、人はよくおかしな言動をするものですから」

ウィンダムは卵とトーストを食べるのに専念していた。「それで――あの切り抜き記事が新聞に出てから、約三週間が経つわけだな。あれ以来、事件について、何かほかに記事が掲載されたことは？」

「大した内容のものは何も」

「事故の犠牲者が本当にグレイ・ファントムだったのかどうかを疑問視する声は、上がらなかったのかね？」

「まさか。なぜ疑問視されなければならないのでしょう？」

「事故に関係している女性のことは、一言も触れられていないんだね？」

幻覚の再発を心配しているのか、トビーが少し悲しげな顔をした。「ええ一言も。事故に巻き込まれた女性はおりませんでしたし、事故について不明な点など一切なかったわけですから。事故のあとの数日間は、どの新聞もグレイ・ファントムの過去の行いについて、記事を書き立てておりましたが、葬儀が行われると、そんな騒ぎもすぐに収まりました」

「おや」まずい食べ物でも呑み込んだかのような顔をして、ウィンダムが尋ねた。「葬儀があったのか？」

「もちろんですとも。新聞によると、盛大な葬儀だったそうですよ。グレイ・ファントムが大活躍した時代に、彼に助けられた人たちが大勢参列したそうです。葬儀を手配したのは若いご婦人でした――名前は忘れてしまいましたが。新聞によると、彼女がファントムの恋人だったとか。ファントムは彼女と恋に落ちてから、まっとうな人間になったらしいですね」

「そいつはロマンチックな話だな」ウィンダムは思わず顔に出かかった表情を隠すために、皿に目を落としながら小声で答えた。そうか、ヘレンも俺が死んだと思っているのか。さまよえるグレイ・ファントムの魂に、最後の手向けをするために参列した、大勢の哀悼者の中にいたのか。そう思うと、温かく優しいものが胸に込み上げてきた。

「トビー」ウィンダムはやっとのことで言った。「君は新聞の切り抜き記事をいつも集めているのか?」

「もちろん違いますよ。私はただ――」召使いは黙り込んだが、ひどく落ち着かない様子だった。

「君はこの記事がとりわけ俺の興味を引くだろうと考えた」ウィンダムは微笑みを浮かべながら言った。「だから切り抜いて取っておいた。なぜそう考えたんだ? 俺がグレイ・ファントムの運命に興味を抱いていると考える理由なんて、特になかろうに」

「ええ、ただ――ほらその、誰もが多かれ少なかれ、グレイ・ファントムには興味を抱いておりますからね。まったく人好きのするやつですから――おわかりいただけるでしょう?」

「それなら納得だ、トビー」ウィンダムは召使いが狼狽するさまを存分に楽しんでいた。ずる賢いトビーにも弱点があったのだ。食事を終えると、ウィンダムはテーブルに背を向けた。「こんなにおいしい食事は生まれて初めてだったよ、トビー。今度は一服したくなったな」

「葉巻になさいますか？　それとも煙草がよろしいですか？」トビーは燕尾服の裾ポケットに手を伸ばした。どうやらありとあらゆるものが入っているらしい。

「今回は葉巻にしよう」ウィンダムがそう答えると、召使いは箱から葉巻を一本取り出し、主人のためにマッチを擦った。ウィンダムが葉巻をじっくりと味わっている間に、食器はきれいに片づけられた。トビーの指がせわしなく働くのを、ウィンダムはぼんやりと眺めた。トビーの指は細く白く敏捷で、まるでスリか芸術家の指のようだった。どれほど多くの才芸をこの男は持っているのだろう。優れた料理人、第一級の嘘つき、さらにはひとかどの役者。それらが全部結びついたら、面白いことになるに決まってるじゃないか。

「ほかに何かご入り用のものはありませんか、ホイトさま」試すかのようにその名前を口にしながら、トビーが尋ねた。その呼びかけを主人がどのように受け入れるのか、あまり確信が持てずにいるようだった。

「もう結構だよ、トビー」ウィンダムがかすかに微笑みながら言った。「ああ、ところで、マーカス・ルードという名前の人物について、聞いたことはあるかね？」

「マーカス・ルードですって？」召使いはテーブルとドアの真ん中で足を止めると、オウム返しに訊き返した。食器を載せたトレイを手のひらに載せ、器用にバランスを取っている。「ええと、そうですね。聞いたことがあると思います。確か、骨董品の収集家だったと思いますが」

「ありがとう、トビー。俺もそうじゃないかと思っていたんだが、確信が持てなかったんだ。それではおやすみ」

淡い青色の瞳に子羊のような無邪気さをたたえながらトビーが立ち去ると、ウィンダムはこの男の才芸リストにもう一つ項目をつけ加えた。トビーは天性の心理学者だ。抜け目なく見抜いているのだ。時々真実を折り混ぜたほうが、人は嘘を信じやすくなるということを。とりわけその真実が、適切な表情と声音で語られた場合には。

第四章　夜の合図

「トビー」二日後の晩、アリソン・ウィンダムが言った。「散歩したい気分なんだ」

二日間は平穏に過ぎていた。変化したことといえば、寝巻姿で退屈な隠遁生活を送ることに飽き飽きしだすほど、ウィンダムの体力が回復したことだった。一方、トビー・グレンジャーは相変わらず見え透いた嘘を涼しい顔で言い続けていた。平然とこともなげに、私の主人はアラン・ホイトという、トマストン州立刑務所から最近脱走した囚人番号10,987番の脱獄囚です、と言い張り続けていたのだ。ウィンダムはもはや反論しなかったが、胸中では決心を固めていた。体力がすっかり回復するまで待って、その時が来たら、いかなる手段をも辞さずに、こちらの考えをわからせてやる。今夜はその予備実験をすることに決めていた。

驚いたことに、トビーは反対せず、主人の薄っぺらな服に目をやると、外は季節外れの肌寒さですよ、とだけ言った。

「そんな寝巻姿でお出かけになったら」トビーが厳かに言った。「ひどい風邪を引いてしまいます。とはいえ、お召しいただける服といえばあれしか――」

気乗りしない様子で、トビーがふと向けた視線の先には、部屋の隅のかけ釘に吊るされた囚人服があった。場違いなその服は、ウィンダムの意識が回復して以来、ずっとそこにぶら下がっていた。あなたは危うい状態にあったのですよ、とあたかもひっきりなしに思い出させようとするかのように。

「この屋敷には、ずいぶんと色々なものが取り揃えられているようじゃないか」ウィンダムが不服そうに言った。「俺の体にぴったり合うまともな服のひと揃えくらい、絶対にあるはずだ」

「ところがないんですよ」トビーは長い頭を悲しげに振った。「服を一式、郵便で取り寄せることもできますが、あまり安全とは言えません。捜索活動はほぼ終息していますが、警察というのはやたらと詮索好きな連中ですからね。もし旦那さまのサイズの服がひと揃えこちらへ送られたことが知れたら、どうなるかわかったものじゃありません。危ない橋を渡るわけにはいきません」

「それもそうだな、トビー」もしかしたら近い将来役に立つかも、とウィンダムは頭の中で召使いの衣装のサイズを推し測った。だがすぐにその考えを捨てた。ベストは健康的な体格の男性を窒息させかねなさそうだったし、コートなど、肩の縫目のところで裂けてしまいそうだったからだ。「まあそういうことなら」ウィンダムは諦めたように続けた。「トマストンの囚人服を着るしかなさそうだな。この島には君と俺以外誰もいないんだったよな、トビー?」

「もちろんですよ」トビーは不機嫌そうに、下品な衣服をかけ釘から外した。

「ならば、俺の格好を見て驚くやつはいないわけだ。ああ――なかなかいいぞ!　こういう服を着たらどんな風に見えるんだろうと、常々思っていたんだ」

「でもお忘れのようですが――」

「ああ、そうだったな。過去のことについてはすっかり忘れっぽくなっていてね」ウィンダムは意気揚々と歩み寄ると、馴染みのない衣服に袖を通した。「輪廻転生について調べてみたことはあるかい、トビー？　俺は過去世では囚人だったに違いないと時々思うんだ。トビー、君はどんな人間だったと思う?」

「道からお外れになりませんように」主人のふざけた言葉を無視して、召使いは忠告した。「でないと道に迷ってしまうかもしれません。懐中電灯がご入り用でしょう。闇夜ですから」

小型の懐中電灯がトビーの燕尾服の裾辺りから出てくるのを見て、ウィンダムはニッコリと笑った。

「正真正銘のパンドラの箱だな、君のその裾ポケットは。じゃあ俺のことは起きて待ってなくていいからね。たっぷり運動しなきゃいけなさそうだし、遅くなるかもしれないから」

トビーのいぶかしげな視線を背中に感じながら、ウィンダムは小さくクスッと笑うと、屋敷をあとにした。正面の玉石が散りばめられた場所を突っ切り、威勢よく歩いていく。ほどなくして、召使いが言っていた小道に出た。幾世代もの松葉がじゅうたんのように敷き詰められた、細い散策用の小道で、開けた空き地から森の暗闇へと、うねるように続いている。トビーの懐中電灯をまだ使っていないにもかかわらず、まるで暗闇や曲がりくねった道を歩くための本能が生まれつき備わっているかのように、ウィンダムは迷うことなく先へと進んでいった。じめじめした冷たい空気がたちこめる夜だった。風に揺さぶられた周囲の木々が、暗く憂鬱な思い出にふける生き物のように、ざわざわと嘆きの声を上げ、物悲しいそのざわめきの合間を縫うようにして、時折フクロウのホーホーという鳴き声や、水鳥アビの陰鬱な鳴き声が聞こえてくる。

ウィンダムは足早に歩き続けた。時々チラッと目を上げては、黒々と密集したこずえに溶け込んでいる、低く垂れ込めた雲を見やった。重厚な不協和音とジャングルの暗闇に取り囲まれた夜は、変わりやすい今の気分と不思議と調和しているように思われた。思考はため息のような風に乗って漂い、孤独感と奇妙な感覚を引き起こした。世間の人たちが、グレイ・ファントムを死んだものと思っているとは！　ヘレンまでが俺の死を嘆き悲しんで、見知らぬ誰かの墓で涙を流しただなんて！　それに、あの薄気味悪いペテン野郎のトビー・グレンジャーめ。どういうわけか、自分の主人がアラン・ホイトという名の脱獄囚だと信じている振りをしていやがる！

サッと一陣の風が吹き抜け、水が磯に打ちつける音が聞こえると、困惑していたウィンダムはふと我に返った。たどってきた小道は、大きな岩棚が並ぶ荒涼とした傾斜地につながり、先のほうで険しい角度で水際へ落ち込んでいた。今では森は背後となり、ジャングルに満ちていた様々なざわめきは、風の叫びと波のうなりにかき消されている。眼前には、しぶきを立てて大きく波打つ荒海が見渡す限り広がり、遠く離れた対岸は、かすかな光の帯に縁取られている。夜は距離感が当てにならないことはわかっていたが、その灯りから、本土までの距離はせいぜい一・六キロほどだろうとウィンダムは見当をつけた。何だか妙な気分だった。というのも、今の今まで、大海のど真ん中に浮かぶ孤島に置き去りにされたような、完全な隔絶状態にあるものとばかり思い込んでいたからだ。トビーの懐中電灯をポケットから取り出すと、ウィンダムは突き出た岩板の上に足を踏み出した。そして、海岸線をもっとはっきりと見るために、懐中電灯をゆっくりと前後に振った。この時点では、もしかしたら波止場のようなものが見つかるかもしれないという淡い期待を抱いていただけだったが、すぐに、丸太で大雑把に作られた波止場が、今立っている所からわずか一メートル足らずの場所にあるのが目に入った。そこは小さな入り江になっていて、突き出た岩棚が壁となって片側をふさいでいた。だが、船はなかった。これにはがっかりしたが、散歩に行くと決めた時に、なぜトビーがあれほど簡単に引き下がったのか、その理由がこれでわかった。もう一度、懐中電灯の光を前後に振る。もしかしたら、近くに船が停泊しているかもしれないと思ったのだ。だが、目に入ったのは、海藻に覆われた鋸状の岩が一面に広がる荒涼とした風景だけだった。探索を諦めようとしたその時、ウィンダムは思わず驚きの声を漏らした。

暗い、吹きさらしの海の向こうで、灯りが前後に動いていた。測ったような正確さで前後に揺れ動くさまから、この動きが無意味なものでないことはすぐにわかった。妙に好奇心をかきたてられたウィンダムは、しばらくじっと立ち尽くしたまま、白い波頭を立てている荒海の向こうで、自分を招き寄せるかのように規則的に揺れ動く光を、じっと見つめた。しかし、やがてはたと事の次第を理解すると、愉快そうに笑いだした。トビーのやつ、主人に懐中電灯を渡した時には、まさかボートを探すために、俺が岩の上に立って懐中電灯を振り回すだなんて、思いも寄らなかったに違いない。もしそうしたことを予想していたなら、懐中電灯を渡すのに二の足を踏んでいたことだろう。実際、何者かがこちらの懐中電灯の動きを合図と勘違いして、こうして合図を送り返してきているということが、ウィンダムには難なくわかった。この島にほかに人がいない以上、相手が自分をトビー・グレンジャーと勘違いして交信してきているのは明らかだった。わからないのは、この灯りがどんなメッセージを伝えることになっているのか、ということだけだった。

自説を確認すべく、ウィンダムはふたたび懐中電灯を数回振ってみた。すると、即座に数回、連続して短く点滅する形で返事が届いた。その後、合図はやみ、対岸に見えるのは瞬きもせずに輝き続ける光だけとなった。それは、霞んだ陸と空と海の狭間で揺らめきながら輝く、灯台の淡い光だった。心ゆくまで自説を試し、トビー・グレンジャーの複雑な役割についても、新たな仮説の根拠を得たウィンダムは、ゆっくりと屋敷に向かって歩きだした。

仮説を考えることに没頭していたため、ウィンダムは道を間違えたことに気づかず、ふと気がついた時には、すでに小道から外れてしまっていた。少し道から逸れただけだろうと、色々な方向にちょっとずつ回り道をしてみたが、どの方向にも入り組んだ藪があるばかりだった。仕方なく立ち尽くすと、今度は岸に砕ける波の音で位置を確認しようとしたが、どうやら波打ち際からかなり離れた場所まで迷い込んでしまったらしく、聞こえる音といえば、少し先のほうで流れる小川の音だけだった。つまり、今いる場所は、来る時に通ってきた場所ではないということだ。

ウィンダムは懐中電灯で周囲を疑わしげに見渡すと、絡まり合った草木の間を、当てずっぽうに突き進んだ。森には様々な印があるので、熟練した木こりであれば、どこにいようとそうした印を見て、自分の居場所を知ることができると聞いたことがあったが、ウィンダムは森の中で行動するための技術を習ったことがなかった。彼にとって森は謎であり、魅力的ではあるが不可解なものだった。地下室だろうと山岳部の原野だろうと、暗がりの中で道を見つけるのにしばしば役立つ本能的な勘は生まれ持っていたものの、見失った山道を見つけ出すような専門的知識は持ち合わせていなかったのだ。そんなわけで、運よく正しい道に出られるとよいがと願いながら、手探りで先へと進み続けた。岩につまずき、棘だらけの灌木に足を取られ、いや増す疲労に体力がまだ完全には回復していないことを絶えず思い知らされながら、ウィンダムはよろよろと歩を進めた。

だがとうとう座り込んでしまった。どうやら外で一夜を明かさなければならないらしい。こんなことも、時が違えば珍しい貴重な経験だと思えたのかもしれないが、空気はじめじめと冷たく、一風変わった衣服も着心地が悪かったので、何とかして屋敷まで戻り、対岸の男と合図を交わしたことで、何か進展があったかどうか、確かめたくて仕方がなかった。しかし、声がかすれるまで叫んだものの、何の返事もなかった。ウィンダムは、トビーがこの島は大きな島だと言っていたことを思い出した。

どうやら、夜が明けるまでは、帰路を捜そうとしても無駄のようだ。

平らな場所を大きな岩の横に見つけると、ウィンダムは松葉のベッドの上でくつろぐことにした。頭をあちこちに向け、できる限り楽な姿勢を見つけようと試行錯誤してから、手足を伸ばし、目を閉じる。体がくたくただったので、まもなく深い眠りについた。

だが、眠りは短かった。十五分と経たないうちに、ウィンダムは突然ハッと頭を起こした。そして、たちまちパッチリと目を覚ますと、暗闇の中をじっと見つめた。雨が降り始めており、頭上の葉っぱの隙間からは、冷たい大粒の雨がゆっくりと流れ落ちてくる。森は深さを増した闇にすっぽりと覆われているようで、横になった時に聞こえていたざわめきは、いつしか静かな単音に変わっていた。ウィンダムは耳を澄まし、目を凝らした。飛び起きる直前に、誰かが自分の名前を呼んだような気がしたのだ。

だが、それは一度しか聞こえなかったので、今のは空耳だったに違いない、とウィンダムは思った。知る限りでは、今この島に住んでいるのは俺とトビーの二人だけなのだから、名前を呼ばれた気がするだなんてどうかしている。さらに数秒間耳を澄ましてから、ウィンダムはぎこちなく立ち上がると、体から寒気を追い払うために腕と脚をしきりに動かした。とその瞬間、音を立てて雨粒をしたたらせる森の奥から、先ほどの声がまたもや聞こえてきた。

「屋敷へ戻れ、ウィンダム。お前はそこで必要とされている。今向いている方向にまっすぐ進め。そう遠くはないぞ」

それはあまりに謎めいて聞こえたので、驚くような出来事には慣れっこのウィンダムも、さすがに一瞬背筋に悪寒を感じた。それは震えたかぼそい声で、声の主は、病気か、緊張状態にあるか、あるいはその両方かもしれないと思われた。一瞬、あまりの奇怪さに、ウィンダムは思わず茫然自失となった。現実と虚構が混じり合ったような、心かき乱す幻想的な声。まるでこの世のものならぬ声が、どこからともなく語りかけてくるかのようだ。だが、その幻想は一瞬にしてかき消された。同じ声がふたたび語りかけてきたのだ。今度はもっと近くに聞こえた。

「急げ、ウィンダム。さもないと手遅れになるかもしれんぞ」

間髪入れずにウィンダムは懐中電灯を取り出した。小さな白い光が暗闇を帯状に切り裂くと、慌てた様子の小柄な人物の姿が照らし出された。一瞬、懐中電灯のまばゆい白い光にくっきりと相手の輪郭が浮かび上がったが、たちまち視界から消えたかと思うと、藪を踏み分け、小枝を踏み鳴らす音だけが響き渡った。

少し迷ったものの、ウィンダムはあとを追わないことにした。謎の人物が発した警告は、不可解ながらも不吉なものだったので、相手が何者かを知りたいと思う以上に気にかかった。急がないと手遅れになるかもしれないと忠告されたのだ。意味などなさそうだったが、それでもやはり、この別れ際のセリフがかきたてた緊迫感を追い払うことはできなかった。声が最初に話しかけてきた時に向いていた方向に向き直ると、ウィンダムは行く手を阻んでいる絡まり合った雑草や灌木や若木を、懸命にかきわけながら前に進み始めた。あいつはそう遠くはないと言っていたが、だとすると、俺が叫んだ時にトビーが返事をしなかったのは妙だぞ。でもトビーはきっと寝ていたんだろう。いや、もしかすると――困難な道のりを先へと急ぎながら、ある考えが心にふと湧き上がった――もしかすると、トビーはわざと返事をしなかったのかもしれない。

森が途切れた。眼前には開けた場所が広がっている。ウィンダムはしばし立ち尽くすと、暗がりの中で屋敷の輪郭が見分けられるようになるまで、まっすぐ前を凝視した。自分のためにトビーが灯りをつけておくことすらしていなかったという事実に、漠然と抱いていた疑念はいっそう強まった。ウィンダムは足音を忍ばせながら先に進んだ。というのも、こっそり近づいたほうが賢明だと、心の中で何かが警告していたからだ。今こうして、暗闇の中にぼんやりと浮かび上がる屋敷を眺めていると、まるで屋敷が不吉な気配を発しているかのように思われ、森を徘徊していた謎の人物が語っていた言葉が、よりいっそう真実味を帯びて感じられるのだった。

ウィンダムはそっとドアを開けると、内側の暗闇に足を踏み入れた。辺りは初めしんと静まり返っていたが、そこへ何やら音が聞こえてきた。最初は何の音だかはっきりしなかったが、それはいきなり、血も凍りつくような恐怖の叫び声に変わった。

第五章　灰色の魔法

それは、もっとも激しい苦痛を表した悲鳴だった。ウィンダムの体にゾクッと震えが走った。しばらくの間、ウィンダムはドアのすぐ内側に立ち尽くしたまま、叫び声が屋敷のどの部屋から聞こえてきたのかを突き止めようとした。叫び声を聞いたせいで、震えは止まらず、頭は半ば茫然とし、神経は深い情熱的なメロディーを奏でた楽器の弦のようにわなないていた。しかし、ウィンダムはすぐに気を落ち着けると、ふたたび悲鳴が静寂を突き破る前に、とにかく行動を起こさなくては、と身構えた。

今やすべてがしんと静まり返っていた。まるで静かにすることを強制されているかのような、妙な緊張感の漂う静けさだった。こうして急に何も聞こえなくなったのは、俺が戻ってきたせいだろうか、とウィンダムはいぶかった。少し前から急に強くなりだした風で、後ろのドアがバタンと閉まったので、到着したことはおそらく知られているはずだった。さらに数秒待ちながら、ウィンダムは自分がこの屋敷の構造を知らないことを思い出した。何しろ三週間もここで過ごしてきたとはいえ、閉じ込められていた部屋の外に思い切って出てみたのは、これが初めてだったのだ。こんなふうに建物に不案内であることは、悲鳴の出どころを突き止めるのをいっそう困難にしたが、それでもなお抑え切れない衝動に突き動かされて、ウィンダムは二階へと向かった。何となく、悲鳴は二階のどこかから聞こえてきたような気がしていたのだ。

　手にした懐中電灯で階段を探し当てると、ウィンダムはすぐさま階段を駆け上がった。そして、走りながらいぶかしんだ。なぜこの屋敷はこんなにも平穏で静かなのだろう。今も耳の奥で鳴り響く、あのゾッとするような苦痛に満ちた叫び声など、まるでなかったみたいではないか。強い緊張状態に置かれた場合にはよくあることだが、ウィンダムの心の中では、先ほど受けた感覚が、徐々に鮮明によみがえりつつあった。最初に意識からこぼれ落ちた細かな点を、心が認識できるようになったのだ。急いで階段を駆け上がるウィンダムの意識には、先ほどの悲鳴の明確なイメージが形成されていた。それは拷問によって生じるような、肉体的苦痛から出た叫び声ではなかった。むしろ、恐怖心をもっとも恐ろしい形で表した、精神的苦痛による悲鳴だった。あのような恐ろしい悲鳴を上げた人は、何かとてつもなく恐ろしいものを、見たか聞いたかしたに違いない。

　ウィンダムは次々にドアを開けると、懐中電灯の光で部屋という部屋を素早く調べて回った。ほとんどの部屋は長い間使われていないらしく、日光と風から長く閉ざされてきた部屋に見られるような、重苦しいよどんだ空気がこもっていた。屋敷はことのほか広く、中には謎めいた小部屋などもあり、もっと平穏な時分であれば、想像をかきたてられて、面白く感じたのかもしれなかったが、今はただ鋭く一瞥するだけで、そうした部屋を通り過ぎていった。だんだん、捜索は失敗に終わるほかなさそうに思えてきたが、断固たる信念がなおも彼を突き動かしていた。屋敷のどこかに何か恐ろしいものが潜んでいて、それがあの吐き気をもよおすようなひどい悲鳴を上げさせたのだ。それが隠れている場所を、必ず突き止めてやる。

　あの大きな悲鳴が響き渡ってから、二、三十分が経過していたが、ウィンダムは手がかり一つ見つけられずにいた。まるで探そうとすればするほど、相手は屋敷の暗がりの奥へますます遠のいていくようだった。もはや残されたドアは一つだけとなった。屋根裏部屋に捜索するだけの価値があるなら話は別だったが。そのドアは、中央廊下から短く伸びたホールにあった。ウィンダムは苛立ちながらドアの取っ手を回したが、その瞬間身を固くした。これまで開けようとしてきたすべてのドアと違って、このドアは押してもビクともしなかったのだ。

ウィンダムはドアの取っ手をガチャガチャと強く鳴らした。ほかのドアは、触れれば簡単に開いたのだが、どうやらこのドアには鍵がかかっているらしい。侵入を阻もうとしているからには、中には何か秘密のものが隠されているのだろう。ドアに体重をかけてみると、ほかのドアよりも堅牢な造りになっていることがわかった。まるで腹黒い悪だくみを人目から隠すために設計したかのような造りだ。何度かドアに体当たりを食らわせたが、ビクともしなかったので、体当たりよりももっと効果的な方法が必要だとわかった。

行く手を阻まれたウィンダムは、脇へよけると、障壁となっているドアを懐中電灯の光で照らした。取っ手の下にはごく普通の鍵穴があり、それを見た瞬間、ウィンダムは虚脱感を覚えた。よく吟味された道具が一つ二つあれば、簡単にこじ開けられるような鍵穴だったのだ。だがその事実は単に彼を悔しがらせるだけだった。絶望したような目でもう一度ドアを一瞥すると、今度はドアにもたれて鍵穴に耳を押しつけた。だが、物音一つ聞こえなかった。悲鳴の出どころはここに違いないと確信した彼を嘲るかのように、ドアの向こう側はしんと静まり返っていた。

一瞬くじけそうになりながらも、施錠されたドアの向こうにどんな秘密が隠されていようと、必ず探り当ててみせる、と意を決したウィンダムは、次に階下へ降りていった。階下では暖炉の火がくすぶぶり、そのほのかな光が、肘かけ椅子でぐっすりと眠るトビーの痩せた姿を、ぼんやりと照らし出していた。薄明かりの中で、召使いの青白い顔はどんよりと黒ずみ、顔のしわの間にいつも潜んでいるかに見える悪人らしさは、どこか薄らいで見えた。ウィンダムは少しの間、トビーの顔を無言のままじっと見つめた。あの耳をつんざくような悲鳴は、屋敷じゅうで聞こえたはずなのに、こんなにもぐっすり眠っているのは妙だ。この男は本当に眠っているのだろうか。それとも寝たふりをしているだけなのだろうか。

ウィンダムが力強く揺すると、ようやくトビーは目をパチクリさせながら起きた。手足を伸ばして大あくびをし、目の前に立っている人を眠そうな目で見ると、唇を歪めて申し訳なさげに微笑んだ。「おやまあ！」眠たげな様子で、出し抜けにトビーが声を上げた。「うっかり眠り込んでしまったに違いありません。心配しだしたところだったんですよ、ホイトさま」

ウィンダムは鋭い目で相手を観察した。今の目の覚まし方は、薄暗い明かりの中で見る限り、どうやら演技ではなさそうだ。「心配したと言っても、眠れないほどじゃなかったんだな」とウィンダムは当てこすった。

すっかり目を覚ましたトビーは、ふたたび有能な召使いとして働きだした。ランプに火をともし、火をかき起こし、薪を二本追加すると、主人の濡れた囚人服をひどく心配そうに見つめた。

「雨に降られたんですね、しかも冷たい雨に。だから火を起こしておいたんです。この辺りの天候はとても不安定なんです。寝巻にお着替えになったほうがよろしいですよ」

トビーは寝巻を探し始めたが、ウィンダムは何としてでも疑いをはっきりさせてやろうと、意を固くしてトビーを引き戻した。「待ってくれ、トビー。寝巻のことはまだいい。いくつか訊きたいことがある。君はどのくらいの時間寝ていたんだ？」

「それはまあ」――トビーはできるだけ正確に答えようと努めているようだった――「たぶん、三十分かそれより少し長いくらいでしょう。寒い時にはほら、旦那さまもご存知でしょう。火を焚くと眠くなってきて、知らないうちに――」

「そのことは気にしなくていい、トビー。わかってる。じゃあ、俺の叫び声は聞こえなかったんだな？」

「叫び声？　叫んでらしたんですか？」

「道に迷ったんだ。馬鹿だよな。だって屋敷からは目と鼻の先にいたんだから」ウィンダムは森で気になる人物に出くわしたことについては端折った。「運よく、しばらくしたら道が見つかったんだ」

トビーはひどく動揺したようだった。「私のせいです。ご一緒すべきでした。道から外れてしまわれたに違いありません」

「そうなんだ」ウィンダムは詳しいことは告げずにそう答えると、さりげなく尋ねた。「ところでトビー、この屋敷には君と俺以外に誰が住んでいるんだね？」

トビーはこの質問に驚き、柔和な碧眼を丸く見開いた。「おやまあ、誰も住んでなどいませんよ」

「本当か？」

「ええ、もちろんですとも」

ウィンダムは探るようにじろりとトビーを見たが、召使いの顔には深い困惑の色以外、何も浮かんでいなかった。並々ならぬ正直者か、でなければ言い逃れの天才かのどちらかだ。

「君の知らぬ間に、誰かがこの屋敷の片隅でこっそり暮らしているなんてことは、あり得ないんだね？」

「ええ。そんなことはとうてい不可能です」

「それじゃあ、ついさっき、俺がちょうど戻ってきた時に、悲鳴が聞こえたという事実をどう説明する？」

「悲鳴ですって？」

「ひどく恐ろしい叫び声だったよ、トビー」

召使いは一瞬言葉を失ったが、すぐに信じられないというふうに首を横に振った。「きっと勘違いなさったのでしょう。この屋敷は古いので夜にはギシギシときしみますし、風が吹くとおかしな音がしますから」

「違うんだ、トビー。あれは本物の悲鳴だった。それだけじゃない。どこから聞こえてきたかも見当がついているんだ。鍵はどこにある？」

「ここにありますが」あっけにとられたまま、トビーは燕尾服の裾のポケットを指さした。

「そいつをくれ」ウィンダムは単刀直入に言った。「こっちへよこすんだ」

トビーはどういうことか意味がわからず、途方に暮れた様子で躊躇したものの、あらがうことなく鍵の束を手渡した。ウィンダムは微笑み、懐中電灯を手に取ると、一言も発することなく部屋を立ち去った。会話のあとも、トビーが誠実なのか二枚舌なのか、疑問は相変わらず宙に浮いたままだったが、少なくとも鍵のかかった部屋はこれで確かめられることになった。二階の廊下を歩きだす時に、ウィンダムはチラッと後ろを振り返ったが、召使いがあとをつけてくる気配はなかった。まもなくウィンダムは先ほどの場所まで戻ってくると、行く手を阻んだドアの錠に、次々と束になった鍵を挿し込んだ。

　しばらくすると、合う鍵が見つかり、スライド錠がスルッと動いたので、思わず胸が高鳴った。丸腰だったし、攻撃の標的にされたくもなかったので、懐中電灯を消してからドアを押し開けた。蝶番に油が行き届いたそのドアは、音もなく開いた。ウィンダムは戸口に立つと、無音の暗闇をくまなく見渡し、耳を澄ました。部屋はあまりにも静かで、人が住んでいる気配がまるでなかったので、耳にしたあの恐ろしい悲鳴は、遠い場所で起こった非現実的な出来事だったのではないかと思えるほどだった。それでもやはり——暗闇の奥のほうに何かが潜んでいるのではないだろうか？　五感では捉えられなくとも、ピンと張りつめた不吉な気配から、その存在がひしひしと伝わってくるような何かが。

　ウィンダムは今にも悪霊か何かが飛びかかってきそうな奇妙な感覚を覚えながら、用心しつつ数歩前へと踏み出した。と次の瞬間、あっと息を呑むと、いきなり後ずさった。驚いたことに、森で聞いた声とは似ても似つかぬ人の声が聞こえてきたのだ。

「ホイトよ、帰れ。ここはお前のいる場所ではない」

　初めは一瞬茫然としたが、その言葉を聞いて心が静まった。現実感を失わせていた魔法が解けたのだ。暗闇の中から語りかけてきたのが敵の声だったとしても、それは少なくとも実体のある声だった。俺はホイトなんかじゃない、世間が死んだと思い込んでいるグレイ・ファントムなんだ、と言い返してやりたかったが、結局その言葉が口から出ることはなかった。なぜなら、突然あるものが出現し、その恐ろしい魔法のような力に感覚をすっかり狂わされ、何も言えなくなってしまったからである。

　暗闇の中に、数本の光の筋が徐々に現れ、次第にチラチラと輝く水銀のような灰色の道になった。光に照らされた霞のように、闇の中で柔らかなきらめきを放つその光の道は、縁の部分がふんわりと暗闇に溶け込んでいる。驚きのあまり、ウィンダムは、その銀灰色の輝きを食い入るように見つめることしかできなかった。体の全ての機能が麻痺し、邪悪な魔法が作り出した輝く海のようなものを捉えようと、すべての感覚があがいていた。

やがて、声がふたたび語り始めた。その声は輝く光の道からじかに聞こえてきた。光の道は、柔らかな炎に包まれた、大きな球状のものから出ているようだった。

「すぐに立ち去れ。ここにいればお前は必ず死ぬ。ただし、もしもお前が――」

ウィンダムはそれ以上耳を貸さなかった。この魔法のような光景が、突然彼の脳を燃え立たせたらしい。ともかくその声が人間のものであることと、部屋を横切る細い光の道を作っている銀灰色の霞の中から、じかに語りかけてきているということだけはわかっていた。

怒りに我を忘れ、ウィンダムは声の出どころ目がけてまっすぐ前方に飛び込んだ。だが、それは輝く虚空に飛び込んだも同然だった。両手は空をつかみ、見えるのは色とりどりに輝く光だけだった。するとどこからか、悪魔のような笑い声が聞こえてきた。ウィンダムは体がビクッとし、それからぐったりと力が抜けるのを感じた。灰色の輝く魔法はフッと闇にかき消された。

第六章　二度目の警告

翌朝、ウィンダムは早めの朝食をとると、トビーにもらった先の丸いパイプに強い刻み煙草をつめて、さっそうと小道を歩きだした。小道は森の中を曲がりくねりながら、昨夜立って海を見渡した、あの岩場へと続いていた。

今の状況について、頭を整理しなければならなかった。長い昏睡から目覚めた時に、自分が置かれていることに気がついた、この異常な状況のことだ。目覚めてから三日が過ぎていたが、その間に起きた出来事は、彼の立場をいっそう複雑で不可解なものにしていた。クライマックスが訪れたのは昨夜。それは屋敷に戻るなり耳にした恐ろしい悲鳴で始まり、この異常な状況にふさわしく、光り輝く霧の中から声が語りかけてくるという、奇異な調子で終わっていた。

トビー・グレンジャーの抜け目ない偵察行為に邪魔されることなく、一、二時間ほどじっくりと考えてみたかった。生気あふれるそよ風の中、心を浮き立たせるような明るい日射しがさんさんと降りそそぐ朝を迎えると、昨夜の不可解な出来事の数々も、少しずつ頭の中から追い払われていった。空気に漂う森の濃厚な香り。心地よい木陰。こずえから聞こえてくる嬉しそうな鳥のさえずり。温かく湿った土のかぐわしい香り。頭上の澄み切った青空に浮かぶ、ふんわりとした綿雲。謎めいた恐ろしさを味わった昨夜とはうって変わって、すべてが喜びに満ちあふれている。

ウィンダムは森を抜けると、湖に舌の形に突き出した厚い岩の上に腰を下ろし、湖を見渡した。そよ風に吹かれて渦を巻く湖水には、金色に縁取られた青緑色のさざ波が立っている。対岸には、昨夜は見えなかった断崖が、巨大な鋸の歯のように連なり、日光を浴びて輝いている。ウィンダムは心の中で、対岸までの距離を推し測った。

「二キロ半くらいだな」半ば独り言のようにつぶやく。「だいたいそんなところだろう。いずれにしても——」

ふと黙り込む。あのやぼったい囚人服を今朝も着ていることを、ふいに思い出したからだ。すると、ふと別の考えが浮かんできた。この島へたどり着く原因となった出来事については、ほとんどが曖昧模糊としたままだったが、そのあとに起こったいくつかの出来事については、はっきりと理解し始めていた。中でもトビー・グレンジャーについては、以前よりもよくわかるようになっていた。トビーは燕尾服のポケットの中身同様、様々な顔を持っているが、俺の意識が戻った直後のまだ朦朧としていた時期でさえ、俺を騙していたわけではなかったんだ。さらに言えば、あいつが実際に俺を騙そうとしているのかは疑わしい。せいぜい厄介な事実を行き過ぎた冗談で隠し立てしているだけなのだろう。召使いを装い、俺のことを脱獄囚のアラン・ホイトだと平然と言ってのけたのも、俺がこの島を離れようとしても無駄だということを、遠回しに伝えるための、浅はかなごまかしに過ぎないのだ。囚人服も、この島にはどうやら船が一艘もないことも、逃亡をいっそう困難にするし、それは俺が実は囚人——囚人にしてはかなりの厚遇だが——であるというやつの主張ともぴったり重なる。

そう考えると、何だか愉快だった。とりわけ今朝は、楽観的に物事を考えられたので、懐かしい冒険の興奮に血が沸き立つのを覚えた。トビーのやつ、何が狙いか知らないが、本気でこの茶番をやりとおすつもりなんだろうか？　もう自分で自分の面倒をみられるまでに回復したこの俺が、このままおとなしく監禁されていると思うほど、あいつは愚かなんだろうか？　もしそう思っているなら、よっぽどのお人よしか、あるいはこちらが知らないだけで、やつには思いのままにできるような何がしかの方策があるかのどちらかだ。おそらく正しいのは後者だろう。ここ最近起こったこと、特に昨夜の出来事を考えれば、一見穏やかな島の暮らしの裏に、奇妙な力が働いていることは明らかなのだから。

ウィンダムは岩の上で姿勢を変えると、浮かぬ顔を日射しに向けた。昨夜の出来事は、判読不能な神秘の言葉で脳裏に殴り書きされていた。思いがけず交わされたあの合図。森の中で眠りから呼び覚まされたあの声。あの悲鳴。ドアに鍵のかけられたあの部屋。そして、光り輝く霞の中から突然語りかけてきた、あの得体の知れない声。これらがみな、魔女のスープの湯気の中で、ちぐはぐに浮かんでいるのだ。一方で、あの夜の非現実的な霞を日光とそよ風が吹き飛ばしてくれたおかげで、冷静に考えることができたので、少なくとも奇妙な出来事のうちの一つである、起こった中でももっとも驚愕したあの出来事については、今ではそれほど驚くようなこととは思えなくなっていた。

ドアに鍵がかけられた部屋で見た光景を、ウィンダムは心の中で再現してみた。夜だったせいで、想像がたくましくなり、突然暗闇を照らした霞状の銀色の光線を、あたかも幽霊のしわざか魔法のように思い込んで、色とりどりに輝く幻を見て途方に暮れたわけだが、今になってみると、もし見たことをしっかり判断できていたなら、それほど不思議に思わなかったのではなかろうか。きっと想像力のせいで、ごく当たり前の現象を、あたかも不気味な現象か何かのように思い込んでしまったのだ。あのような光を実際に生じさせる方法なら、単純でわかりやすい方法がいくらでも思いつく。

じゃあ、輝く銀灰色の光線から語りかけてきたあの声は？　ウィンダムは説明しようとして途方に暮れた。この時点では、すでに記憶が鮮明によみがえっていたので、光線のまさに中心から声が聞こえてきたことを、ウィンダムははっきりと覚えていた。彼の聴覚は鋭く、いつでも音の出どころを正確に突き止めることができたので、声が聞こえてきた方向を聞き誤るはずはなかった。しかし、言葉が聞こえてきた場所を目がけて、まっすぐに飛びかかっていったにもかかわらず、そこには何も見つからなかった。声の主が素早く横へ飛びのいたはずはなかった。なぜなら、声がまだ話している最中に飛びかかっていったからだ。仮説のすべてを裏切る謎がここにあった。声は人間の声で、機械的に再生されたものではなかった。ほかのことはどうであれ、それだけは確かだった。肉体のない人間の声などあり得ないのに、前に飛びかかっていった時に、突然声の主が光り輝く霞の中にかき消えたように見えた事実を、どう説明したらいいのだ？

答えの出ない問いを頭の中から払いのけるかのように、ウィンダムは肩をすくめた。とその瞬間、か細く震えるような声が自分の名前を呼ぶのが聞こえた。

「おはよう、ウィンダム」

声は背後から聞こえてきたが、ウィンダムはじっと湖に向かって座ったまま、しばし些細な点について考えた。この島に到着してから、これまで三人の人間に話しかけられた。トビー・グレンジャーと、昨夜の興味深い出来事と深く絡み合うあの不思議な声は、どちらも俺のことを囚人ホイトと呼んだ。森でうたた寝していた俺を起こした三人目の人物だけが、俺のことをウィンダムと呼んだ。今話しているのは、この三人目の人物だ。

振り向くと、そこにいたのは小柄なみすぼらしい人物だった。まぶたは赤く、しわだらけの顔には無精髭がまだらに生え、だんご鼻はあたかも性質《たち》の悪い風邪でも引いているかのようだ。汚らしく不健康そうな風采で、どうかすると強い風でたちまち飛ばされてしまいそうに見える。ぶるぶると震えているこの哀れな男を、ウィンダムは疲れたような眼差しでじっと見つめた。この男が人目を気にするようにして姿を現すのは、これが二度目だ。

「あんたは何者なんだ」ウィンダムは単刀直入に尋ねた。

相手の男は、涙に霞んだ目で湖を見渡した。「友だちだ」男は抑揚のない声で言った。「そういうことにしておいてくれ。昨夜あんたは走ったが間に合わなかった。まんまとやつらにやられちまった」

「いったい何の話だ？　やられたって何を？」

男は爽やかな陽気にもかかわらず、寒気を感じているかのように身を震わせながら、心配そうに森のほうを振り返った。「今となってはどうでもいいことだ」男はきっぱりそう言うと、赤いまぶたのずる賢そうな目で、ウィンダムの顔をじっと見つめた。「どうした？　かみそりが見つからないのか？」

ウィンダムは三週間伸び放題に伸びた顎髭を指で触った。トビーからは、島には髭そりの道具はないと聞かされていた。トビー自身は、ウィンダムにはわからない方法で、自分の髭をきちんと刈り揃えていたのだが。

「髭一つで人相はずいぶんと変わるもんだな」男はウィンダムをじろじろと観察しながら言った。「アリソン・ウィンダムだとはほとんどわからない。どのみち死んだことになっているが」

気まぐれに言ったように聞こえたが、ウィンダムは相手の言葉に秘められた意味に気づいていた。すると男はふいにウィンダムに近寄り、しわがれ声でささやいた。「急いでニューヨークに戻ったほうがいいぞ、ウィンダム。お前の助けがどうしても必要な人間がいる」

「誰なんだ」ウィンダムが鋭い口調で問い返す。

「推測がつくんじゃないか?」相手の男は革製の小袋を取り出すと、黄ばんだ指を震わせながら煙草を巻いた。

ウィンダムは不安と猜疑心の入り交じった目で男を見つめた。この人相の悪い哀れな男が口にするとりとめのないほのめかしや批評に、つい耳を傾けてしまうのはなぜなのだろう。

「どうしてあんたの言うことに耳を貸さなきゃならないんだ」ウィンダムがきっぱりと言った。「あんたが何者で、どこから来たのか、ここで何をしているのか、俺は何も知らないんだぞ」

「わしのことはハンクと呼んでくれ」男は言った。「ほかのことはどうでもいい」

ウィンダムはもう一度男を見た。名前に意味などなかったが、それでもこの男にふさわしい名前のように思えた。男は目をしばたたかせながら、キラキラ光る湖を眺めている。

「あの崖が見えるか?」男は、ウィンダムがすでに気づいていた、対岸の鋸状になった岩々を指さした。「あの中の一つはフライズ・リープと呼ばれておる。昔、インディアンがこの辺りで勢力をふるっていた頃、キャプテン・フライという男が、あの崖から湖に飛び込《リープ》んで、インディアンたちから逃れてここへ泳ぎ着いたんだ。この場所がフライ島と呼ばれているのはそのためだ。昔の話だが——百年以上前になるかな」

ウィンダムはふたたび探るように男の顔をじっと見つめた。やはり、ハンクの口から出てくる話は、まったくの無意味というわけではなさそうだ。

「百年前か」ウィンダムは自分に言い聞かせるようにその言葉を繰り返すと、目の前に広がるキラキラと輝く湖を見渡した。「百年前にあの距離を泳げたなら、今だって同じことをしようと思えばできるはずだ」

「あるいは今夜だって」ハンクが煙草をむさぼるように吸いながら言った。「そう、夜のほうがいいだろう」

ウィンダムはじっと考え込むように灰色の目を細めた。「あんたは本当に面白い人だな、ハンク」

男はただ肩をすくめると、豚が鼻を鳴らすような声で笑った。そして煙草をもう一本巻いた。しばらくの間、どちらも口を開かなかった。

「マーカス・ルードは悪党だ」ハンクがついに口を開いた。「それも札つきのな。やつには気をつけろ」

事故の起こった晩にあとを追っていた男の名前が出てきたので、ウィンダムはギクッとした。数日間あれこれ考えあぐねていた疑問が、ふと頭に浮かんだ。

「あんたは色々なことを知っているようだな、ハンク。教えてくれ。俺がこの島にいるのは、マーカス・ルードのしわざなのか?」

しばらくの間、ハンクは答える気がなさそうに見えた。膝につくほど頭をうなだれて座りながら、ぼんやりと宙を眺めている。だが、ついに返ってきた答えは、遠回しながらも明快なものだった。

「もし今日マーカス・ルードが、お前さんが生きているのを見たら、世界中の誰よりも驚くだろうよ」

ウィンダムはその言葉を思案しながら、ハンクのみすぼらしい身なりにもかかわらず、彼の言葉をまたもや自分が重く受け止めていることに気がついた。事故のあとの出来事は、マーカス・ルードが後ろで糸を引いているのではないかと心の底で疑っていたのだが、ハンクの言葉が信用できるとすれば、世間と同じくルードもまた、アリソン・ウィンダム、別名グレイ・ファントムは死んでいると思い込んでいることになる。でももしそうだとしたら、この島で起こっている腹黒い陰謀は、いったい誰のしわざなんだ？

「忘れるなよ」ハンクはしわがれ声でそうささやくと、煙草を投げ捨てた。と次の瞬間、リスのような俊敏さでよつばいになり、岩陰にサッと姿を隠した。ウィンダムは男が腰かけていた場所をぼんやりと見つめながら、不思議に思った。まるでジャングルの動物が飛び跳ねるみたいに、あんなに慌てて急にいなくなったのはなぜなのだろう。するとそこへ、ひょろりと背の高い人物が茂みの中から姿を現し、まっすぐ水際に向かって歩いてきたので、ハンクが驚くべき動きを見せたわけがすぐにわかった。

「やあ、トビー」ウィンダムは何事もなかったかのように声をかけた。「俺を捜しに来たのかい？」

「そんなところでございます」岩棚にしゃがみ込んでいるウィンダムの数歩手前で、召使いは立ち止まった。どこか不安げにまごついている様子ではあるが、見たところ献身的な召使いが主人の安否をごく普通に心配しているだけのようだ。「少し心配しておりました。朝食のとき、あまり具合がよくなさそうでしたので、昨晩はお休みになれなかったのではないかと」

「全然そんなことはないよ、トビー」召使いの顔を見上げて微笑むウィンダムの顔には、かすかにからかいの色が浮かんでいる。「ぐっすり眠れたし、このうえなく体調もいい。それにしても見事な景色だなあ、そうは思わないか、トビー？」

「とてもいい眺めですね」同意はしたものの、召使いは景色を見てはいなかった。足元にある何かに目を留めたようだった。「どなたかとご一緒だったのですか?」

「誰かと?」ウィンダムは心底困惑しているような顔をした。「そんなことあるわけがないだろう。この島にいるのはお前と俺だけだ。そう言ったのはお前じゃないか」

「それはそうですが、でも――」

「それに船も見当たらないのだから、訪問者なんているはずがないじゃないか」

トビーはこれには何も答えなかったが、体をかがめると、地面に落ちていた半分吸い残した煙草の吸殻を拾い上げた。「ご自分で煙草を巻かれるとは存じませんでした」

ウィンダムはギクッとし、ハンクの軽率さを呪ったが、トビーの顔に浮かんだ表情に目を留めた途端、ほかのことなど全部頭から吹き飛んでしまった。召使いの顔のしわの間に隠れ潜んでいた邪心が一気に表に浮上し、恐ろしい悪意の炎をめらめらとたぎらせていたからである。

「おや、トビー」ウィンダムは冗談めかして言った。「まるで誰かを殺してやりたそうな顔をしているじゃないか。腕をつかませてもらうよ。ナイフでブスッとやられちゃかなわんからな」

ふざけた振りをしながら、しかし内心ではハンクが隣の岩陰に隠れていることにハラハラしながら、ウィンダムはトビーの腕をとると、入念に遠回りをして相手を水際から遠ざけた。だがトビーのほうはすでに激しい感情を抑制しており、おかしくもない冗談を一つ二つ飛ばして、この気まずい状況を切り抜けようとしていた。屋敷にたどり着く頃までには、トビーはすっかり落ち着きを取り戻し、ふたたび穏やかでとびきり有能な召使いに戻っていた。

だが、ウィンダムにはわかっていた。まもなく一撃が下されるのだ。たぶん今夜の闇に乗じて。

第七章　夜の到来

その晩の十一時半、ウィンダムは熟睡している振りをしていた。時々こっそりドアまで足を忍ばせては、主人が気持ちよく休んでいるかどうかを確かめているであろうトビーのために、安眠をむさぼっているかのような、長くリズミカルな呼吸を繰り返していた。たまに、本物そっくりの軽いいびきを立てることさえした。

そうしている間にも、ウィンダムの頭はせわしなく働いていた。午後から夜にかけてずっと、ハンクが漏らした数々の言葉が、自分にとってますます深い意味を持つような気がしてきていた。ニューヨークへ急いで戻ったほうがいいというハンクの謎めいた警告に、頭の中には不安と興奮を同時にかきたてるような考えが次々と湧き上がっていた。誰かがそこで自分を必要としているとハンクは言っていたが、そのはっきりしない曖昧な言い回しは、具体的に言われるよりもはるかに強く胸に響いていた。

さらにマーカス・ルードについてもハンクは警告していた。温和な顔立ちをした悪党ルードの邪悪な影響は、もう何年もヘレンとウィンダムの生活に影を落としていた。警告されるまでもなく、ルードが危険な敵であることは、ウィンダム自身が誰よりも重々承知していた。ルードは悪魔のように巧妙で、ルードほど巧妙ではない敵が、束になってかかってきたとしても、まるで比べものにならないほど危険な相手だった。にもかかわらず、哀れなハンクの口からルードの名前が出ただけで、ウィンダムの血の中にくすぶっていた炎は、ふたたび大きく燃え上がるのだった。

それ以外にハンクが口にしていたことは、ウィンダムにとって大いに参考になった。この島からあの崖まで人が泳いで渡れるという話は、一考に値するものだった。特段水泳が得意なわけではなかったが、それでも一人の人間が達成できたことならほかの人間にも達成できると、ウィンダムは固く信じていた。また世間の人たちと同様に、マーカス・ルードがグレイ・ファントムの死を信じているというのも、やや不可解ではあったが、やはり興味深い情報だった。最後に、顎髭で人の見た目が変わるというハンクの言葉には、ある滑稽なヒントが込められていた。自分の場合は特にそうだということをウィンダムは知っていた。なぜなら彼の顔色や目鼻立ちは、そうした変化にとりわけ影響を受けやすかったからだ。さらに、これまでことあるごとに顎髭を伸ばしたり剃ったりと実験を繰り返してきた経験からも、ハンクの言葉は正しいと納得できた。

すべてを考え合わせると、トビーに髭そりの道具を用意してもらえなくてむしろよかったのだ、とウィンダムは思った。そしてふと考えた。もしマーカス・ルードに何の前触れもなくこの姿を見せたら、あいつは死んだはずの敵だと気づくだろうか。

屋敷のどこかで時計が真夜中の十二時を告げていた。ぐっすりと眠った振りを続けながら、トビーは床に就いたのだろうか、とウィンダムはいぶかしんだ。ずっと耳を澄ましていたので、この一時間の間にドアに近づく足音がなかったのは確かだった。仰向けになり、窓の外を眺める。新月の光がほのかに輝く、静かな夜だ。あたかも新たな冒険へと誘い出そうとするかのように、こずえがそよ風に吹かれて揺れている。日中暖かかったので、湖の水は耐えられないほど冷たくはないはずだった。やるぞ、とウィンダムは決心した。まさに今夜、ハンクの提案を実行に移し、試すのだ。

今になって思えば、ハンクのようなみすぼらしい身なりをした人間を、自分がこれほど盲目的に信用したのは意外だった。そんな輩《やから》の言葉など、慎重に受け止めるのが分別ある態度というものだ。だが、これまでもこういった状況では、いつも自分の直感に従ってきたし、直感が間違っていることはまずなかった。内なる衝動の命じるままに、友人や親友を受け入れたり拒絶したりしてきたが、ハンクについても同じ方法をとることにした。

さらに三十分が経過し、トビーが床に就いついたのは、もはやほぼ確実だった。このことはかなり重要だった。というのも、島を発つ前に、もう一度、二階の部屋のあの謎を解きに行こうと決めていたので、調査の邪魔をされたくなかったからだ。昨夜起きたことが何なのかを確かめようともせずに島を去るのは、正しいことともよいこととも思われなかった。あの恐ろしい悲鳴が聞こえたのは、何か悲惨なことが起こっているじゅうぶんな証拠なのだ。ひょっとすると誰かが殺されたのかもしれない。さもなければ、誰かの命が危険にさらされているのだ。とにかく、その説明がつかない限り、あの悲鳴は一生耳から離れないだろう。

そんな思いが頭をよぎった瞬間、奇妙な感覚に襲われて、ウィンダムは急にベッドから跳ね起きた。うめき声か、ささやき声か、でなければ単なる気流か、何やらわけのわからぬものが、意味ありげに屋敷を通り抜け、捉えどころのない恐怖のみなぎる静けさをあとに残していったのだ。ウィンダムは息を呑んでベッドの縁に腰をかけると、悪魔の吐息のように空気を一瞬震わせてからどこへともなく消え去った、この名状しがたいものが、いったい何なのか突き止めることにした。

屋敷はふたたびしんと静まり返っていた。風のない夜で、開いた窓からは松の木がそよともせずに立っているのが見える。数条の月光がほの暗い樹冠から漏れ落ち、地面に銀色の斑点をつけている。森の様々な香りが入り交じった心安らぐ芳香が、眠りについた土の上を漂っている。それは絵に描いたような平穏な光景だったが、やはりどこか恐怖の要素に満ち満ちていた。

すぐにウィンダムは立ち上がった。急いで囚人服を着込み、炉棚の上に置いておいた懐中電灯を見つけると、忍び足で音を立てずに部屋を出た。階段の上り口で立ち止まり、階段を上る前に耳を澄ましたが、音はなく、何かが動く気配もどこにもなかった。考えごとの邪魔をしたあの捉えどころのない感覚は、脈絡のない夢のかけらのように、非現実的な遠い出来事のように思え始めていたが、わけのわからない衝動に導かれるかのように、ウィンダムは昨夜あの謎めいた光景が繰り広げられた中央廊下の先の部屋へと向かった。興奮に震えながらドアを押すと、驚いたことに、今回はドアに鍵がかかっておらず、ウィンダムは戸口に立つと、床や壁を懐中電灯で照らした。

照らし出されたものを見た瞬間、今までゾクゾクするような強い不安を感じていたのが、馬鹿々々しくなった。昨夜はほかのことに気を取られ過ぎていて部屋の様子にまで気が回らなかったのだが、部屋はこれ以上ないほど簡素で、悪だくみを思わせるようなところなどまるでなかった。どうやら予備の客用寝室らしい。どれも安っぽいおんぼろばかりではあるが、寝室によくある備品類——白い鉄製のベッド、まっすぐな背もたれのついた椅子が二脚、揺り椅子、化粧台、それにテーブル——が置かれている。平穏そのものの眺めだ。妙な薄気味悪さを覚えたウィンダムは、懐中電灯でベッドの後ろの隅を照らしてみた。何となく、あの幽霊のような光はそこから出てきたような気がしたのだ。だが目に入ったのは、床の上に積まれた古びた雑誌や新聞の山だけだった。昨夜の経験の解明に少しでも役立ちそうなものは一つもなく、先ほどベッドに横たわっている時に襲われたあの名状しがたい恐怖を、多少なりとも説明してくれるようなものは何もなかった。

発見することはできなかったが、あの謎の答えはまさにこの部屋の中にあるのだ、と確信していたものの、ウィンダムはしぶしぶ引き返すことにした。一時近くになっているはずだったので、これ以上時間を無駄にするわけにはいかなかったのだ。しかし、どうしても諦めがたかったので、もう一度部屋を懐中電灯で照らしてみた。そして、つまらないことにも一つずつ注意を払い、この種の夏用住居によく見られる、板と間柱を雑に組み合わせて造った粗悪な壁の、ひび割れの一つ一つにも、疑いの目を向けた。

ふと、昨夜経験したあの奇怪な何かを感じて、ベッドの後ろの隅をもう一度懐中電灯で長めに照らしてみた。そしてそのままゆっくりと懐中電灯を上に向け、梁が渡された松の板の天井を照らした。するとふいに、あるひび割れのところで手が止まった。

思わずあっと小さくつぶやいた。そして懐中電灯の光を天井の隅にしっかりと当てた。小さな赤い粒が、懐中電灯の白い光の中で一瞬きらめいたかと思うと、床にポタリと垂れ落ちたのだ。そのあとから、同じものが次から次へと落ちてきた。ゆっくりと間隔を開けて落下する深紅の滴は、頭上のひび割れ部分から染み出ているらしく、わずかな溜めを作ってから落下し、床に敷かれたくすんだ色の粗末な敷物《ラッグラグ》に、ぼんやりとしたシミを作っていた。

少しの間、ウィンダムは固く身構えたまま、天井のひび割れからゆっくりと染み出す赤い滴が、キラリと光っては落ちるのを眺めていたが、ふいにドアのほうに向き直った。屋敷の雰囲気にまさに染み渡っているかのような数々の謎のうち、少なくとも一つについては、ついに手がかりを得たような気がしていた。深紅色の滴の出どころが頭上にあるのは明らかだった。屋根裏部屋に行くのは初めてだったので、階段を見つけるのに少し手間取ったが、結局それは、壁の間柱に横木を並べて釘で打ち込んであるだけのものだとわかった。すぐに上へとよじ登り始めたが、脈は早鐘のように打ち、恐ろしい予感に動きが早まった。跳ね上げ戸を勢いよく押し開け、ひょいと天井裏に出ると、ウィンダムは屋根裏部屋の埃っぽい薄暗い空間を懐中電灯で照らした。部屋の大部分はひと続きの広々とした空間で、驚くほど雑多なガラクタがあちこちに散らばっていたが、部屋の片方の端はほかの部分とは区切られ、仕切りの真ん中にはドアがついていた。

あの赤い滴の出どころはこの方向だったはず、とウィンダムは次の瞬間には颯爽と前へと駆けだしていたが、ドアの向こうに何が待ち受けているのかは、すでに想像がついていた。万一必要とあらば力づくで開けるつもりで、ドアの取っ手をまさぐったが、すぐにわけのわからない不安に襲われ、一歩後ろへ下がると、ドアを睨みながら立ち尽くした。

ふいにドアが内側からゆっくりと音もなく開き、トビー・グレンジャーのひょろりとした姿が戸口に現れた。どうやらトビーは寝ていたわけではなかったらしい。というのも、ウィンダムがフライ島で意識を回復して以来、ずっと目にしてきたあの色あせた燕尾服とだぶだぶのズボンを、きちんと身にまとっていたからだ。戸口に姿を現した時、トビーの細長い顔には陰鬱なふさいだような影があり、ウィンダムが手にしている懐中電灯のせいで、その顔の白さはいっそう際立った。トビーの淡い、普段は柔和な眼差しには、読み取り不能な不安の色が浮かんでいた。主人を目にした瞬間、その色は驚きと無念の色に変わったが、たちまちトビーは平静さを取り戻した。

「旦那さまでしたか」トビーはそうつぶやくと、何気ない素振りで後ろ手にドアを閉めた。「寝ていらっしゃるものとばかり思っておりましたが」

「それこそこっちの狙いだったんだ、トビー。頼むからどいてくれ。このドアの後ろに何があるのか確かめたいんだ」

召使いは身じろぎ一つしなかった。主人の口調が普段と違うことに気づいたらしく、ウィンダムの顔をまじまじと見つめた。「そうしないでいただけるとありがたいのですが。それは――エヘン――お勧めできません」

「だがどうしても確かめたいんだ、トビー。そのドアから離れるんだ」

しかし召使いは、そのひょろ長い体をさらにしかとドアと主人の間に割り込ませただけだった。それから不機嫌な光をかすかにたたえた淡い色の目で、ウィンダムの顔を立ち尽くしたままじっと見つめた。

「ご忠告せねばなりません、ホイトさま」

「もうよしてくれ。くだらないお遊びはもうしまいだ。この屋敷で何が起きたのかは知らないが、俺が調べてやる」

「何も起きてなどいやしません。それにどうして私にそんな口のきき方をなさるのでしょう」トビーの声はどこか悲しげで、やんわりと非難するような響きがあった。「そのおっしゃりようは、まるで私が――」

「嘘つき、悪党、偽善者。それがお前の正体だ。さあトビー、いい加減にしろ。お前の死体をまたいででも、このドアを通り抜けてやるぞ」

「そうはさせませんよ」トビー・グレンジャーの本性を表す、ニタリとした笑みが顔一面に広がると同時に、その手があたかもハンカチを取り出して鼻をかもうとするかのようなさりげない仕草で、燕尾服の裾ポケットに伸びた。すでに気づいていたように、その同じポケットから、これまでにも幾度となく驚くべき品々が出てきたが、今回トビーが取り出したのは、丸みを帯びたオートマチックだった。

「申し訳ありませんが、こうするしかありません」

その声はさも苦悩しているかのように聞こえたが、オートマチックの銃身沿いに見据えるトビーの目には、敵意が光っていた。だがウィンダムにとって、それは馴染みある興奮の瞬間だった。向けられた銃口。トビーの冷たい眼差しに垣間見える殺人の気配。懐中電灯の光が届かない未知の暗闇。組み合わせも状況も違ってはいたが、こうしたことはすべて過去に経験済みだったので、ウィンダムはたちどころに状況を打開する糸口を見いだした。懐中電灯を消してトビーと自分の間に暗幕を下ろすというのが当然すべきことだったのだろうが、しかしあまりに当然過ぎてトビーには読まれているに違いなかった。そこで、ちょっと違う方策を試すことにした。ウィンダムは相手をからかうように笑った。

「たまたま知ってるんだがね、トビー。その銃には弾が入っていないんだ」浅はかな策略をもっともらしく見せる、自信たっぷりのさらりとした口調でウィンダムは言った。トビーの心をほんの一瞬惑わせることだけが狙いだった。相手の武器をさげすみ軽んじる態度によって、さらに信ぴょう性は高まった。微笑みつつ、いつでも飛びかかれるように緊張感を保ちながら、ウィンダムはトビーの目を観察した。トビーの目にはかすかに疑いの色が浮かんだが、しかしすぐに魔法が解けて我に返ってしまいそうだったので、ウィンダムはすかさず飛びかかった。

すべては数秒間の出来事だった――トビーは驚いてかすれ声であえぎ、武器はガチャンと床に落ち、ぐにゃりと力の抜けた体が数回大きくよろめいて捻じれたかと思うと、柔らかなドスンという音を立てて障害物に倒れ込んだ——ウィンダムはすかさずドアを引っ張り開けると、中に踏み込んだ。

　つかの間のとっくみあいで生じた緊張を、笑うことでほぐしたウィンダムだったが、中に入った瞬間ハッと息を呑んだ。小刻みに揺れる懐中電灯の光が照らし出したのは、ガランとした殺風景な、クローゼットよりもわずかに広い程度の部屋だった。白い光はゆっくりと、まるで触れるのを嫌がるかのように、うずくまる塊へと近づいていった。ウィンダムが塊の上に身をかがめると、したたり落ちる赤い血が目に入った。ねっとりとした冷たい死の滴が点々と残る額は、黒い前髪に覆われ、その顔には最近何かがそこから消えた代わりに、血の気のない惨めに歪んだ表情が浮かんでいるように見えた。しばらくの間、ウィンダムは立ち尽くしたままその顔を見つめていたが、自分の直感が正しかったことに安堵すると、そっと部屋をあとにした。

第八章　ムッシュー・マーカディアン

「こいつはいいぞ《セ・ボン》」鏡に映る自分の姿を眺めながら、ムッシュー・マーカディアンが言った。どこかためらうような、つっかえがちな言い方ではあったが、それでも今試している一筋縄ではいかない言語を母国語とする者でなければ、正真正銘のフランス語として疑われずに通用するものだった。姿見の前で見せる素振りからも、試行錯誤の様子がうかがえた。いろんなジェスチャーをしたり、あれこれと表情を作っては印象の違いを試したり、こざっぱりと刈り揃えた黒い顎髭をなでたり、ネクタイの位置を何度も変えてみたり、時には髪を違う向きにとかしつけたりしていたからだ。

　点検の結果に、パリ出身のムッシュー・マーカディアンは満足したようだった。劇場地区のすぐ北側のブロードウェイの一角にある、小さくて目立たないながらも格式ある宿泊施設、ホテル・コロネーズの宿泊者名簿に、彼の名前と出身地はそう記されていた。もう一つ明らかなのは、ムッシュー・マーカディアンが好みのうるさい紳士だということだった。ル・アーヴル（フランス北西部の大西洋に臨む港湾都市）とニューヨークの間のどこかで、トランクが不運にも行方不明になったため、急いで必要な衣服を揃えなければならなくなったのだが、おかげで彼の衣服の完璧さがいっそう際立つこととなった。彼の衣服は、細い腰と厚い胸板、そしてたくましい肩を持つ彼のすらりとした体形にぴったりと合っていた。さらによいことに、仕立屋の巧みな技術によって、外国ふうの黒い顎髭を生やした男性に似合うよう、特別にしつらえられているらしかった。
鏡に映る自分の姿に見入っていたムッシュー・マーカディアンは、ドアをノックする音に注意をそがれると、声を上げて応えた。
「お入り《アントレ》！」
入ってきたのは少年で、注文してあった夕刊を部屋へ運んできただけだった。マーカディアンは若者にチップを渡し、肘かけ椅子に腰を下ろすと、煙草に火をつけ、特定の記事を探しているかのようにページをめくり始めた。そうこうするうちに、彼の目つきが鋭くなった。記事が見つかったのだ。マーカディアンはさっそく読み始めた。

ルイ・エーケンの遺体
島で発見

昨日、東部の複数の都市で警察に名を馳せていた、ルイ・エーケンのものと身元の判明した遺体が、メイン州セベーゴ湖の東岸付近に浮かぶフライ島の密林地帯で、捜索隊により発見された。

「密林地帯だって？」マーカディアンは非の打ちどころのない英語でつぶやいた。困惑したように額にしわを寄せたものの、そのまま読み続けた。

この遺体の発見は、カンバーランド郡当局が長い間解決に向けて取り組んできた、もっとも不可解な謎の一つとなっている。エーケンは心臓を刃物で刺されて殺害されたものと確認されており、遺体発見時にはすでに死後数日が経過していたことが明らかとなっている。エーケンが島にいた理由や、殺害時の状況を示すものは何も見つかっていないものの、長年の確執が動機ではないかと考えられている。

島には屋根裏部屋のある二階建ての家が一軒あるだけで、遺体はこの住宅のすぐ近くで発見されている。殺人が屋根裏部屋で行われ、事件の発覚をできるだけ遅らせようとした犯人が、犯行後に遺体を森の中へ引きずり出したと見られる証拠が見つかっている。

「何だ、そういうことか」マーカディアンはそう独りごちると、記事の最後の段落に目を向けた。

火曜日の深夜、フライ島の対岸にあたる本土で、就寝中の住民の一人が不審者によって起こされた。不審者は島で殺人があったことを告げたあと、慌てた様子で立ち去っている。翌日捜索が行われたが何も見つからなかったため、頭のおかしな者か、たちの悪いいたずら好きな人間のしわざだと思われたが、カンバーランド郡のユージン・L・ハーモン保安官代理が、さらに徹底的な調査を行うことを決定。昨日の午後遺体が見つかったのは、ひとえに彼の尽力によるものである。

読み終えたマーカディアンの顔には、困惑とおかしさがせめぎ合っていた。「不審者——頭のおかしな者――たちの悪いいたずら好きな者か。やれやれ！　正しいことをしようとしただけなのに、どうしてこうも誤解されてしまうのかな」マーカディアンは小さくクスッと笑った。「あの晩、トビーは縄で縛っておいたのに、いったいどうやって逃げ出したんだろう。かなりきつく結んでおいたのにな」

新聞を落とすと、マーカディアンは腕時計に目をやった。「五時半か。もうすぐ夕食の時間だ。食べたら少し散歩でもして、そのあとはそうだな、尊敬すべきわが友人、マーカス・ルードを訪ねることにしよう」

心浮き立つ冒険を待ちわびるかのように、マーカディアンは楽しそうに微笑んだが、すぐに顔を曇らせた。そして電話器に歩み寄った。教養ある外国人らしい、少々不自然なやたら正確なアクセントで、ある番号に電話をかけた。コロネーズホテルに着いてからというもの、日に何度もその番号へ電話をかけていたのだが、答えはいつも同じだった。ヘレン・ハードウィックさまは家におりません。いつお戻りになるかはまったくわかりません。連絡を取る方法も申し上げられません。

今回もこれまでと同じく、満足のいく回答は得られなかった。ゆっくりと機械的な動作で、ムッシュー・マーカディアンは受話器を戻した。そしてゆっくりと機械的な動作で、今度は窓際に歩み寄ると、マンハッタンの屋根の連なりやイスラム教寺院《ミナレット》の尖塔を高層の窓から見下ろし、小さくつぶやいた。

「ヘレン、君はどこにいるんだ？」

第九章　ヘスター・スクエアの屋敷

ヘスター・スクエアは眠りについていた。軒を連ねる家々の灯りが、一つ、また一つと消えていった。四ブロックほどしかないこの住宅街は、マンハッタン島にある古風な趣の居住区の一つで、今では蒸し暑い夏の夜の暗闇と静寂が、家並みの上に重く垂れ込めていた。正面を茶色や白、サーモンピンクに塗装された家々は、昼間の日射しの中では明るい彩り豊かな景観を作り上げていたが、夜の帳が下りた今では、すべてが一つに溶け合い、黒一色に染まっていた。だが、一カ所だけまだ灯りが消えずに残っている場所があり、淡い黄色い光が、このコミュニティでもっとも大きな屋敷の二階の窓から漏れていた。

この界隈には、とりわけこうした遅い時間には、不品行を思いとどまらせるような静謐さと品格が漂っていた。何年も前に、三方を取り囲む工業地帯から出るガラクタを埋め立てて造られたこの区域は、今では緑の芝生、きれいに刈り揃えられた生垣、木陰を作る若木、花壇、快適な住居からなる小さなオアシスを形成していた。それらはみな、大都市の水辺にありがちな生々しい醜悪さと、まさに隣り合わせに存在していた。銀行や不動産を所有するあるニューヨークの旧家によって修復され、以前のみすぼらしい姿とはすっかり見違えたヘスター・スクエアは、チャンスさえ適切に与えられれば、スラム街でも生まれ変われることを示す格好の例だった。周囲の環境の悪さは、その魅力的な側面を損なうどころか、むしろ際立たせていた。裏側には六メートルの高さの堤防があり、その下には、黒く濁った水が悪臭を放ち、驚くほど様々な船が往来するイーストリバー（マンハッタン島とロングアイランドの間の海峡）が流れている。ウェルフェア島（イーストリバーに浮かぶ細長い小島。現在のルーズベルト島）のちょうど反対側には、灰色の壁がいかめしくそびえている。貯炭所が南へ伸び、北のほうでは廃墟となったビール醸造所の煙突が、高々とそそり立っている。時折西のほうからは、セカンド・アベニュー高架鉄道の線路をガタンゴトンと走る列車の、警笛や耳をつんざくようなキーッという音が聞こえてくる。だが、こうしたものとはまるで縁のない静けさを保つヘスター・スクエアは、周囲の環境に邪魔されることも汚されることもなかった。

ヘスター・スクエアは独特の造りになっていた。夜間ですらよく注意すれば、まるで高級住宅地として周囲の煙や煤やヘドロから守られていることを喜んでいるかのような、楽しげな心地よい雰囲気が家々にあるのが感じられた。どういうわけか、ここに住んでいるのはみな資産家たちで、気まぐれや単に人口密集地を避けたいとの理由から、この辺ぴな場所を住みかに選んだのだろうと思わせるような雰囲気があった。屋敷と屋敷の間には、広い間隔が設けられ、各屋敷をぐるりと取り囲む先の尖った鉄のフェンスは、侵入者を防ぐというよりも、むしろ装飾を目的として備えつけられているようだった。

だが、二階の窓から光が漏れている角の屋敷だけは別だった。ほかの屋敷より大きいというばかりでなく、この界隈らしい開放的な親しみやすさがまるでなかった。低い石垣の上に覗く灰色の壁は冷たく見え、どんよりとした閉鎖的な雰囲気を醸し出していた。全体的に見て、マーカス・ルードの住まいは、明らかにヘスター・スクエアの中で浮いていた。

灯りのともった窓の部屋では、若い娘が、下りたブラインドの前で立っていた。すらりとした体型で、短く切った栗色の巻き毛が、可愛らしい色白の顔を縁取っている。身のこなしには若々しい愛らしさがあるが、ひどく地味なドレスと、とび色の瞳に宿る快活さをくすませるべっ甲縁の眼鏡のせいで、歳よりも大人びて見える。彼女はこの屋敷でピーターズ嬢として知られる、マーカス・ルードの個人秘書だった。

家具や調度品から、高尚な趣味に興じられるほど裕福な人物の、図書室兼オフィスだとわかるその細長い部屋の反対側で、一人の男が金庫を前にして仕事に勤《いそ》しんでいた。薄暗がりの中で作業をしているのは、書物机の上にある傘のついた吊るしランプの光が、男のいるところまでは距離があり過ぎて届かなかったせいなのだが、素早く正確な動きを見れば、彼が手慣れた仕事をしているのは明らかだった。男は若く、体は細くしなやかだったが、その黒い瞳と浅黒い顔には、人間らしい表情がほとんどなかった。まるで全身の神経と筋肉が鉄のバネでできているかのように、敏捷かつ軽やかに動いてはいたものの、どこか人目を気にしているようなコソコソとしたところがあった。

この二時間の間、緊張感漂う静けさの中で、娘は男の動きを見守っていたが、十五分が経過するごとに不安は増し、顔色は青ざめ、緊張が高まった。時折娘はブラインドを上げると、しんと静まり返った薄暗い街路にチラリと目をやった。何度もドアを開けては、そわそわと警戒するように茶色い頭を傾けて階下の玄関を見下ろす。男の作業を見ている間じゅう、娘の態度には、まるで自分の全人生が、部屋の奥で進行中のこの企てにかかっているかのような、あふれんばかりの熱情と、焼けつくような不安があった。

娘にとって、ただこうして見ているしかないのは、まるで拷問でゆっくりといたぶられているかのようで、一刻一刻が恐ろしい可能性に満ちていた。男が屋敷に持参した古びたおんぼろのバイオリンケースを開けて、その中から何種類もの興味深い道具を取り出すのを、娘はじっと見つめた。男はそのうちの一つを長いケーブルにつなぐと、ケーブルをフロアランプ用に設けられた壁のコンセントに挿し込み、先端部が鋭く細い金属でできている以外は扇風機の中にある発電子とよく似た器具に、ケーブルのもう片方の端をネジで取りつけた。最後に男は娘に背を向けると、マーカス・ルードの金庫に向き直った。熟練した秩序立ったやり方で男が仕事を開始すると、飽き飽きするようなウィーンという音が鳴り響き、薄闇の中に閃光の雨が青白くきらめいた。娘はこれまで一度もこうした作業を見たことはなかったが、よく話には聞いていたので、工程中の各段階が何を意味するのかはわかっていた。

何度も尖った鉄の先端が金庫に突き刺さり、ダイヤル錠の周りに穿孔の円を作った。時折男はドリルの手を止めると、バイオリンケースから取り出したいくつかの短い棒をつなぎ合わせて作った先の尖った長い鉄の棒を、穿孔の一つに挿し込んだ。そしてありったけの力を込めて、てこを使ってそれを捻った。やがて娘の耳に、唸り声と筋肉の裂ける音、それに鉄の棒がバチンと低い音を立てて折れる音が聞こえると、ふたたび、単調なドリルの音が響き始めた。

本当に終わるのかしら？　一瞬一瞬が不気味な兆しに満ちていた。ドリルのウィーンという単調な音は、神経を痛めつける拷問装置のようだった。妄想の中で、音はどんどん大きくなり、ついには近所じゅうが目を覚ますのではないかと心配になった。すべては計算済みだった――マーカス・ルードは街におらず、女中はスタテン島にいる姉を訪問中で、街の喧騒とは無縁のこの静かな高級住宅街を不審がる理由もないせいか、夜遅くに警察が巡回に来ることもまずなかった。でも、もし計算を誤っていたとしたら？　もしマーカス・ルードが急に戻ってきたら？　もし――

娘は不安な気持ちを落ち着かせようとして、自分にこう言い聞かせた。私ったらなんて臆病者のお馬鹿さんなの。これまで何度も危険な目に遭ってきたじゃないの。それもこんなのよりもずっと恐ろしい目に。それなのにどうして今さら怖気づく必要があるというの？　確かに今までの冒険はもっと違っていたわ。自分がもっと積極的な役割を演じていたから、胸が打ち震えるような喜びを感じられたけれど、ここにはそれがないんですもの。自分で必死に手を動かしていれば、不安など忘れていられるのだけれど、ここでは恐怖と不安に苛まされながら、ただ横でじっと見ていることしかできない。だからこの苦しい試練が拷問みたいに感じられるんだわ。でも勇気を出して耐え抜かなくちゃ。金庫破りの専門家であるジミー・マーラーにお願いした、もうあとには引けない仕事なのよ。失敗は許されないわ。あと少しで、すべてがうまくいけば、私が受け継いだ尊い目的は達成されて、金庫からは、マーカス・ルードを重罪人用の独房に送り込めるだけの証拠が出てくるのよ。

その考えは刺激的な電流のようだった。数週間で、その目的は娘の中で大きく膨れ上がり、次第に揺るぎない、まばゆい炎となって激しく燃えさかっていた。娘を駆り立てていたのは復讐心だけではなかった。娘はマーカス・ルードを憎んでいた。マーカス・ルードが柔和な微笑みの下に隠し持つ、邪悪な非道さを憎んでいた。だが憎しみだけでは足りなかった。亡くなった恋人から受け継いだ仕事を成し遂げる喜びに比べたら、憎しみなどつまらない感情に過ぎなかった。

娘は悲しく切なそうに微笑んだ。グレイ・ファントムは死んでしまったけれど、あの人の魂は今も私の中で生き続けているのよ。

ジミー・マーラーが手を止めて額の汗をぬぐった。娘はもう一度窓の外を見てから、彼のほうへやって来た。

た。

「ジミー、もう少しで終わりそう?」

「あと少しだ」男は短く答えると、部屋の前方にある傘のついた吊るしランプを疑わしそうな目で見た。

「ありゃ危ないぜ、ハード――」

「ピーターズよ」娘は男の言葉を正した。

ジミーはにやりと笑った。「そうだったな、ピーターズさん。ちょいと口が滑っただけだ。だがな、ありゃあ危ないぜ。灯りは消しておくべきだったな」

「でも言ったでしょ、ジミー。この一週間、私は夜更けまでこの部屋でずっと仕事をしてきたの。灯りをつけたままでね。ルードさんには、今夜もまた遅くまで仕事をするつもりだと伝えてあるわ」

ジミーは半信半疑の様子で頷いた。「わかったよ。あんたの言うとおりにするよ。灯りをつけたまま盗みに入るってのが、どうも不自然に思えただけさ。ともかく、あと三十分もすればこのしぶとい金庫も開くだろうよ」

ジミーは汚れた手から鉄の粉をはたき落とすと、ふたたび仕事に戻った。娘は小さな腕時計に目をやった。今は一時。ジミーの予測では、あと三十分で仕事は終わるということだった。ふたたび娘は、慎重ながらも着実に仕事を進めるジミーの巧みな手さばきを観察し始めた。ジミーの器用さも、彼女だけが見いだした彼の心に潜む奇妙な衝動も、彼女にとっては等しく驚くべきものだった。ジミーの傷ついた魂の奥底には、彼が普段つきあっている連中には思いも寄らないような、強い忠誠心が秘められていた。万が一失敗すれば、どんな結果が待ち受けているのかを重々承知しながら、ジミーが今夜の企てに乗ったのは、報酬への期待からではなく、深い感謝の念からだった。すでに刑務所で刑に服したことのあるジミーは、再犯者となった場合、さらに重い刑罰を受けることになる。それでもなお、娘が計画のあらましを説明したとき、ジミーは一瞬たりとも躊躇せずに、計画に同意した。

「もちろんやるさ」ジミーは当然のことのように言った。「あんたはグレイ・ファントムの彼女じゃなかったかい？　それだけ聞きゃあ、俺にとっちゃじゅうぶんさ」

今、ジミーが最後の仕上げをする様子を見つめながら、娘はいっそう不安になった。べっ甲縁眼鏡の奥にあるとび色の瞳が、緊張で大きく見開かれている。娘の見ている前で、ジミーはふたたび鉄の棒を穴の一つに挿し込むと、すぐさまその棒を力一杯捻り上げた。人間の筋肉と鉄との格闘だ。さらにぐいと捻ると、裂けるような鋭い音とともに金庫の扉が壊れた——抑えていた感情がどっとあふれ出し、娘は思わず短い笑い声を上げた。

ジミーはボロボロになった鉄の扉をこともなげに引っ張り開けた。それから、「さあ、ご自由にどうぞ」と言うと、煙草に火をつけた。

娘は飛びつくように金庫の横にひざまずくと、混乱した頭を静めようとした。頭の中では、ジミーがまだ穴開け作業を続けているかのように、ウィーンと鉄を削る音がずっと鳴り響いていた。眼前に浮かぶ靄の向こうに、いくつもの引き出しが並んでいるのが目に入った。みな鍵がかかっている。ふと左側の一番上の引き出しに目が留まった。ルードがコソコソした様子でこの引き出しに手を伸ばすのを、何度も目撃していたのだ。ほかの事情がなかったとしても、欲しい物はそこにあると見てよさそうだった。

「この引き出しよ、ジミー」娘は叫んだ。「これを開けるのを手伝ってちょうだい」

「お安いご用だ」ジミーは娘の肩越しに覗き込むと、煙草を横に置いて娘の横にひざまずき、細いナイフの刃を手際よく数回走らせた。引き出しが勢いよく開いた。ジミーは満足そうに吸いかけの煙草を拾い上げた。

「どうしたんだい？」しばらくしてジミーが尋ねた。娘が急に肩をこわばらせたのに気づいたのだ。

「きっと引き出しを間違えたんだわ。この引き出しには——」

ハッと呑む息で言葉が途絶えた。ジミーはちくしょう！　とつぶやきながら、さっと横へ飛びのくと、金庫の上に置いてあったリボルバーを手に取ろうとしたが、ぶっきらぼうな声を耳にした途端、その手が止まった。

「今度ばかりはぬかったな、ジミー・マーラー。一足遅かった。手を上げろ！」

第十章　マーカス・ルードのささやかな冗談

次の数秒間に娘の眼前で起きた出来事は、瞬く間に終わった。成功を目前にしながらふいに望みを断ち切られて、娘は圧倒的な強い絶望感に打ちひしがれた。目に入ったのは、ののしり声を上げながら、振り向きざまにしゃがみ込み、飛びかかろうとしていったんは筋肉を弛めたものの、勝ち目がないことを悟ってふてくされたように降参する、ジミーの姿だった。

屈強なブルドッグのような男が前へ進み出て、二つの鉄の輪をじゃらじゃらと手でもて遊びながら、軽蔑したような目でジミーに微笑みかけるのが見えた。この男よりも背の高い、やせぎすの仲間が一人、悠然とした態度で傍らに立っていたが、こちらも必要に応じてすかさず助けに入る用意がありそうだった。ジミーの手首にガチャリと手錠がかけられるのが聞こえた。

すべてがあっという間の出来事のように思われた。何が何だかわからぬうちに、すべてが終わっていた。あまりに急な展開に、娘は軽い目まいを覚えた。どういうことなのかしら。ついさっきまで、私は金庫の前にひざまずいて、引き出しの中に探していた物がないことを知り、困り果てていた。なのに今は、無意識のうちに移動したのか、こうしてずいぶん離れた場所で壁を背にして立っている。男たちが乗り込んできた時に、きっと反射的に飛びのいたんだわ。でもジミーの手に手錠がかけられていて、私の手にはかけられていないというのは変よ。罪があるとしたら、すべては私の罪なのに。

そそのかしたのは私で、ジミーはただ私に言われたとおりにしただけなんですもの。

困惑していると、突然誰かの声が聞こえてきた。それはとびきり優しい落ち着き払った声で、この声の主は、声帯を滑らかな液体にでも浸したに違いないとさえ思われた。

「ご心配なく、ピーターズさん。このちょっとばかり不愉快な問題は、すぐに片づくからね。さあ、紳士諸君はこちらへ」

娘は唇をきゅっと固く結んだ。マーカス・ルードの猫なで声を聞くと、叫びたいような気持ちになった。ルードは、ジミーを後ろから乱暴に小突いている男ともう一人の男を従えて、金庫に歩み寄ると、床から引き出しを拾い上げ、急いで中身をかき回して確認した。

「全部揃っている」ルードが話すのが聞こえた。「これは私にとっていい教訓になるな。宝石を自宅の金庫にしまっておくというのは実に愚かな考えだ。ほかの引き出しが荒らされていないのがわかるだろう。そこには金目のない私的な書類しか入っていないのだ。この引き出しにだけ、盗む価値のあるものが入っていたのだ。だが、どうしてこの引き出しだとわかったんだろう」

「そりゃあ、ジミー・マーラーはどこにいようと、宝石の匂いを嗅ぎつけられますからね」ジミーに手錠をかけた男が冗談めかして答えた。「ついてましたよ、ルードさん。もし我々の到着が少しでも遅かったら、あの宝石の山はみんな消えているところでしたよ」

「そうかもしれん」マーカス・ルードは疑わしげにそう答えると、秘書のほうを考え込むような目つきで見た。

「だがピーターズさんのことを忘れるわけにはいかない。彼女のほうが我々よりも先に来ていたんだからね。彼女が阻止してくれなかったら、このコソ泥は逃げおおせていたかもしれん。ところで、ピーターズさんは私の秘書でね。私が先月購入したエジプトの収集品の目録を、この一週間頑張って作ってくれていたんだ。女中部屋の隣りにある部屋を使って、いつも夜遅くまで仕事をしてくれてね。きっと、休もうとしたら何か不審な物音が聞こえたので、ここへ来てみたら、泥棒がちょうどこの引き出しの中身を盗もうとしていたので、止めようとしてくれたんだろう。違うかな、ピーターズさん？」

娘は自分の耳が信じられず、ぽかんとしてルードを見つめた。娘にはうわべだけのごまかしにしか聞こえなかったが、マーカス・ルードの話しぶりは、立て板に水を流すように雄弁だった。ジミーが眉をつり上げ、問いかけるように目を細くして娘を見たので、娘はますます頭の中がボーッとなった。「いいえ」娘はかろうじて答えた。「全然そんなんじゃないんです。私――そのう――マーラーさんじゃなくて――」

ルードは同情するように微笑んだ。部屋に一緒に入ってきた二人の男に手を振って、下がるよう合図した。「この若いお嬢さんときたら、かわいそうに、すっかり動揺している。無理もない。こんな不愉快な問題はさっさと切り上げてしまおう。盗人《ぬすっと》を刑務所に送るよう取り計らってくれ。朝になったら電話するように。あとの指示はその時にするから」

ルードが手でドアを押さえて開けておくと、男たちはジミーを間に挟むようにして出ていった。姿を消す直前、ジミーは振り返ると、無言のまま問いただすような目で娘を見た。それはまるで、ジミーの刺すような視線が、娘に電気ショックを与えたかのようだった。娘は前に飛び出して叫んだ。

「待って！　やめて――！」

しかし、マーカス・ルードはすでにドアを閉め、今や娘の前に立ちはだかっていた。長身痩軀のルードは、娘との身長差を埋めようとしているのか、頼まれもしないのに背中を少し丸めて体をかがめている。いつものように、わざとぼさぼさにしてあるかのように見える濃い白髪は、一部が額を斜めに長く横切り、右の眉毛に届かんばかりになっている。額は極端に狭かったが、この欠点はそれほど目立たなかった。不健康そうな顔色や、長い鼻の先端が丸く膨らんだ醜いだんご鼻や、迷路のように縦横無尽に走る醜い顔のしわにしても同様だった。マーカス・ルードの顔を生き生きと個性あふれるものにしていたのは、その笑顔と眼差しだった。前者は温和で魅力的で表情豊かだったが、いつも感じがよいというわけではなかった。後者は類まれな輝きを宿し、時に人の心を妙に引きつけ、常に気まぐれなユーモアにあふれていた。それは明るいとも、皮肉っぽいとも、とてつもなく意地が悪いとも取れる類のユーモアだった。

今、ルードは震える娘を見下ろすようにして立っていたが、その眼差しと微笑みは、穏やかで優しかった。

「気が立っているんだ、ピーターズさん。休んだほうがいい。疲れているだろうから」

娘は身じろぎした。長く柔らかいまつ毛を眼鏡が部分的に隠していたが、そのまつ毛の奥で何かが光った。混乱していた頭に、はっきりとした考えがふいに浮かんだのだ。ルードは私のことをピーターズさんと呼んだわ。それ自体は別におかしくはないけれど、それはつまり、私にもまだ有利な点があるということだわ。ということは、少なくとも一つの点では、この悪魔のようにずる賢い男を、私はうまく欺くことができたのよ。

「あの人たちは何者だったんです?」娘が尋ねた。

「私立探偵たちさ。警察官よりも扱いやすく、警察官のように騒ぎ立てない」

「あなたはこの週末、オールド・ポイント・コンフォート（バージニア州南東部、ハンプトン市内にある海浜保養地）にお出かけだったはずでは？」

「そのつもりだったさ」マーカス・ルードはことのほか面白がっているようだった。「だが、時々人は考えを変えるものなのだ」

「でもあなたは切符を買い、荷物を確認して、列車に乗り込んだじゃありませんか」

「そう――そのとおり」ルードは半分閉じた目で天井を見上げた。「でもほら、男ってのは気まぐれな生き物だからね」

娘は探るような目でルードを見た。するとふいに、とてつもなく大胆な考えがひらめいた。「あなたは初めから出かけるつもりなどなかったんだわ。全部、人を騙すための策略だったのよ」

「そうかもしれん。時にはちょっとした冗談も必要だからな。この冗談はずいぶん面白いことになったがね。ねえピーターズさん、私は試してみたかったんだ――自分の仮説をね。ここのところ、もし私がタイミングよく街から姿を消したら、金庫に何かが起こるんじゃないかと疑っていたんだ」

「誰かがあの宝石を盗もうとするのではないかと、疑っていたと？」

「もちろん。ほかに何か疑うようなものがあるかね？」

娘は貴重品がぎっしりと詰まった引き出しに目をやった。私立探偵たちの前でルードがその中身を調べた時、装飾品がキラキラとまぶしく輝いていたのを思い出した。数日前には、引き出しの中に宝石はなかったはずだ。

「それじゃあ」娘は自分の確信を胸にしまい込んで言った。「泥棒を罠にかけたわけですね」

「もちろん」

娘は黙り込んだ。またもや頭の中がこんがらがっていた。金庫破りの目的が宝石を盗み出すことだったとルードが信じているのなら、私が共犯者だということは知っているはずだわ。私立探偵たちを引き連れて部屋に乗り込んできた時に、ルードはあの部屋の光景を目撃しているのだから。それだけで証拠としてはじゅうぶんなはずよ。なのにどう見ても共犯者である私のことを、ルードはうまく言い繕ってしまった。私の無実がさも当然のような振りをして。なぜなの？　それに、どうしてあの二人の私立探偵は、あれほど見え透いた言い訳をあんなにも簡単に受け入れたのかしら？　自分たちが実際に目撃したものとは、完全に矛盾していたはずなのに。ルードが私立探偵は警察官よりも扱いやすいと言っていたのは、このことだったのかしら？　でも、ルードがすでに真実を、少なくとも私が共謀していたということを知っているのなら、訊いてみたって別に構わないわよね。

「どうして私をジミー・マーラーと一緒に逮捕させなかったんです？」娘は単刀直入に訊いた。

「おやまあ、お嬢さん、それは――」

「私も同罪なのはご存知でしょう」娘はたたみかけるように言った。

「そうかもしれんがね」ルードは娘を愉快そうに見つめた。「しかし、若さと魅力があれは、つまらぬ正義の裁きなどとは無縁でいられるのだよ。あなたは若くて魅力的だ。その醜悪な眼鏡と不恰好なドレスにもかかわらずね。実に惜しい――」

「本当のわけを教えてください、ルードさん」

マーカス・ルードはため息をついた。「誠実な連中なんて、大抵は食わせ者だ。真実なんて、せいぜい一つのものの見方に過ぎない。説明してあげよう。ほんの少し前に、私と私立探偵たちがこの部屋へ入ってきた時、我々はあなたが金庫の前で引き出しの中身を調べているのを目撃した。その引き出しには、たまたま高価な宝石がたくさん入っていた。そしてその横には、前科者で金庫破りが専門のジミー・マーラーが立っていて、あなたのことをじっと見ていた。私と私立探偵たちが目撃したこの光景には、二通りの解釈が可能だった。私の言っていることがわかるかな？」

「続けてください」

「厳しい見方のほうを先に説明しよう。私立探偵たちは、あなたが極めて不名誉な行為に携わっている姿を目撃したと証言することもできるし、あなたが私のもとで働き始めた唯一の目的が、秘書として潜り込み、私の貴重品を盗むことだったとも簡単に推測できる。あなたには観察する機会がいくらでもあった。いい頃合いを見計らって、どの引き出しに貴重品が保管してあるかを知ったあなたは――今何か言おうとなさったかな、ピーターズさん？」

「何でもありません」娘は答えた。ついさっきまでその引き出しには宝石なんて入っていなかったじゃないの、と言ってやりたい衝動を何とかこらえた。

「あなたは金庫破りのプロを雇った」ルードは先を続けた。「おそらく盗品の一部を報酬として渡す条件でね。あなたは共犯者とともに、私が街を出たのをいいことに金庫を襲った。その晩はさらに偶然にも、一週間のうちで、女中がスタテン島にいる姉の家へいつも泊まりに行くことにしている晩だった。こうしたすべての状況と、私と探偵が部屋に入った時に目撃した光景を考え合わせると、あなたに罪があることはじゅうぶんに推定できるのだよ、ピーターズさん。あなたにとって不利な証拠の、半分にも満たない証拠しかない人たちでも、有罪の宣告を受けているのだからね。もちろん、知っているよね？」

娘は頷いた。ルードが事件の不愉快な見方を説明している間、直感的に安堵しか感じないのは不思議議な気がしたが、ルードが真実について疑わない限りは、目的を達成するチャンスはこの先にもまだあるのだ。ただ二つだけ気がかりなことがあった——ルードの動機がはっきりしないことと、ジミー・マーラーが探偵たちに連行された際に見せた、別れ際の目つきだった。あの目が今も脳裏に焼きついて離れなかった。

「それなのに」娘はつぶやいた。「あなたは私を逮捕させなかったわ」

「それはこの状況について、より寛容な見方をしたかったからだ」

「なぜなんです、ルードさん」

マーカス・ルードの微笑みは、とりとめのない考えにふけっていることを表していた。薄いチェック柄のフロックコートを身にまとい、骨ばった体の線をやわらげるバラの花をボタン穴に挿した長身痩軀のルードは、相変わらず体を少し前かがみにしていた。

「たぶん、私は愚か者なのだ」ルードは直接質問には答えず、物思いにふけるようにつぶやいた。「本当に、ある面では愚か者なんだ、ピーターズさん。ほかの男なら慎重に行動するようなところを、私は衝動的に動いてしまう。例えば、あなたを秘書として雇う時に、私はあなたの身元を調べもしなかった。あなたは私に、名前はクリスティーン・ピーターズで、秘書としての経験があると言った。私はあなたの言葉を疑わなかった。あなたを信用のおける有能な方だと思って気に入った。それだけでじゅうぶんだったのだ」

べっ甲縁の眼鏡の後ろで、娘の目にチラッと不安の影がよぎったが、すぐに消えた。

「でもまだ私の質問に答えてらっしゃらないわ。どうしてあなたは——えっと——さっきおっしゃった、より寛大な見方のほうを受け入れることにしたんですの?」

またしても、ルードの答えはつかみどころのないものだった。「もちろん、男なんてコロコロ気が変わるものだからね。今夜私は気が変わった——ほら、出かけることについてね。ほかのことについても、気が変わるかもしれない」

ルードはとりとめのない口調で話していたが、娘は言外の脅しを感じ取っていた。そうしたほうが賢明だと思えば、マーカス・ルードはいつでも娘を違う見方で解釈することができるのだ。ルードは私立探偵たちを「扱いやすい」と言っていた。おそらく彼らはルードの望みどおりに証言するのだろう。ルードは娘よりも有利な立場にあって、本人にしかわからぬ理由でその優位性を逆手に取っていたが、現時点ではとりあえず危険はなさそうだった。この一日二日のうちにはいろいろなことが起こるのかもしれないが、それまではマーカス・ルードに真の意図を疑われない限り、こちらにも有利な点はあるのだ。

「だが差し当たっては」ルードはためらっていた考えをこう締めくくった。「物事の明るい側面を見たいと思っている。未来はあなたにかかっているのだ」

「私に？」

「お座りなさい、ピーターズさん。もしひどく疲れているのでなければ、もう少しあなたに話したいことがある。さあこちらへ」

ルードはいつものうやうやしい、つまらないことを仰々しく見せようとする男にありがちな態度で椅子を勧めると、娘のそばに向かい合わせに腰を下ろした。娘は危機が迫っているのを察知したが、それがどのような形を取るのかはわからなかった。

「私の顔を見てごらん」ルードが言った。

ルードがそばにいる時にいつも感じる嫌悪を押し隠しながら、娘はルードの顔を見た。何か邪悪なものが、もったいぶった物言いと愛想のよい態度という仮面を被っているような気がした。

「何が見えるかね、ピーターズさん？」

娘は気を落ち着けて、今演じている役割に必要なうまい返事を思いつこうとした。私だってルードと同じくらい頭が切れるのよ。そう思うと気分が高揚した。

「私の目に映っているのは」娘はルードの雰囲気に合わせるように答えた。「人生の荒波に揉まれて高度に磨き抜かれた男性だわ」

マーカス・ルードは嬉しがっている様子だった。「ほかには？」

「心に葛藤を抱えている男性が見えるわ。胸に秘めた強い願望が、いつもおのれの倫理感と衝突してしまう男性よ」

ルードは思案すると、眉を少しひそめた。「ああ、でもそれは誰にでも言えることだ。もう少し具体的に言って欲しいな。私の歳はいくつだと思う？」

「そうね。五十五歳くらいじゃないかしら」ルードはおそらくそれより十歳は上だったが、どこか年齢不詳の雰囲気があった。

「ハンサムかな？」ルードが少しからかうように言った。

「いいえ、ハンサムではないわ」娘はそう答えたが、それはルードのような高い教養に根差した虚栄心を持つ男は、わかりやすい褒め言葉を喜ばないことを知っていたからだった。「でも、間違いなく、多くの女性があなたを魅力的だと思うでしょうね」

「ハハハ、我々はウマが合うようだ。では、私は胸の悪くなるような男ではないということかな？」

「もちろんよ」娘は語気を強めて正直にきっぱりと告げた。この男には肉体的な不完全さを霞ませてしまうような、人を引きつけてやまない魅力があった。娘がこの男を恐れていたのは、容貌のせいではなかった。もっと深いところにあるもののせいだった。それはうわべからはうかがい知れない、魂の奥底にある忌まわしい洞窟に隠されていた。

「あなたは面白い人だ。大抵の人は見え透いたお世辞を言うか、嘘をつく。時々男というのは、自分について客観的な意見を聞きたくなるものなのだ。では、私の内面についてはどう思う?」

娘はルードをじっと観察すると、高まる不安をものともせずに、このうわべだけの言葉のやり取りに興じる振りをした。ルードは退屈しのぎに気晴らしを求めているかのように、冗談半分に話していたが、娘は冗談めいた会話の裏にある脅しを感じ取っていた。

「内面についてですって?」娘はオウム返しに訊き返した。「まあ、あなたの内面は私などには深過ぎてとてもとても。ただ、あなたは頭脳明晰で、教養ある趣味をお持ちだし、芸術や科学の追及にも熱心だわ。でもそれだけじゃなく、時々はちょっと羽目を外すのもお好きよね。つまり、仕事と遊びのバランスがちょうどよく取れていると言えるでしょうね」

「何という理想的な性格!」ルードは陽気な声で叫んだ。「では、そういうことなら――」

ルードは考え込むようにふと口をつぐむと、椅子に腰かけたまま娘をじっと見つめたが、その眼差しを見て、娘は得も言われぬ不安で一杯になった。空気には香気がほのかに漂っている。家の中で何度も気づきつつも、何なのかわからずにいたあの香りだ。マーカス・ルードの快楽趣味の現れだろうと思っていたが、今、不吉な緊張感が空気中を漂っているかのように、その香りがふいに息苦しいものに感じられてきた。

「つまりこういうことだね。私は年を取り過ぎてはおらず、不快でなく、教養があり、バランスの取れた心を持ち、知的な趣味によく興じることがあると。称賛すべき性質だということは、あなたも認めてくれるだろうね。さらにつけ加えさせてもらえば、私は人生を謳歌できるだけの物質的な豊かさも持ち合わせているんだ。私がこれだけ素晴らしい資質を兼ね備えているとあなたも言っているのだから――あなたの言い分にケチをつける気などない――もし頑張ったら、私のことを少しは好きになれそうだとは思わないかな?」

娘は目をまん丸くした。ついに危機はやって来たが、それは漠然と予想していたものとはまるで違っていた。娘は胆をつぶして茫然としたものの、自分の演じる役に降りかかったこの緊急事態に対処するために、何とか気を落ち着かせようとした。

「何のことかよくわかりませんわ、ルードさん」

「ならば、はっきりと申し上げよう。あなたを愛しているんだ。私と結婚してくれませんか?」

単刀直入な発言とプロポーズの言葉に、娘はまたもや度胆を抜かれた。マーカス・ルードがたった今口にした言葉ではなく、むしろその言い方に驚いていた。変貌を目の当たりにしているかのように、娘は相手の顔をじっと見つめた。ルードのやんわりとした皮肉や優雅な雰囲気は、もろい化粧板のように剝がれ落ちていた。そこには、単に気のあるそぶりを見せて、あわよくば相手を引っかけてやろうといったところは見受けられなかった。ルードの目には、娘を驚きおののかせる艶めかしい欲望が見て取れた。

「あなたは美しい」ルードがダミ声で言った。「その眼鏡もそのドレスも、あなたの魅力を完全に隠すことなどできやしない。隠しとおせると思ったんだろう?」

娘は言いようのない恐怖に包み込まれるのを感じた。この男には何かゾッとするようなところがある。それが、手際の良さや巧妙さ、温和な微笑み、人を引きつけるちょっとした癖、そして世慣れた人間が持つうわっ面のよさなどを、すべて脱ぎ捨てたルードの姿を見た娘の感想だった。

「驚いたかね？　まあ無理もない。こんなことが自分に起ころうとは夢にも思わなかった。だがこういうことは過去にもあったし、これからも世界が存在する限り起こり続けるのだ。これまで私は恋愛とはほぼ無縁の人生を送ってきた。恋をもて遊んだり、茶化したり、嘲たり、ありとあらゆる軽蔑的な呼び名で呼んだりしてきた。それが今では――」ルードはかすれた声で笑った――「ついに恋に捕えられてしまった。しかも相手があなたとは！　だが恋とはいつだってそうしたものなのだ。私のような男が恋に落ちる相手は、いつだってあなたのような、愛らしく騙されやすい人なのだ。普段はフリュネー（古代ギリシャ神話の遊女）やアスパシア（古代ギリシャのアテネにいた才色兼備の女性で政治家ペリクレスの愛人）と戯れながら、結局最後にひれ伏す相手は、純白の魂を持つルクレチア（古代ローマ伝説中の貞婦）のような女性なのだ。思うに、それが運命というものなのだろう」

　娘は内心震え上がった。この人青ざめているわ――何てひどい青ざめかたなの。だが感じた嫌悪感を表に出すまいと努めた。ルードをよく知る娘の目には、こうした告白をしている間も、これまで偽善的だった時と同様に、ルードはただ単に忌まわしいだけの存在に過ぎなかった。今はなおさらそうだった。ルードは虚飾をかなぐり捨てていたので、ゾッとするような不快さを覆い隠していた、あの人目を欺く上品ささえ失っていたからだ。

「あなたは可愛らしい人だ」ルードが物欲しげな目つきで娘を見ながら言った。「私のあなたへの想いは知っているだろう？　私の様子には気づいていたはずだ。初めて会った時――あの時に始まったのだ。何とか言ってくれんかね？」
ルードのギラギラした目と訴えかけるような声の調子は、不愉快極まりなかった。こういう事態になることにもっと早くに気づくべきだったわ、と娘は後悔した。このひと月の間、ルードがよく自分のほうをじっと見つめていたり、仕事の話の最中に、ふと黙り込んでうわの空になったりすることがあるのに気づいていた。だが、目的を達成することで頭が一杯で、それを警告として受け止めることができなかったのだ。それに、マーカス・ルードのような感傷的なことを馬鹿にする世慣れた男が、まさかこんなふうになるなんて、夢にも思わなかったのである。

ショックのあまり、ものも言えずに椅子に座ったまま、娘は知恵を振り絞って何とかこの窮地からの脱出方法を見つけだそうとした。この状況をうまく切り抜けられなければ、すべてが終わってしまうかもしれない、と本能的に感じていた。この男の眼中にくすぶり、全身をわななかせている恋心は、いとも簡単にもっとおぞましいものに変わり得るのだ。怒りと嫌悪ではらわたが煮えくり返ってはいたが、何としてでも知恵を働かせて、ここは冷静に対処しなければならないのだ。これまで何度も窮地で味方してくれた私の機転が、こんな問題にもうまく働いてくれるといいのだけれど！

ふいに、娘は抑え込んでいる憎しみを、すべて大声で叫んで吐き出してしまいたくなった。マーカス・ルードがいつの間にか立ち上がり、今や自分の上に身をかがめていたのだ。ルードの体は震え、目は燃え殻のようにくすぶり、ハーハーという荒い息は、肌を焦がすのではないかと思うほど熱かった。吐き気を振り払おうとすると、ルードの手が頬をなでてきたが、その感触はまるで、悪意に満ちた針金か何かがスーッと伸びてきて、肌に触れたかのようだった。娘は憤怒が顔に燃えたぎるのが自分でもわかったが、それを隠そうと、喉元まで込み上げた叫び声をかろうじて押し殺した。

すると、ルードがハハハと笑い声を上げ、苦しい緊張の糸がプツンと切れた。そのしわがれた笑い声には、恋愛感情を冷酷にかなぐり捨てたかのような、とげとげしい響きがあったので、娘は言葉よりも雄弁に、自分の表情が本心を明かしてしまったことを悟った。

はたと笑いが止んだ。娘は呼吸が少し楽になった。ルードが数歩後ろへ下がると、うつむいた娘の目に、相手の影が自分の足に触れているのが見えた。

「わかったよ、ピーターズさん」喉の締めつけを振りほどいたような声で、ルードが言った。「あなたの顔は口よりも正直だ。知りたかったことは、たった今その顔がみんな教えてくれた。お返しに、私からも率直に言わせてもらおう。初めて会った瞬間、私にはあなたがヘレン・ハードウィックだということがわかったんだ。すまんね——驚かせるつもりはなかったのだよ」

第十一章　階段の足音

　弱々しい微笑みを浮かべながら、ヘレン・ハードウィックは自分を見下ろしている男の顔を見上げた。お前の正体を知っているのだという男の知らせは、多大な感情的ストレスに満ちあふれた夜の、痛烈極まりない圧倒的なクライマックスとして訪れた。ところで、ある性分の持ち主にはよくあることだが、にわかに娘の腹が据わった。こうなったら、もう大したことなど起こるものかという気分になったのだ。あらゆる不安やショック、恐怖を経験し尽くしていた娘の心は、もはや動じることはなかった。

「あら、知ってらしたのね」ヘレンはただそう答えた。

「最初はただの推測に過ぎなかった」マーカス・ルードは娘に言った。「だが、それはやがて強い疑いとなり、ついに確信に変わった。そしてその間ずっと、荒唐無稽ながらも激しい恋心が自分の中に芽生えつつあるのを感じていた。この駆け引きに運命が関わってくるのはそこなんだよ。ハードウィックさん、あなたは個人秘書にしては美し過ぎる」

　ルードは腰を下ろすと、煙草に火をつけた。ふたたび独特な個性を放つ彼自身に戻ったようだった。目は鋭い輝きを取り戻し、あの嘲るような微笑みも戻っている。先ほどの告白の名残りを留めているのは、蒼白な顔色と、娘の向かいに腰を下ろして煙草に火をつけた時に見せた、手の震えだけだった。

「知っていたのに」娘は指摘した。「それなのに何もおっしゃらなかったの？」

「面白い冗談を台無しなどするものかね。たとえそれが自分に害をなすものであったとしてもだ。あなたに夢中になりだしていた頃だったしね。それに、あなたがどこまでおやりになるか興味があったのだ。今夜、私の好奇心は満たされたよ」

「私があなたの金庫の前にいるのを見た時に？」

ルードは頷いた。「当初思っていたよりも、あなたには勇気があった。頭脳と勇気のバランスがよく取れているのは女性の素晴らしい特性だ。だが、頭脳と勇気に美貌が合わさると、女性はまるで危険な存在となる。歴史上の危険な女たち、つまり王座を覆し、帝国を揺さぶった女たちはみな、賢く勇敢で美しかったことには気づいていたかね？」

「彼女たちが成功したのは、ほとんどの場合、馬鹿な真似をした男たちがいたからだと思うわ」

ルードはじっくり考え込むように娘に微笑みかけた。「そうかもしれん。ともかく、私の場合は歴史を繰り返したりはしなかった。最後まではということだがね。馬鹿な真似はしたかもしれないが、あなたの思いどおりにはさせなかった」

ヘレンの唇が少しこわばった。ルードの軽口の裏にある痛みを感じ取っていた。恋愛などどうでもよくなったような振りをしてはいるが、けんもほろろの拒絶に、ルードが今も内心では苦悶していることを知っていたのだ。もし、ルードが自分の邪魔をする者たちに、限りない残虐行為をしてきたことを知らなければ、同情心が芽生えていたかもしれない。そう思うほど一瞬心を強く打たれたヘレンだったが、やはりこの男に対しては憐れみを感じることができなかった。それにヘレンにはわかっていた。微笑みと冷やかしの下に本心を隠したルードは、今やいっそう危険な存在なのだ。

「もう遅いわ。問題がなければ、もう行かせてもらうわ」

「行くって？　どこへ？」

「自宅よ、もちろん」

「だが、私の新しいエジプトの収集品の目録を完成させるまでは、この屋敷にいるという約束だったよ。そうしようと言いだしたのは、あなたのほうだったと思うがね。そのほうが時間の節約になると言って」

「でももちろん、今夜のことがあったからには、もう私に秘書を続けてもらいたいだなんて、思ってらっしゃらないでしょう？」

「ところが、そう思っているのだよ。あなたのような優秀な人を、ほかにどこで見つければよいのかわからないし、あなたが次に、どんな無鉄砲な離れ業をやろうとするのか、見てみたくてたまらないんだ。私はね、完全に公明正大であろうとしているんだよ。何しろあなたが私を破滅させようと企む間、あなたを雇い、手厚くもてなそうというのだからね」

ヘレンは探るような目でルードの顔を見た。先ほどルードが見せた奇妙な振る舞いについて、新たな仮説がふと心に浮かび上がった。これは今すぐはっきりさせておかなくては。

「ルードさん、私がジミー・マーラーにあなたの金庫を開けるように頼んだわけを、もうご存知よね？」

「どうやら率直な言い回しのほうがお好きなようだ。ああ、知ってるとも。あなたはしかるべき筋に持ち込めば、私を一生ブタ箱に閉じ込めておける、ある証拠品を見つけようとしていたんだ」

ヘレンは頷いた。「でもあなたは証拠品をどこかへ移し、代わりに宝石を入れておくことで私の計画を覆した。そして、強盗の共犯者として私を逮捕させることもできたのに、代わりに秘書として私にここに留まって欲しいという。そのわけがやっとわかったわ。そうしておくことで、私がどこで何をしていようと、常に脅せるようにしておくつもりなのよ」ヘレンはふと口をつぐんだ。新たな屈辱感の波に圧倒されていた。「私が言いなりになると思って、意のままにしようとして——ああ、卑怯だわ！」

　ルードは感心したようにヘレンを見つめると、小声でつぶやいた。「怒りに燃えるあなたはとても魅力的だ。新たな魅力を感じるよ。だが誤解もいいところだ。裏で私があなたを脅すつもりでいるなどと、本気で疑うだなんて。愛情に無理やり応えさせるために、あなたを怖がらせようと仕組んだ罠だって？　馬鹿々々しいにもほどがある！」

「違うっていうの？」ヘレンは問いただした。

「くだらん——メロドラマ的ナンセンスだ。そういうやり方には虫唾が走る。あまりに下品だし、古臭くて苔むしている。それに、自由意志にもとづかない愛など何の価値もない。心は無理強いを嫌うものだ。あなたは私に心を閉ざしたのだから、その件はそれで決着済みのように思えるんだがね」

　思えるか、とヘレンは思った。ルードはこの言葉をわざと強調していたようだった。二重の疑念が頭をよぎった。逮捕と不名誉から私を救って、度量の大きさを見せて気を引こうというのかしら？　もしそうなら、思ったよりも単純だし、悪質なやり方でもないわ。でもあの、「思える」って言葉が引っかかるのよね。何となくわかってきたわ。ルードは本人も言っているように、私を脅すつもりじゃないんだわ。ルードの狙いはもっとずっと恐ろしい、悪意に満ちた才能にふさわしいものなのよ。

「じゃあ、私を恨んではいないのね？」ヘレンが尋ねた。ルードが脅しをほのめかすのではなく、はっきり口にしてくれたらいいのに、とヘレンは思った。そのほうがかえって怖くないだろう。

「恨むだって？」ルードは小さく含み笑いをした。半開きの目が冷たくキラリと光った。「大火災に悪意はあるかね？　ないさ。ただ燃やし尽くすだけのことだ。あなたはここに火をつけたのだ」そう言うと、ルードは例の誰にも真似できないような表現力豊かな身振りで、自分の胸に手を当てた。「そう簡単に消せると思ったら大間違いだ」

ヘレンは理解できない振りをした。「じゃあ、私は行くも残るも自由なのね？」

「お好きなように。だがもう少しだけここにいて欲しい。あなたを退屈させていないといいんだが。空気がこもってるね」

ルードは窓辺に行って窓を開けた。遠くに雷鳴が聞こえ、蒸し暑い風が流れ込んできた。夜気には電圧が充満し、ヘレンの神経をピリピリと不穏に刺激した。四方を陰に覆われた部屋には、かすかにエキゾチックな香りが漂い、どことなく気分を滅入らせた。ヘレンはこの部屋の持つ捉えがたい脅威から逃げ出したい衝動に駆られたが、何かが彼女を押しとどめた。ルードがずる賢くほのめかすのをやめて、こちらが対抗策を練れるような、わかりやすい言葉で話してくれるといいのだけれど。

ヘレンはルードの足が床を横切るのを見た。体を揺すってゆっくりと足を運ぶ歩き方は、まるでとぐろを巻く蛇のようだった。ある東洋の神を描いた不気味な肖像画が置かれた台の前で、ふとその足が止まった。肖像画はルード自慢の獲得品だった。ルードの目はしゃがんだ姿の肖像画をじっと見据えていたが、ヘレンには彼の五感が捉えどころのない兆候を追っているのがわかった。ほどなくして、ルードは先ほどよりも確かな足取りでドアのところまで行くと、ドアをぐいと押し開け、立ったまま薄暗い廊下を覗き込んだ。そして、まるで耳を澄ますかのように頭を後ろに傾けながら、しばらくそこに立ち尽くした。

「こういう晩には、屋敷の中でいろいろと奇妙な音がするんだ」ルードはそう言ってドアを閉めると、ふたたび椅子に腰を下ろした。ヘレンはいぶかしんだ。いったい何を見聞きしたのかしら。すると、ルードの目が鋭くヘレンを射抜き、考えは吹き飛ばされた。

「グレイ・ファントムは運のいいやつだった」

ヘレンは怒りが込み上げるのを感じた。グレイ・ファントムの名がマーカス・ルードの口から出たので、神聖なものを冒とくされたような気がしたのだ。

「長いことあなたのことが気になっていたのだよ、ハードウィックさん。あなたがクリスティーン・ピーターズと名乗ってここに現れるはるか以前から、噂はよく耳にしていたんだ。お目にかかったことは一度もなかったがね。どんな女性《ひと》なのだろうと思っていたんだ。無垢な目とバラの蕾の唇を持つ、ロマンチックな妄想で頭を一杯にした、よくいるあだっぽい女とはわけが違うことはわかっていた。そんな女なら、あのファントムに楽しい悪事の世界から足を洗わせることなど、絶対に不可能だったろうからね。しかし、美人で向こう見ずなところのある女性だとは聞いていたが、まさかこれほどとは――」

「やめてください、ルードさん――」

「悪気はないんだ。最大最悪の敵だったファントムをしのんで、尊敬を込めて言っているんだ。ああそうとも、人は憎んでいる相手を同時に尊敬することもできるのさ。我々の間にはちょっとしたいざこざがあったが、あの男の戦いぶりは、いつだって紳士的だった。互いに鎬《しのぎ》を削っている時ですら、大したやつだと思っていたよ。あちらにも同じように思ってもらえなかったのは残念だがね」ルードはかすかに苦笑いした。「とはいえ、我々の取る戦法は同じではなかった。ファントムはいつも騎士道を大げさに考えていたからな」

ヘレンは頭を少し上げたが、黙っていた。

「おかしな世の中だよ、ハードウィックさん。死んだにもかかわらず、勝つのはやっぱりファントムだ。あなたと私の間に立ちはだかっているのは、あの男の亡霊なのだからね」

「あら、ただの亡霊なんかじゃないわ」自分が独り言を口にしていることにほとんど気づかずに、ヘレンが言った。「あの人は今も生きているわ——私のこの胸の中に」

無意識に出た芝居がかった手振りに、ルードが頷いた。「ああ、わかっているとも。あいつの魂はこれからも永遠に生き続けるのさ」どこか嘲るような口調でルードが言った。その瞳には、一瞬にしてパッと燃え上がりかねないくすぶりがあった。「まだあと一つ、知りたいことがあるんだがね、ハードウィックさん。私のことをあまりよく思っていないのは承知しているよ。いろいろなことを疑っておいでだ。あなたにはどれ一つ証明することはできないがね。しかし、たとえ疑いがすべて本当だったとしても、私はファントムに比べてそんなに悪い男だろうか？　あなたは私のことは忌み嫌って避けながら、ファントムには心を捧げている。あの男と私はいったいどこがどう違うというのかね？」

ヘレンは口を開きかけたが、二人の違いがあまりにも大き過ぎて言葉にならなかった。話す代わりに、言葉では表現し切れないことがあるのだというふうに、微笑だけを返した。

「ファントムはありていに言えば犯罪者だった。あなたは私のことも犯罪者だと思っている。仮に私がそうだったとしても、私のことは忌み嫌いながら、あの男のことは崇拝しているのはなぜなんだ？」

「比べものになんかならないわ」ヘレンは言い争うというよりも、思いの丈を伝えようとするかのように落ち着き払って言った。「ファントムの場合は、運命に翻弄されただけよ。環境のせいでね——孤児院で育ったり、ストリートギャングとつきあったり、いろんな悪影響が重なったせいで——ああなってしまったのよ。あの人の行いは、どれも単なる感情の爆発みたいなもので、別の時代に生きていたら、海賊か古代帝国の創始者になっていたかもしれないわ」

「実に美しい話だ」ルードは思慮深げに言った。「実に」

「それに」ルードの冷やかすような口ぶりにも、目にちらつくみだらな光にも気づかずに、ヘレンは続けた。「ファントムは決して自分の欲望のために行動したりしなかったわ。手に入れたものは全部人にあげていたの。あの人に騙された相手は、騙されて当然の連中だった。ファントムはいつだって貧しい人たちの味方で、海のように広い心の持ち主だったわ。決して身を落として、あなたがしているようなことに手を染めたりはしなかった。きちんとした行動規範を持っていて、それに従って行動していたのよ。敵でさえも——あなたでさえも」思わず蔑《さげす》みを込めながら、ヘレンがつけ加えた。

「それを認めていたわ」

「つまり、あなたのグレイ・ファントムは、現代によみがえった豪華版ロビン・フッドというわけか」

「あなたの場合は」ルードの嘲りを意にも介さずに、ヘレンは先を続けた。「違うわ。あなたは自分でその道を選んだ。あなたの場合は欲望以外の何物でもないわ。道義もなければ良心もない。もっとも恥ずべき行為、もっともひどい欺まんに身を落としているのよ。あなたは偽善者で、詐欺師で、人殺しよ。それなのに、私にファントムとの違いを教えてくれですって？　教えてあげるわ。二人はね、天使とハゲタカほども違うのよ」

「素晴らしい！」ルードは若干たじろぎながら言った。「実に見事だ！　まったく驚くばかりだ。女性ときたら、愛する男にはいくらでも甘くなれるくせに、忌み嫌う男に対してはこれでもかというほど毒舌を浴びせられる。言いたいことはそれだけかね？」

「まだあるわ」ヘレンは思いの丈をすっかりぶちまけるつもりはなかったのだが、向こう見ずな強気に突き動かされて、さらに続けた。「ファントムは自分の間違いに気づいて、すぐに道を変えたわ。世の中で目にしたいくつかの悪を根こそぎにしようと、自分の才能を立派な目的のために使ったのよ。犯した過ちの千倍は償ってるわ。それにひきかえ、あなたときたら――あなたなんて――」

ルードは穏やかに笑った。「憎過ぎて言い表す言葉が見つからない――違うかな？　では一つ面白いことを教えてあげよう。たとえ私が、今あなたが言ったような悪党だったとしても――あなたには何一つ証明できないことをお忘れなく――謝罪なんか死んでもするもんか。私は後悔の念も、煩わしい良心の呵責も、面倒な規範も持ち合わせていないが、こうして何の問題もなくやっている。そこがグレイ・ファントムにはない私の強みなんだ。ところで、ファントムが死んだ晩にあなたが助かったのは、いったいどんな運命のいたずらだったのかね？」

ヘレンは視線をそらした。何やらドアのほうに目を引くものがあったらしい。

「ええと」そうつぶやくルードは、悲惨な光景を思い起こすことに密かな喜びを見いだしているらしかった。「あの晩、あなたとファントムが仕かけてきたカーチェイスは愉快だったな。それに何という夜だったことか！　土砂降りの雨、嵐！　グレイ・ファントムの最期を飾るにまさにふさわしい舞台だった。あなたとファントムは、私がニューヨークからカナダに赴き、ふたたびニューヨークに戻る道すがら、ずっとあとを追ってきた。でもここで少し前にさかのぼって、出来事を起きた順に並べ直してみよう。ニューヨークで、ひどく謎めいた不審死が、三、四件起こった。哀れな犠牲者たちは、毒殺と思われる状況下で死んでいたが、検視解剖ではごくわずかな毒の痕跡すら見つからなかった。医学の専門家や警察は、当然のことながらひどく困惑した。長期に及ぶ協議や捜査の結果、唯一導き出せた答えは、よく知られた反応を一つも引き起こさず、体にも痕跡をまったく残さない、極めて捉え難い新しい毒を、何者かが発見し、その毒によって犠牲者たちは殺されたに違いないというものだった。

「面白い推測じゃないかね？　これは毒殺が、芸術の一つとしてまさに復活しようとしている可能性があることを示しているのだ。あなたもおそらくどこかで読んだことがおありだろうが、古代の医者にとって、もっとも重要な任務は、新しくより洗練された人間の殺害方法を編み出すことだった。このシステムには利点がある。常々言っているのだが、今日の世界が抱える最大の問題は、人が多く生まれ過ぎていながら葬式の数が足りないことなのだ。この嘆かわしい状況を改善するのに、古代の芸術である毒殺をよみがえらせるよりも有効な手段など、考えられるだろうか？　毒は実に素晴らしい。捉えがたく想像力に訴える。だが、どうやらここのところは理解してもらえないようだね。まあいいが。

「今話した、医学の専門家と警察が打ち立てた謎の死についての仮説には、しかるべき根拠があった。世界史上、今ほど巧みに設計された毒を作り出す機会に恵まれた時代はないのだよ。戦争のおかげさ。戦争という極限状態の中で、人類の知性はかつてない高みに達したんだ。様々な毒ガスが発明され、その効果は想像を絶するものだった。新たな成分が、数限りなく組み合わされ、試された。それが、ここ一、二年のことだが、これらの基本成分の中に、少量をある決まった条件のもとで使用すると、特定の疾病に優れた治療効果を発揮するものがあることがわかったんだ。おかしな話だろう? 人間を十把一絡げに殺すために作られた道具が、人間の命を救う薬になるなんて。だが、私が言いたいのはそんなことじゃない。私が面白いと思っているのは、その逆の状況なんだ。つまり、もともと大量虐殺のために考案され、のちに様々な疾病の治療薬となるように改良された同じ化学物質に、さらに手を加えて、うんと小さな規模で、本来備わっていた機能を復元してやるのは、ごく自然なことだろう? これで一つのサイクルが完結することになるよね? もうわかってもらえたと思うが、私怨を安全かつ迅速に晴らせるような新しい毒を探していたどこかの頭のいい輩が、戦時中大量虐殺を目的に考案された道具に着目し、手を加えたのだと医者や当局が推測したのは、至極もっともなことだったんだ」

娘は思わず身震いした。ルードの平然とした口調が、話をいっそう恐ろしいものにしていた。ヘレンはルードに恐怖を覚えたが、それでもなお、悪の性質が明らかになる様を目の当たりにして、興味をそそられずにはいられなかった。

「だが、仮説はどこへも行きつかなかった。単なる大ざっぱな推測に過ぎなかった。謎の死を引き起こした人物は、相変わらずわからないままだった。毒の痕跡が残っていない以上、決め手となるものが何もなかったんだ。そこで、あなたとファントムは行動を起こした。ファントムと私はずいぶん長いこと反目し合っていた。そのうえ、やつの頭の中はロマンチックな考えで一杯だった。その原因が誰だったのかを当てるのは難しいことではない。ファントムは自分の新しい役割にどこか不安を感じていた。それまでしてきたあらゆる悪事を振り返ると、あなたがあまりに愛らしく純粋なので、自分があなたに相応しいかどうか疑問に思ったのだ。そこで、過去の汚点を拭い去るために、二つ三つ、高尚な離れ業をやってのけなくてはと決心した。すでにいくつかはやっていたんだが、じゅうぶんだとは思えなかったのだ。恋愛は男をこうも変えてしまうのだ！　そんなわけで、ファントムはもう一度正義のよろいに身を固め、あの謎の殺人事件の犯人に、裁きを受けさせてやろうと決心した」

ルードはにやりと笑った。「もちろんファントムは、持ち前の目にも留まらぬ早業で仕事に取りかかった。言うまでもなく、一連の状況から、新しい毒を手に入れて毒殺事件を起こしたのは私だろうと推測した。馬鹿げてるだろう？　その上やつは、モントリオールに一時滞在中のハンガリー人科学者と私との間のつながりを明らかにしようとさえしたんだ。ハンガリー人が毒を考案し、私がそれを実際に使ったのだと考えてね。私が車でモントリオールに行こうとしていることを知ると、もう間違いないとファントムは確信した。そこで、あなたを連れて追跡を開始したんだ。あなたが一緒であることを知る人間が数名以内にとどまるよう、あなたに極力表に顔を出さないようにと念押しをしてね。ファントムの仮説によれば――」

ルードがふと口を閉ざし、その顔に苛立ちがよぎった。ルードはふたたびドアのところまで行くと、外を覗き込み、まるまる一分間、緊張した面持ちで耳をそばだてた。嵐が近づいており、土砂降りの雨と、目の覚めるような閃光が空を切り裂いていた。

戻ってきて腰を下ろしたルードの顔には、困惑の色が浮かんでいた。「さっきも言ったように、ファントムの仮説によれば、私がモントリオールに向かっていたのは、ハンガリー人の友人といろいろな手筈を整えるためだった。友人の名前はカルノキで、彼が作ったものは、カルソル――カルノキの溶液《ソルーション》の略だ――と呼ばれ、手ほどきを受けたごく少数の者に伝えられることになっていた。ファントムはあらぬ妄想を抱き、私がカルノキと会う主な目的は、改良された毒の調合法と完成品のサンプル数個を手に入れるためだと考えた。そして、もし私とカルノキの話し合いの一端を盗み聴きできれば、私に対して断然優位に立てると考えた。しかも、うまくいけば、私が持ち帰ることになっているサンプルを奪い取れるかもしれないと考えたんだ」

マーカス・ルードは愉快そうにクスクスと笑った。「あの男がどこでそんな情報を手に入れたのかはわからない。あいつはいつも、不思議とどこからか内部情報を入手してくるんだ。だが今度ばかりは事はうまく運ばなかった。モントリオールへの道すがら、ファントムは何度も私の足跡を見失い、到着後には完全に見失ったんだ。あの男を巻くのは実に愉快だったよ。帰路は特に面白かった。ファントムは私がカルソルのサンプルを持っていると信じていたので、いっそう熱心にあとを追ってきた。だが追いついては見失うの繰り返しでね。私はあらゆる道で、思いつく限りの回り道をしてみせた。だがまあそれは全部ご存知のことだね、ハードウィックさん。いやあ、楽しい経験を思い出させてしまって申し訳ない。ところで、あの嵐の晩にどうやって車から脱出したのか、教えてもらえないかな?」

ヘレンはほとんど聞いていなかった。辛い記憶が断片的に頭をよぎり、ルードの話などどうでもよくなっていた。それに、たとえその気があったにせよ、ルードの質問に理路整然と答えることなどできなかっただろう。あの恐ろしい夜以来、なぜ自分は不思議とうまく脱出できたのだろうと何度も繰り返し自問していたのだ。おそらく、車が山腹を勢いよく転落するうちに、座席から放り出されたのだろう。覚えているのは、しとしとと雨の降る薄暗い明け方に目を覚ましたことと、その時頭にズキズキと痛みを感じ、何か恐ろしいことが起こったような胸騒ぎがしたことだけだった。朦朧とした状態で、直前の記憶も曖昧模糊としたまま、めくらめっぽうに歩き続け、幾昼夜も過ごしたが、いったいどこで何をしていたのか、あとになって振り返ってもさっぱり思い出せなかった。驚愕の事実を知ったのは数日後のことだ。悲しみに暮れながらも、グレイ・ファントムの死によって中断された仕事をやり遂げようと決心したのは、その時だった。しかし今夜、その決心はくじかれていた。

「で？」ルードが促した。「私の好奇心を満たしてはくれないのかな？」

ヘレンはルードの顔をしげしげと眺めた。血色の悪い顔が今夜はいっそう青ざめて見えるが、目は不自然に輝いている。神経と感情が極度の興奮状態にあるのは明らかだ。それは噴火直前の火山を思い起こさせた。やがてルードを見つめているうちに、ふと疑念が湧き上がってきた。断片的な形でしかなかったが、最近頻繁に心に浮かんでいた疑念だった。

「あの晩、ステアリング・ナックルに何かが起こったのよ」新聞記事の説明を思い出しながら、ヘレンはルードに言った。「偶然のはずがないわ。誰かが手を加えたのよ」

「面白い。そういったことは、二人が止まって軽食をとっている間にでも可能だったろうね。手を加えたやつはきっと、道路の次の急カーブで自分の仕事が実を結ぶともくろんだんだ。しかしまったく、誰がそんな極悪非道な真似をするだろうね？」

疑念と憎悪に満ちたヘレンの目が、ルードの顔を食い入るように見つめた。

「馬鹿々々しい」ヘレンの表情を読み取ると、ルードは肩をすくめて言った。「追いかけていたのはそっちで、私は追われる身だったのだよ。来た道をわざわざ引き返したりするはずが――」

「あれは人殺しよ」ヘレンが遮った。「そしてあなたがやったんだわ」

ルードは肩をすくめた。「なぜそんな言いがかりを？　まあそう考えたいのなら、邪魔立てするつもりはこれっぽっちもないがね」

「じゃあ、否定しないのね？」

ルードはどうでもよさそうに両手を広げてみせた。

「あなたがモントリオールに足を運んだのは、ファントムが考えた目的のためだった、というのは否定するかしら？」

ルードは椅子から立ち上がると、いつものしなやかな歩容《ほよう》で、スタスタと長い部屋を突っ切り、書き物机の前で足を止めた。そして、葉巻ケース《ユミドール》から葉巻を一本取り出した。ふたたびヘレンと向き合った時、何やら言い知れぬ変化がルードに起こったのが見て取れた。

「いいや、ハードウィックさん」ルードはヘレンのそばに立って、わずかに体をかがめると、小さくも歓喜に打ち震える声で言った。「否定はしない。もしファントムが私を捕えていたら、私がカルソルのサンプルを所持していたことがわかっただろうよ。最近起こったある変化を思えば、ファントムのキャリアにとって、もっとも偉大な功績になっていたんじゃないかな。そして今夜、もし私が機先を制していなかったら、あなたは金庫の中から調合法とサンプルの両方を見つけていただろう。あなたはもはやすべての真実を知っている。だがあいにく、証拠にはならないがね」

ルードの話はいささか驚くべき内容ではあったが、既知の情報の裏づけに過ぎなかった。マーカス・ルードがこうも率直に話すとは意外だったが、歪んだ虚栄心から口にしただけなのだろう。さらに言えば、ルードの話には自分を危険にさらすような内容は含まれていなかった。こちらには証人がいないのだし、裏づけのない証言など無意味なのだ。そのうえ、ルードはわざと声を低くして話していたので、たとえ部屋に盗聴者が隠れていたにせよ、何も聞こえなかったに違いない。

「ありがとう、ルードさん」そうつぶやくヘレンの口元には、引きつったような笑みが浮かんでいた。

「はっきり言ってくださって、すごくすっきりしたわ」

ヘレンは新たな決意が胸にみなぎるのを感じた。ルードの言葉は挑戦状であると同時に、痛烈な嘲りでもあった。この女には何もできやしない。そう確信していない限り、こんなにもあけすけに話すはずがないのだ。だが、ルードが人を嘲って喜ぶさまを見て、ヘレンの心にはむしろ活が入った。混沌とした絶望状態に、一陣のつむじ風がサッと吹き込んだかのように、新たな希望が胸に湧き起こったのだ。まだチャンスはあるわ。たぶん、まさに今夜――

すると、またもやルードの様子が変化した。からかうような柔和な眼差しが、不安げな警戒の色を呈したのだ。ルードは顔を上げ、葉巻の煙をゆっくりと長く吐き出すと、足早にドアのほうへと歩いていった。今度はヘレンもあとを追い、ルードの後ろに立つと、ルードがドアを荒々しく開けた。

蒸し暑い気流がヘレンの火照った顔をなでた。広い屋敷の風変わりな部屋を、あちこち見て歩いていた際に、たびたび気になっていたあの不穏な雰囲気が、波となって押し寄せ、まるで自分を脅かすかに思われた。とその時、ぼんやりと思い描いていた空想を、ある音がかき消した。軽く密やかで、それでいて奇妙な期待感から、否応なしに肌が粟立ってしまうような音だ。

ふと音がやみ、息詰まるような静けさが訪れたが、すぐにまた聞こえてきた――それは階段をこっそりと忍び足で歩く足音だった。だが、その振動を一瞬はっきりと感じたものの、その音はたちまち不吉な屋敷が立てるきしみにかき消されて聞こえなくなった。

第十二章　赤いバラ

「何か聞こえたかね？」ルードが尋ねた。

「わからないわ」とヘレンは答えた。つい先ほど、肌が粟立つほど強烈に受けた印象はすでに薄らぎ、これまでとは違う、より落ち着いた感覚に浸っていた。ルードの声は震えていたが、それは恐怖心からではなく、戸惑いと漠然とした不安によるものだった。常に冷静さを失わないルードを揺さぶるものがついに出現したので、ヘレンの期待はいっそう高まった。心配事を抱えた男は、心を許しがちになるものだ。

「見てみよう」とルードが言った。

ルードはヘレンの先に立って階段を下りると、灯りをつけながら先へと進んだ。その動作はいつもよりもいくぶんしなやかに見えた。あとを追うヘレンは、漠然とした期待に胸を高鳴らせていた。どういうことになるのかわからないけれど、この状況には未知なる可能性が秘められているような気がするわ。目を凝らし、耳を澄ましていれば、それが何なのかおのずとわかってくるはずよ。

ルードは正面玄関を調べ、続いて屋敷の奥へと向かった。ただちょっと興味があるだけという素振りをしていたが、捜索が進むにつれて、次第に動揺が高まるのが見て取れた。徹底的な捜索にもかかわらず、階段の足音を説明するものは、何一つ見つからなかった。

「実に奇妙だ」今はまた別のドアを開けながら、ルードがつぶやいた。あとについて部屋に入ったヘレンは、何やら喉が締めつけられるような感覚に襲われた。薄暗く、だだっ広いこの部屋を訪れる時には、決まって言いようのない戦慄を感じたが、そこはルードの趣味用の部屋で、そこにはルードが時折収集している古代エジプトの陰気くさい遺物が保管してあった。じめじめとカビ臭いこの部屋の空気は、いつも不快でならなかったが、ルードと一緒だとなおさら不快に感じられた。だが、ルードの声の震えを耳にして希望が湧き上がり、元気づけられていたので、何とか勇気を出して中へ入っていった。

静寂の中から、小さなカチャッという音が聞こえた。部屋にある唯一の灯りが、後ろのほうでパッとともった。それは燃え立つような赤い色をした電球で、最後に真っ赤な炎の色に染まりながら沈みゆく太陽のように、太陽神アトンの祭壇の上に吊るされていた。ルードの趣味はエジプトの遺物収集だったが、とりわけ集中的に集めていたのがアメンホテプ四世《イクナートン》の時代のもので、くすんだ黄金の錦織や、妙な形をした金属製や陶器製の置物のそこかしこに、太古のファラオの霊魂が描かれていた。そんな状況だったので、異教徒の僧侶が魔法の呪文を朗々と唱える声がもし聞こえてきたとしても、別に驚きもしなかっただろう。

「ここには何もない」祭壇の上の電球が赤い縞模様を投げかける、薄暗い部屋の隅々を調べてから、ルードが言った。この時ルードは、古代のファラオの墓から発掘されたとおぼしき雪花石膏《アラバスター》製の花瓶を載せた、小さな台の前に立っていた。遠い昔には蓮の花でも活けられていたのであろうが、今ではその代わりに、血のように赤いバラが一束入っていた。「まさか聞き間違いをしたんだろうか?」

「どうやらそのようね」ヘレンはそう答えたものの、その声には自信がなかった。「雨風はおかしな音を立てるから」

　ルードは花瓶に入ったバラを愛おしそうになでると、軽くあちこちに手を添えて形を整えた。しばしば気づいていたことだったが、ルードの花に対する愛情は、情熱的と言ってもよいほどで、古美術品の収集熱さえ及ばぬほどだった。もっとも後者については、悪だくみを隠ぺいするための見せかけに過ぎないと、ヘレンは睨んでいたのだが。

「足音みたいだったよな？」バラに注意を向けたまま、ルードがうわの空で尋ねた。古代《いにしえ》の華麗なる亡霊たちがバラ色の靄の中で整列しているがごとく、靄に覆われた遺物が立ち並ぶこの部屋で、バラは唯一、生命を感じさせるものだった。

「そう思ったわ」ルードの疑念を晴らしたくはなかった。「ええ、あの時は確かに誰かが階段をこっそり下りているんだと思ったわ。でも勘違いだったのかも」

「こっちに来てごらん」ルードはそう言うと、バラの束から花を一輪抜き取った。「こんなに鮮やかな赤いバラを見たことがあるかね？　異花受粉の専門家である友人が送ってくれたんだ」

　ヘレンは前に進み出ながら、マーカス・ルードのような邪悪な心の持ち主が、どうして無垢な花の美しさに魅了されたりするのだろう、といぶかしんだ。見れば異様なまでに深みのある赤色をしている。官能的で不吉な赤い色は、どこかルードの性質を象徴しているようだった。ルードの顔が赤く染まったが、それが祭壇上の深紅の太陽の光のせいなのか、内心興奮しているせいなのかはわからなかった。たぶん後者のせいだわ、とヘレンは思った。というのも、ルードの目がギラギラ光っているのが見えたからだ。何としてもこの男の興奮状態につけこんで優位に立ってやるという決意をしていなかったら、その目に怯えてしまっていたことだろう。

「きれいだろう？」ルードがしゃがれ声でささやいたが、その声を聞いて、少し前に、抑え切れずに打ち明けてきた、あの胸の悪くなるような恋心を、ルードは新たに再燃させたのではないかしら、とヘレンは心配になった。名状しがたい興奮に満ちたルードの眼差しが、地味なワンピースの襟元から覗いているヘレンの細い喉を、じっと見つめている。

「そこだ！」不自然に笑いながらルードが叫んだ。「そこがぴったりだ！」

ヘレンが拒否したり避けたりする間もなく、ルードはヘレンの喉元を覆うワンピースの生地に、バラの細い茎をスッと挿した。棘が皮膚に刺さったらしく、少しチクッとしたが、その感覚は込み上げる悔しさに呑み込まれた。ほかの男にされたのであればどうということのない行為だったのであろうが、ルードはそこに侮辱を込めていたのだ。それでもヘレンは何とか自分を抑えると、バラを投げ捨ててやりたい衝動をぐっとこらえた。無駄に癇癪を起こしてチャンスが減っては元も子もないからだ。とその瞬間、ルードの目にあった熱っぽい輝きが消えていくように見えた。ルードのそばにいても、もう怖いとは感じなかった。

「とてもよく似合っている」ヘレンを柔和な眼差しで見つめながら、ルードが言った。「血のように赤いバラが、白い肌に美しく映えている。さあかけて、ハードウィックさん。よかったらこっちの椅子へ。この椅子は間違いなく、かつてナイルの王女が座っていたものなのだよ。まだあなたに伝えておきたいことがあるんだ」

戸惑いつつも、促されるままにヘレンは腰を下ろした。待ち望んでいたチャンスがすぐそこまで来ているのかしら。ルードはさっきよりも口数が減っているけれど、それでもずっと気を張ったままだわ。こんなふうに警戒されていたら、隠している秘密をしゃべらせるのは難しいわね。ヘレンが目を伏せ、冷静に考えようとしたその時、足元にある猫の剝製にふと目が留まった。光沢ある黒い毛に覆われた猫で、黄色いガラスの目玉が、無表情にヘレンをじっと見つめている。ヘレンはこれまで幾度もその猫の剝製を見たことがあったが、別段気にしたことはなかった。

「セテペンラだよ。古代エジプト人が神聖視した猫なんだ」ルードは身をかがめて、猫の艶やかな背中をなでながら言った。「神聖視された猫は、自然に死ぬことが許されなかったのは知っているかな？　威厳を損ねるという理由で、みな毒殺されたのだ。古代エジプト人たちは、どんな毒をセテペンラに与えたのかなあ」

「カルソルみたいのじゃないかしら？」もっとも重要な問題に会話を転じさせようとして、ヘレンが水を向けた。

ルードがクスクスと笑った。「そうだな、もちろん。この世に新しいものなぞありはしない。我々が発見と呼ぶものは、単に忘れ去られていた過去の事物をよみがえらせただけに過ぎない。生死に関する事柄については、古代人のほうが我々よりも熟知していたんじゃないかな。ところで、カルソルについてだが、さっきは、知っておくべきことをすべて話したわけではないんだ」

「あら、そうなの？」希望を抱きながらヘレンが答えた。

ルードは思案しているようだった。「あなたにとっては面白い話かもしれないし、別に私が損するわけでもないからな。カルソルはね、恨んでいる相手の朝食のコーヒーに垂らすような、よくある普通の毒とは違うんだ。そんなものよりもずっと重要な用途があるんだ。実際、カルソルにはいつくかの素晴らしい使い道があるんだが、実用面の話をしてあなたを退屈させるつもりはない。あなたのような若い人にとっては、スリリングな話のほうが興味を引かれるだろうからね。カルソルには、たくさんの魅力的な特質があるんだ。たとえば液体、固体、気体のいずれの形でも投与が可能で、知らない間に簡単に投与できるものだから、相手は何が起こっているのか気づかない。そうそう」ルードはすごく面白い考えを、たった今思いついたような顔をして言った。「古代エジプトの椅子に腰かけている間に、あなたを毒殺してしまうことだってできるんだよ。しかもまるで気づかれずにね」

「何て恐ろしいことを！」

「気づかないだろうな。灼熱感が全身を巡りだすまではということだが。通常は、投与後三十分ほどで感じるんだ。不思議な感覚だそうだ。体がゆっくりと燃え上がるように感じられるのに、実際には痛みはない。目は驚くほど不自然に強く輝き、顔は必ず紅潮する。最期を迎える直前に、妙に気分が高揚することもあるが、その後すぐに急に熱が引いたかと思うと、ひどい息苦しさに襲われるんだ。それでも痛みを感じることはほとんどない。というのも、その状態は長くは続かないのでね——一分も続かない。そして死ぬ」

ヘレンは身震いした。この吐き気をもよおすような症状を説明する間、ルードは頭を反らして目を半分閉じたまま椅子に座り、落ち着き払ったくだけた調子で話していたが、それがかえって微に入り細をうがつ話の恐ろしさを強調するように思われた。

「そんなに驚くようなことかね？」ヘレンの表情を物憂げに眺めながら、ルードが尋ねた。「なぜそんな悲しげな顔をするのだ？　これ以上楽な死に方があるかね？　覚えておいて欲しいのだが、むごたらしい状況も苦痛もほとんどなく、時に死を恐ろしいものにする不愉快な光景もまるで生じないのだよ。さらにいいことに、証拠となる痕跡も残らない。普通の医者なら、急性胃炎が引き起こした心不全の一種とでも診断するだろうね。毒の痕跡はそれ自体が持つ燃焼作用によって、跡形もなく消えてしまうんだ。カルソルがほかの毒と違うのはそこなんだよ。博学な友人カルノキなら、もっと科学的な説明をしてあげられるんだが。でも理解はしてもらえただろう」

ヘレンは思わず顔に出た嫌悪の色を隠そうと顔を背けた。話が恐ろしい細部に及ぶにつれて、ますます落ち着き払っていくルードの声は、まるで恐怖の館に響き渡る、恐ろしい呪文のように聞こえた。ルードから目を背けて、だだっ広い部屋の壁に映る、謎めいた影の塊に視線を泳がせると、ほっと安堵を覚えた。そこでは、祭壇上の電球が放つ赤い光が、バラ色の薄暗がりに溶け込んでいた。

ふと、ヘレンの視線が止まった。体をやや前に乗り出していぶかしむ。今見えたのは、目の前に浮かぶ、ただの濃い霞だったのかしら。部屋の後方にあるドアの近くで、何かが大股の足取りで滑るように移動していたのだが、黒い背景に描かれた影法師のように、陰に紛れて陰とほとんど見分けがつかなかった。この部屋の重苦しい雰囲気のせいで神経質になっていて、それで妙な錯覚を起こしただけかしら？　ルードの収集品の彫像の一つが、まるで幾世紀もの眠りから目覚めて、命を吹き返したかに見えたのだけれど。

チラッとルードに目をやると、まるで気づいていないようだったので、ヘレンはふたたび目を凝らし、後方でうごめいている影をじっと見つめた。今度はもっとはっきりと見えたので、想像の産物ではないことがわかった。正真正銘の生身の人間だわ！　うっすらと浮かび上がった顔が一瞬目に入ったが、すぐに視界から消え去った。

少しの間、ヘレンは震えながら座っていたが、すぐに気を取り直すと、ルードに気づかれないうちに動揺を抑えようと努めた。感じたのは恐怖ではなく、むしろ不可解な動きに対する不思議さだった。ヘレンは陰の中に一瞬垣間見えた顔の印象を、はっきりと思い出そうとした。顔には顎髭が生えていた――たしか黒い顎髭だったわ。知り合いの男性の中に髭を生やしている人はいないから、知り合いのはずがないわ。それでもルードのような忌まわしい存在と比べると、見知らぬ人がこっそり動き回ってくれているのは、仲間に守られているようで心強いわ。

「つまるところ」冒頭部分に耳を傾けてもらえなかった話を、締めくくろうとするかのように、ルードが言うのが聞こえた。「グレイ・ファントムの死をむしろ残念に思っているんだ。私は」――含み笑いをしながら――「私はあの男が今夜、この部屋にいてくれたらよかったのにと思っているんだ」

「どうして?」ヘレンが問いただした。ルードがそんなことを言うなんて不思議だった。ほんの少し前、ヘレンは荒唐無稽ながらも素晴らしい幸福感に襲われていた。まさかと思うような歓喜が一瞬にして湧き上がり、永久に去ってしまったはずの人が、不思議と近くにいるような気がしたのだ。むしろん、馬鹿々々しい空想に過ぎなかったが、それを感じている間は、何とも言えないような素晴らしい気持ちだった。

「そうすれば、あの男は非常に面白いものを目撃していただろうからね。あいつは気に入らなかったかもしれないが、それを目撃している間じゅう、こっちはあいつの顔を眺めて楽しんでいられたわけだからね。かなり意外な展開になったことだろう」

「目撃って何を?」

満悦至極の笑みがルードの紅潮した顔を包み込むように見えた。「目撃って何を?」オウム返しに言いながら、ルードは長く白い手を顔の前に出すと、指先をこすり合わせた。「ファントムは、あなたの頰が燃えるような熱さで真っ赤に染まるのを目撃しただろうね。そして、あなたの目が不気味な明るさで輝くのも」

恐ろしい疑念にぐさりと一突きされて、ヘレンは椅子から飛び上がった。

「ど——どういう意味よ」あえぎながら尋ねる。

「どうぞかけたままで」ルードが穏やかに言う。「そうとも、ファントムがここにいてくれたらよかったんだ。ああいった光景を目にして、やつがどんな反応をするか、見てやりたかったよ。たちまち半狂乱になったことだろう。実に愉快な眺めだったただろうな。これまであいつにはずいぶんとひどい目に遭わされてきたが、そのいい仕返しになっていただろう。お嬢さん、あなたのことは——ファントムはあなたを神聖視していたようだ。神聖なものは、自然な死に方を許されるべきではないのだ。品位を損うからね」

ギョッとしたヘレンは、ルードを睨みつけた。微笑みをたたえたルードの目からは、ゾッとするような冷ややかさが伝わってきた。「つまり——」

「そうとも、お嬢さん。毒は今あなたの血管を巡っているんだ。セテペンラに起こったことが、まさにあなたにも起ころうとしているんだ。あなたの白く愛らしい喉元にそっと触れている、そのバラを見てごらん」

わけもわからずに、ヘレンは喉元からバラをむしり取った。無意識にバラを指でいじっているうちに、バラの茎が奇妙な形をしていて、末端部が鋭く尖っていることに気づいたので、まるで有毒なものであるかのように、それを放り捨てた。

「あなたの喉元にバラを挿した時、ちょっとチクッとしたんじゃないかな。棘だと思っただろうが、このバラに限っては棘がないんだ。そう怖がらずに。バラに触れたせいで死ぬんだ。詩的だと思わんかね？」

ヘレンはゾッとするような恐怖が込み上げるのを感じた。目の前の部屋が、斑点や霞の中に浮かんでいる。

「ある偉大な詩人がかつてこう言った。人間は愛する者をみな殺してしまう（オスカー・ワイルド『レディング牢獄の物語歌』）とね。バラの花でその行為に及ぶのは、私が初めてだろう。あなたは私の恋を鼻であしらった。私の人生でただ一度の本気の恋をね。私くらいの歳になると、もう治る見込みはないんだ。少し経ったら、あなたはグレイ・ファントムの死を嘆き悲しむのをやめて、ほかの男を愛するようになっただろう。そんなことを考えるのは私には耐えられない。拷問のような苦しみになっていたはずだ。だから死んでもらうしかなかったんだ」

ルードが微笑み、珍しく顔を生き生きと輝かせた。それを見たヘレンは、震えることもうめき声を上げることもできないような、底知れぬ恐怖に襲われた。ゾッとするような冷たいものが背中を駆け上がってくるのだけが感じられた。妙だった。というのも、最初の兆候は灼熱感だとルードは言っていたからだ。だが、ヘレンには自分の感覚がすでによくわからなくなっていた。混沌とした恐怖にすっぽりと呑み込まれていたからである。

ルードは懐中時計に目をやるとつぶやいた。「あと少しだ。そうすればあなたは私の人生から出ていく」そして軽くため息をついた。「初めから入ってこなけりゃよかったんだ」

懐中時計の蓋がパチンと閉まった。ヘレンの周囲を雲が包むように静寂が覆っていたので、鋭い澄んだ音はいっそう大きく聞こえた。霞の向こうに見えるルードの顔が、ひどく滑稽な妄想のせいで歪んで見える。

すると突然、雷鳴が鋭く轟いたかのように、これまでにない感覚がヘレンを襲い、ヘレンは体をブルッと震わせた。部屋の後方に向き直ると、目を凝らし、薄暗がりの中で人影がコソコソと動きまわっていた辺りをじっと見つめた。かなうはずもない望みが、動揺するヘレンの心をよぎったその瞬間、陰の中から声が聞こえてきた。

「こっちへ来て、ハードウィックさん。タクシーを待たせてある」

第十三章　陰の中の声

タクシーですって！　古代の神秘に満ちたこの部屋の外に打ち寄せる、現代社会の巨大な潮流を思わせるそのささやかな言葉は、恐ろしい呪文を粉々に打ち砕いたかのようだった。悪夢のようなせん妄状態から目覚めたかのように、ヘレンは茫然としながら周囲を見回した。幽霊でも出てきそうな遺物が山と積まれた部屋が、わさわさとうねり揺れ動いているように見え、目がくらんだヘレンは、思わず体を支えようとして手を伸ばした。アトンの祭壇上に輝く大きな太陽も、じっと見つめるセテペンラの生気のない黄色い目も、燃えるような赤い色をしたバラも、もはや硬直した作り笑いに過ぎないルードの悪意に満ちた満足げな笑みも、すべてが気狂いじみた非現実性の中で混沌として溶け合っていた。

ルードの顔からサッと血の気が引くのが見えた。ルードは声がした方向にすかさず目をやった。理解を超える出来事に対する恐怖心から、一瞬麻痺したようになったルードだったが、たちまち蛇のような長い体を硬くし、口元の筋肉をきゅっと引き締め、一瞬茫然となった目に輝きが戻るのがヘレンにはわかった。マーカス・ルードの知恵が、不可解ながらもはや怖くはなくなった脅威に対抗しようと、ふたたび働きだしたのだ。

そこへ、ピンと張った緊張の糸を断ち切るかのように、ふたたびあの声が語りかけてきた。

「少しでも動いてみろ、ルード、命はないぞ」

ルードは椅子の背にもたれかかると同時に、ほとんど目にも留まらぬ速さでサッと手を動かした。意識がはっきりしつつあったヘレンは、その素早い動きを見て、あれはいったい何を意味するのだろうといぶかしんだ。まるで椅子の後ろに手を伸ばして、ボタンか何かに触れたみたいだったけど、そんなことをしても意味などないはずよ。だって人を呼ぼうにも、近くには誰もいないんですもの。だが、ヘレンの思案はすぐに途切れた。ルードがにこやかな眼差しをじっとこちらに向けてきたので、悪意に満ちたユーモアの洪水に呑み込まれそうな気がしたのだ。

「このペテンがどういうことなのかは知らんが」ルードが平然ともったいぶるように言った。「姿を見せたがらぬ紳士が今しがた発した警告から察するに、私は今銃口を向けられているというわけだね。そんな警告を無視するのは愚か者だけだ。だがお嬢さん、あなたはもう助からないよ。バラの毒がすでに効いているのだからね。私は動いてはいけないということだから、悪いが、ちょっと近くへ来てもらえないかね？」

ルードの口調は穏やかだったが、どこか逆らいがたい響きがあり、ヘレンは思わず言われたとおりにした。ルードと向かい合わせに立ったヘレンは、ルードが楽しい光景でも期待しているかのように、自分を見上げるのを目にした。射抜くような鋭い眼差しでずっと見られていると思っていたが、ふとルードの様子が変化したのに気がついた。顔からワクワクと期待に満ちた表情が消え、代わりに戸惑いの色が浮かんだのだ。やがてそれは硬く暗い顔つきに変わった。

「おかしい！　もう効き始めてもいい頃なのに」

ルードの目に浮かんだ悪意に満ちた落胆の色に、ヘレンは震え上がった。すると、部屋の後方で笑い声が上がった。

「おかしくも何ともないさ、ルード。実に単純なことだ。バラの毒なら、一時間前に抜き取っておいたんだ。お前が二階にいる間にね」

言葉の意味がすっかり理解できるまで、しばらくの間、ヘレンは身じろぎ一つせずに立っていた。その声はどちらかというと耳に心地よかったが、自分の声を気づかれまいとしているのか、妙に鼻にかかった声をしているのに気がついた。当惑しながらも、声の主が立っている陰のほうに、何だか行きたくなった。

ルードは椅子の上で背筋をピンと伸ばすと、殺意剝き出しの眼差しを部屋の後方に注いだ。話し手の言葉の意味がわかるまで、ひとしきり厳しい表情をしていたが、やがてフフッと笑うと、ふたたびゆったりと椅子にもたれかかった。

「誰だか知らんが、なかなかやるな。顔を拝見できるといいのだが。是非とも知り合いになりたいものだ」

恐怖心が湧き上がるのを感じながら、ヘレンはルードの様子をじっと観察した。嬉しそうな笑みを浮かべた今のルードの雰囲気は、最前ルードの顔の中に見えた、あの抑制した憤怒よりも、はるかに恐ろしかった。しかし、陰の中にうっすらと浮かんでいる人影を目にすると、心が安らいだ。誰なのかしら。グレイ・ファントムの友だち？　今までピンチになると、ファントムは必ず私を助けに来てくれたわ。亡くなってはいるけれど、もしかしたら身代わりを助けに寄こしてくれたのかもしれない。

すると、あの声がふたたび語りかけてきた。作り声のようでありながら、落ち着いた説得力のある声だ。「急いで、ハードウィックさん！　これ以上時間を無駄にできない」

ヘレンはくるりと踵を返した。地獄の呪いの及ぶ場所から逃れつつあるのを感じていた。足を速める。祭壇上の太陽の燃え立つような赤い光が、ゆらゆらと闇に溶け込む部屋の奥までたどり着くと、呼吸が楽になった。とてつもなく大きな安堵感があふれ出す。いったん立ち止まって後ろを振り返る。ちょうどルードが笑い声を上げているところで、その笑い声に潜む不気味な響きが、新たに覚えた解放感にグサリと突き刺さった。立ち尽くし、雪のように白いぼさぼさの髪の下で穏やかに微笑むルードの顔を見つめたのもつかの間、不安をかき立てる笑い声の脅威から逃れるべく、すぐにまた先を急いだ。

「こっちだ、ハードウィックさん」部屋の奥は暗く、ほんのりと赤い薄暗がりの中で見えたのは、背が高くたくましい体格をした人物の、ぼんやりとした輪郭だけだった。腕をぎゅっとつかまれたかと思うと、素早くドアのほうに導かれる。あと少しだわ。サッとドアが開いたら、毒々しいルードに汚染されていない空気が吸えるのよ。

深い安堵のため息をついたヘレンだったが、ふと辺りが静まり返ると、名状しがたい不安の波が押し寄せ、重苦しい苛立たしさがあとに残った。薄暗がりの中で、一緒にいる男が動くのがチラチラと目に入り、ぐいと引っ張る音が聞こえたが、その衝撃から引っ張ってもビクともしないことが伝わってきた。男はどうしたものかと思案している。

「鍵がかかっている」そう小声でつぶやく男の声には、当惑した響きがあった。「おかしいな。ついさっきまで開いていたのに」

だがヘレンにはわかったような気がした。さっきルードは椅子の後ろにある何かにサッと手を伸ばしていたが、あれはドアの開閉を制御するスイッチに触れていたのだ。ヘレンは強い失望感に襲われた。たった今解放感を味わったばかりだっただけに、なおいっそう堪えた。とそこへ、ルードの嘲るような低い笑い声が、またもや聞こえてきた。

立て続けに、ドスン、ドスンと音がした。連れの男がドアに体当たりをしていたのだが、体力を無駄に消耗するだけだということがヘレンにはわかっていた。これまで何度もそのドアがきしみ一つ立てずに開くのを目にしていたので、包囲攻撃にも耐えられるくらい頑丈な造りをしていることを知っていたのだ。

男は無駄な努力と悟ったらしく、猛攻をかけるのをやめると、ヘレンのほうに向き直った。薄暗がりの中で、鉄が反射したようなかすかな光がヘレンの目に映った。

「ちょっと待っててくれ」男がささやいた。「あの老いぼれ悪党の度肝を抜いてやるから。ドアを開けさせてやるぞ、さもなきゃ――」

とその時、男を嘲るかのように、アトンの祭壇の上で煌々と輝いていた電球が、突然フッと暗くなった。

第十四章　暗闇の中で

突然灯りが消えたあとの暗闇には、重苦しさが漂っていた。「やれやれ！」と男はつぶやいた。「あの罪深い老いぼれは、予想以上の策略を隠し持っていたというわけか。ちょっとここで待っててくれ」

男の言葉に込められた、どこかからかうような調子を聞くと、ヘレンは元気を取り戻した。こんなことは一時的な遅れに過ぎず、恐れるに足りないとでもいうような口ぶりだったが、その声には聞く者を奮起させる力があった。男が部屋のあちこちを次々と移動して回るのが聞こえたが、あまりに素早く移動するので、一度に複数の場所にいるのではないかと思うほどだった。電灯のスイッチでも探しているのかしら。それならドアのすぐ横にあるのだけれど。無意味と感じながらも触ってみたが、やはりそのとおりだった。どうやらルードは大元の供給管のところで電気を止めたらしい。

何度か摩擦音が聞こえたあと、灯りがほのかにともった。男がマッチで足元を照らしたのだ。ヘレンは、ルードはどうなったのだろうと思案した。いったいこの次には、どんな形で邪悪な才能を発揮するつもりなのかしら。四方を取り囲む暗闇のせいで、より大きくいびつに聞こえたルードの別れ際の笑い声のこだまは、二人を脅かす吐息となって辺りに漂い続けているようだった。

ヘレンはビクッとした。暗闇で何も見えなかったが、かすかな足音から、連れの男が自分の横に戻ってきたのがわかった。

「ルードはもういないよ。誰かが祭壇に見せかけて造った、あのおんぼろの古い洗面台の後ろ側にあったドアから、こっそり出ていったに違いない。外から鍵がかけられている」

「ルードはどうするつもりだと思う？」

「わからない。でも、すぐに行動を起こしてくれたほうが、こっちとしちゃありがたいけどね」

不自然さは依然としてあるものの、自信たっぷりに話す男の口調は、暗闇に潜む脅威をいくらか追い払ってくれるようだった。

「あなたはルードを打ち負かすことができるって、確信しているみたいね」

「そりゃそうさ。前にも負かしてやったんだから」

「じゃあ、彼のことを知っているの？」

「あいつが気づいている以上にね」

「でもあなたはルードに自分の正体を気づかれたくないのね。だから不自然な声で話してるんだわ。なぜなんだろうって思ってたの。でも」ふと考え直したようにヘレンが尋ねた。「私と二人だけなのに、どうして普通に話せないの？」

男が深く息を吸い込むのが聞こえた。「それはほら、ルードに俺たちの会話を盗聴されていないとも限らないからさ。用心に越したことはないからね」

ドアにはすべて鍵がかかっており、たった今部屋をくまなく調べ終えたことを考えると、それは言い逃れのように聞こえた。

「あなたは何者なの？」ヘレンが出し抜けに尋ねた。

少し間を置いてから、男が答えた。「俺が何者かって？」クスッと笑う。「何と呼んでもらっても結構だよ――不法侵入者、詐欺師、変装者、泥棒」

「泥棒？」

「ああ、それもある。この部屋からマーカス・ルードの持ち物である、ある物を盗み出したからね」

ヘレンは黙ったまま、その言葉の意味を考えた。

「あんな危険なやつのことが、君は怖くないの？」男はからかうように尋ねた。「しかしね、俺の今夜の冒険は、ふとしたことから始まったんだよ。最初はただの冗談のつもりだった。俺は苦心して外国訛りと、選りすぐった様々な外国人の行動様式を身につけたんだが、なぜそんなことをしたかというと、フランス人訪問客の振りをして、わが友人ルードを訪ねるつもりだったからさ」

「ルードが自分の正体に気づかなければいいと思いながら？」

「そこは、気づかれっこないと確信してた。俺は、あいつがこの世でお目にかかるとは夢にも思わない相手だからね。俺が屋敷に入ったやり方は、いささか礼を欠いていたかもしれない。呼び鈴を鳴らさなかったからね。代わりに――でも詳しい説明なんていらないよね？」

「ええ、わかるような気がするわ。泥棒みたいに侵入したのね」

「まあともかく、最上階まで上がってみると、まさに盗みが行われている真っ最中だった。ちょっと覗いてみたところ、ずいぶんスムーズに事が運んでいるようだったので、俺の出番は必要ないと判断したんだ。それに少し周囲を調べてみたかったしね」

「なるほど」ヘレンは当惑したように相づちを打った。この不思議な侵入者は、実際には何を見聞きしたのかしら。

「この素晴らしい屋敷の中を、かなり広範囲に渡って調べてみたんだ。この部屋には特に興味を引かれたよ。ドアには鍵がかかっていなかったから、中に入らない理由などなかった。一見したところ、この部屋には特に変わった点はなかった——単なる古びたガラクタの寄せ集めがあるだけでね。だがしばらくして、偶然あの花に気づいたんだ。昔から花が好きでね——特にバラの花が」

「それで？」ヘレンは緊張した声で促した。

「運よく、俺の嗅覚は鋭いほうでね。瞬時にバラのうちの二本がおかしな匂いを発しているのに気がついた。俺はそれを調べ、手短に言うと、作り物の茎を絞っておかしな匂いの元になっている物質を抜き取ったんだ。それが、今夜盗みを働いたと言った意味さ」

ヘレンの手が震えながら、おずおずと男の腕に伸びた。「あなたはそれをどうしたの？——その毒ってことだけど」

「たまたまポケットの中に、インクが空になった万年筆が入っていたんだ」見知らぬ男はこともなげに言った。「そこで毒をペン軸に絞り入れた。ほかに手頃な容器がなかったからね」

「すごいわ！」ヘレンは思わず叫んだ。「私の命を救うと同時に、私たちが探し求めていた証拠まで手に入れてくれただなんて」

「私たち？」見知らぬ男は困惑したように聞き返した。「私たちって誰のこと？」

ヘレンは答えなかった。自分の仲間がもはやこの世にいない人間だなどと、見ず知らずの人間に言えるはずもない。

「ともかく」それ以上追及することなく男は言った。「それがじゅうぶんな証拠になるかはわからないけどね。この毒の入手場所を証明するのは難しいかもしれないし。それでもやっぱり、今夜の仕事は上出来だったと思う。フランス人の役を演じるのを忘れてしまうくらい刺激的だった。演技は次回まで持ち越すつもりだけどね。たぶん明日とか――」男は話すのをやめると、いたずらっぽくクスッと笑った。

二人は黙り込んだ。作り物のバラの茎から毒を抜き出した方法を、男が手短に説明するのを聞くと、ヘレンの頭の中に次々といろいろな考えが浮かび上がった。つまりそれは、ルードが私を殺すことをあらかじめ計画し、彼が愛と呼ぶものを私が拒絶したら、殺すことにしていたということなのだ。そう考えると、これまでにも増して、ルードは何と腹黒い男なのだろうと思わずにはいられなかった。

「座ろう」ヘレンの連れが言った。「ルードが次の手を打つまでは、楽にしていたほうがいい。あまり長く待たせないでくれるといいんだが」

男はヘレンの腕を取り、二人は暗闇の中を手探りで進むとソファまでやって来た。ヘレンは男の横に腰を下ろしたが、今まで会ったこともない男のことを、直感的にすっかり信頼している自分に驚いていた。男がマッチを擦って煙草に火をつけると、顔がチラリと見えた。黒い顎髭と広い額くらいしか見えないうちに、マッチは消えてしまったが、こうしてわずかに顔を見ただけでも、自分が直感的に抱いた信頼は正しいように思われた。

「あなたが誰なのか、まだ聞かせてもらってないわ」ヘレンが促した。

「変装した男だよ」

「さっきもそう言ってたけど、それじゃ何もわからないわ」

男がすぐに返事をしようとしないので、ヘレンは煙草の先端で赤々と燃える火をじっと観察し始めた。ほの暗くなったり明るくなったりを交互に繰り返すその光は、心の揺れ具合を表しているようだった。火のついた煙草の先が、こんなにも人の気持ちを明確に表すなんて、夢にも思わなかったわ。「それにどうして普通の声で話せないのかも」とヘレンはつけ足した。「誰も盗聴していないことなどわかっているくせに」

男は依然として黙りこくっていたが、煙草の先端の明滅がいっそう速くなった。

「あなたはグレイ・ファントムの友だちの一人なの?」赤い光は大きくなったかと思うと、急に小さくなり、やがてぼんやりとしたかすかな光だけが残った。

「どうして」男がゆっくりとした口調で言う。「そんなことを訊くのかな」

「ただそうなんじゃないかと思って。私は今まであなたに会ったこともないのに、あなたは私のことを知っているみたいだし。初めて私に話しかけてきた時、私のことを名前で呼んでたもの」

「本当に、今まで俺に会ったことはない?」

なぜだかわからなかったが、この問いかけにヘレンはハッとした。男の声はさっきと違っていくらか自然に聞こえたし、その問い自体が不思議と心を揺さぶるものだった。煙草の赤い光はすっかり弱まり、今ではかすかに光る灰になっていた。

「そのはずだけど」思案するようにヘレンは答えた。「それなのに――おかしな感じがするのよ――」ふと黙り込む。頭の中では様々な声が入り乱れて騒ぎ立てている。少しゾクッとする。

「俺のことが怖くはないの?」男が尋ねる。

「まあ、まさか! たぶん怖がるほうが普通なんでしょうけど、でもどういうわけか――自分でも説明がつかないわ」

「もしすごく奇妙に聞こえることを俺が言っても、驚かない?」

「教えてちょうだい！」

煙草の火は完全に消えていた。男は身じろぎ一つせずにヘレンの横に座っていたが、まるで感極まっているかのように、速くひっきりなしに呼吸しているのが聞こえた。ついに口を開いた男の声は、もう作った声ではなかった。

「ヘレン、俺のことがわからないの？」

まるで強力な電流が体を貫いたかのように、筋肉と神経がギュッと引きつるのをヘレンは感じた。それから、時間、空間、命そのものをすべて呑み込むかのような、凍てつくような痺れがやって来た。ヘレンは自分の体がへなへなと崩れ落ちるのを感じたが、腰に回された腕がそれを押しとどめた。ヘレンはしばし抱擁に身を任せていたが、その身を振りほどいた。わななくような叫びが唇から漏れた。

「あり得ないわ！」ヘレンは叫んだ。「嘘――嘘よ――！」

「でも本当にそうなんだよ。俺の声がまだわからないのかい？」

「わかるわ、でも――」嬉しさと恐怖に感極まったヘレンは、体を震わせた。「私――私、気が変になりそうよ」

「いや、君はまったくの正気だよ」男はヘレンを自分のほうに引き寄せた。「頭をここに置いて――それでいい」男がヘレンの耳元でささやくと、ヘレンは少し落ち着いてきた。もしもこれが狂気というものなら、狂気の魔力に身を委ねるのは、何て素敵なことなのかしら。だって、あり得ないようなこの幸せが、いつ終わってしまうのかと気をもまずにいられるんですもの。髪と顔に置かれた手の感触に、胸をほのかに疼かせながら、ヘレンは切れ切れにそっと泣き笑いした。

「ファントムマン！」ふざけてつけたあだ名を、ヘレンはそっとつぶやいた。「ああ、ファントムマン！」

だがしばらくすると、ヘレンはふたたび落ち着かない気持ちになった。私、正気に戻ったのかしら、とヘレンはいぶかしんだ。そして相手の腕からぐいっと体を引き抜いた。

「もう一本マッチある？」

男はマッチを一本擦った。炎の続く限り、ヘレンは相手の灰色の瞳を恐れおののきながらじっと見つめると、ふたたび包み込むような腕の中に飛び込んだ。

「本当に、本当に、あなたなのね！」ヘレンはそう叫ぶと、今度はさらに強く体を擦り寄せ、狂ったように泣きじゃくった。泣きじゃくりが次第におさまってくると、ヘレンは、新たに見い出した幸せ以外には何ものも存在しない、心地よい忘却の淵に、自分が沈み込んでいくような気がした。長い時間が経ったかに思われたその時、急に相手の腕に力が入り、ヘレンは現実に引き戻された。

「誰かがやって来るようだ。だが心配するな。何があろうと、もう俺たちを引き裂くことなどできやしない。もし俺の見込みどおり、あれがルードなら、俺の正体がバレないようにしなければならない。俺がファントムの忠実な友だちの一人であるかのような振りをして話してくれ」一瞬黙り込むと、今度は最初の頃の会話で使ったのと同じ作り声で言った。「俺が誰かはどうでもいい。ハードウィックさん。俺は友だちだ。それだけじゃダメかい？」

「でも今夜まで一度もあなたに会ったことがなかったのよ」すぐに相手に倣ってヘレンは抗議した。この状況に必要なことを、ヘレンは明確に自覚していた。

「時には」相手は気取った口調で言った。「めったに会わない人間が親友だということもある。俺のことを信じてないのかい？」

「わからないわ」

「俺は君の命を救わなかったっけ?」

「ええ、そのことは決して忘れないわ、でも――」

「じゃあ、疑うことは忘れて、俺が誠意ある男だと信じてくれ。そうすればルードが戻ってきた時に、腰を抜かすほど二人であいつを驚かしてやれるさ」

ヘレンはほかに言うべき言葉を頭の中で探す一方で、じっと耳を澄まして、先ほど相手が気づいた、誰かの近づいてくる足音を聞き取ろうとした。だが相手の耳のほうがヘレンの耳よりも鋭かったのか、ヘレンには何も聞こえなかった。

「ルードをどうしてやるつもりなの?」ヘレンが尋ねた。

相手は笑った。「俺の万年筆であいつを引っ掻いてやるかな」そしてすぐさまヘレンの耳にささやく。「君はこの意味を知らないことになっているんだよ」

「あなたの――何でですって?」ヘレンは空々しく叫んだ。

「万年筆さ。ペンは剣よりも強し、ってね。ルードのような手ごわい悪党の息の根を止めるには、剣よりも強いものが必要なのさ」

またしても何と言ってよいかわからなくなり、ヘレンは口ごもった。全神経がピンと張りつめていたので、馬鹿げた猿芝居を打つのがだんだん難しくなっていたし、自分が演じている役柄にどうしても集中することができなかった。やって来る相手は、部屋のどこから姿を現すのかしら、とヘレンは思案した。ドアが二つあるのはわかっていたが、おそらくほかにもあるはずだった。その部屋は、あらゆる種類の謎の出入口が備わっていると思わせるような部屋だった。

「何か聞こえる?」ヘレンがささやく。

「いや、今のところは」困惑気味の声。「でも誰かがやって来るのは間違いない。しゃべるようにして。今何時だかわかるかと訊いて」

ヘレンは言われたとおりにし、それからほかにも、自分たちのささやかな策略にふさわしい質問をいくつか投げかけた。あとどれくらいこんなことを頑張りとおせるかしら。時間は遅々として進まず、時々どうしようもなく頭が混乱した。自分の横にいる男が、あのグレイ・ファントムだと気づいたのがあまりに衝撃的で、まだ頭を切り替えられずにいた。あり得ない夢から今にも目が覚めてしまうのではないかしら。そんな胸を刺すような疑いが、ちょくちょく頭をもたげてきた。

「あれは何?」突然ヘレンがささやいた。

手に加えられた圧が、静かに! と警告する。次の瞬間、ヘレンに問いを投げかけさせた、忍びやかな音が、ふと聞こえなくなった。ヘレンは座ったまままっすぐ前を見据えた。何でもいいから、来るならすぐに来て、この恐ろしい緊張状態を終わらせてちょうだい。何も見えない漆黒の闇を睨みながら座っていると、ふいに広い暗闇のどこかで、何かがかすかにきらめいた。ヘレンは隣の男の肘に触れた。

「見て!」

ヘレンは体を前のめりにしたが、見えたものはおそらく、苛立った神経が生み出した奇妙な幻覚に過ぎなさそうだった。しかし次の瞬間、隣にいる男が体をこわばらせたので、彼も同じものを目にしていたことがわかった。ごく小さなピン先ほどの大きさしかないその光は、ぼんやりと黄色っぽく輝いていた。ふいにヘレンにはわかったような気がした。あれは自分たちが座っている場所の少し先に横たわっている、神聖なる猫、セテペンラの目だ。
「あれはガラスの目玉のついた、ただの猫の剝製よ」ヘレンがささやいた。「エジプトの神聖な猫なんですって」

だがそう言いながらも、ヘレンは嫌な予感に襲われていた。死んだセテペンラの目が、こんな真っ暗闇の中で光るはずがないのに。肘に伝わってきた震えから、隣にいる仲間も同じような疑問を抱いているのがわかった。不思議な光景にしばし見入っていたヘレンは、ひどく奇怪な感覚に襲われ、わななくような叫び声を唇から漏らした。

突然ぼんやりとした光の点がパッときらめいたかと思うと、光り輝く目となった。それはもはや死んだ目ではなく、命を宿した目だった。悪意を感じさせる黄色い光をたたえながら、ヘレンをじっと見据えている。

ヘレンは椅子から飛び上がった。男も立ち上がった。暗闇の中ではあったが、男がセテペンラを見ているのではなく、反対の方向を向いているのがわかった。見るも恐ろしい光り輝く猫の目以外に、何かが彼の注意を引いたのだ。それはいったい何なのかしら、と不思議に思っていると、次の瞬間、新たな恐怖が襲ってきた。何かが二人のほうに向かって、こっそりじわじわと忍び寄ってくるのだ。着実に、ほとんど音も立てずに。

第十五章　二重の危機

　ほとんど音のない、恐ろしい忍び寄るような動きが、目や耳で捉えられるものというよりも、むしろ心に浮かぶイメージとして伝わってきた。ヘレンの頭の中では、とぐろを巻いた蛇が黒光りする体をくねらせながら、じわじわと近づいてくる光景が浮かんでいた。だが、即座に頭から振り払ったその光景よりもさらに恐ろしかったのは、死んだセテペンラの目に突如生命の輝きが宿ったことだった。もう一方の恐怖は、蛇のように忍び寄ってくるとはいえ、少なくとも人間なのでそこまで怖くは感じなかった。二つの危機のうち、まだマシなほうの危機に相棒が注意を向けたのはどうしてなのだろう、とヘレンはいぶかしんだ。

　相棒はわずかに体をずらすと、猫の目が放つ細い光線から離れた。ヘレンは不安に震えながらその傍らに立っていたが、彼の腕と肩が緊張したり曲がったりを交互に繰り返しているのを感じていた。ヘレンは忍び寄るものの正体を突き止めようと、懸命に目と耳を凝らした。はっきりした音は聞こえなかったが、どこかでドアが開けっ放しになっているらしく、空気が振動しているのがわかった。隣にいる相棒が体を震わせたので、自分には小さ過ぎて聞き取れない兆候を、彼の耳が察知しているのがわかった。

「後ろへ下がって。猫のことは気にするな。引っ掻きゃしないさ」

その声にみなぎる自信を感じ取ったヘレンは、すでに彼の存在は感じなくなっていたものの、ワクワクしながら後ろに少し下がった。セテペンラの燃えるような眼差しが、自分の背中に注がれているのはわかっていたが、目下、ヘレンの全神経は、辺りに漂う不気味な静けさに集中していた。あたかも戦いを前にして、二つの相対する勢力が一息ついているかのような、重苦しい、不穏な静けさだった。

すると突然、ピンと張った糸が突然解き放たれたかのように、相棒が前に向かって飛びかかっていくのが聞こえた。暗闇の中を突進する音がし、続いてひどく神経に触る、シーンとした静寂が一瞬訪れた。と次の瞬間、二つの体が激しくぶつかり合う音が聞こえてきた。低いうなり声が聞こえ、すぐに息苦しそうな喘ぎ声に変わった。やがて何かが砕けたような奇妙な音がしたかと思うと、うめき声が上がった。すべては背筋の凍るような緊迫した空気の中、一瞬のうちに起こった出来事だった。ヘレンは自分の腕に手が勢いよく置かれるのを感じた。

「さあ行こう」肩で息をしながら相棒が声をかけた。

なかなか消え去らない恐ろしい魔法でも振り払おうとするかのように、ヘレンは肩を震わせた。コソコソと何者かが動くのが聞こえた方角は、今やすっかり静まり返っていたが、セテペンラの目はなおも煌々と輝いていた。その悪意に満ちたギラギラした光線が届かないところまでやって来た途端、ヘレンは呼吸が少し楽になった。

「あなたさっき――」あとに残してきたあの静けさは何だったのかしら、と不思議に思いながら、ヘレンがためらいがちに尋ねた。

「誰かの顎の骨をへし折ってやったらしい。接骨師の仕事を少し増やしてしまったようだな。あいつ、牛を突き通せるほどの長い刃物を持って襲いかかってきやがった。シッ！」

男はさっとヘレンの前に出ると、後ろ手にヘレンの手を取った。ヘレンはできるだけ音を立てないようにしてあとについて行ったが、彼の鋭い知覚が別の危険な兆候を察知したのはわかっていた。もはや怖くはなかった。相手の手の感触から自信が伝わってきたので、危険は過ぎ去ったものと確信していたからだ。屋敷を訪れるのは初めてのはずなのに、ヘレンの相棒は彼女よりも確かな方向感覚を持っているらしかった。どこに向かって進んでいるのか、ヘレンにはわからなかったが、どうやら二人は先ほど気づいた空気の流れを追っているらしかった。

隙間風がひときわはっきりしてきたので、ドアの近くまで来ているらしいことがわかった。マーカス・ルードの屋敷に充満している、この恐怖の気配から一刻も早く逃れられるように、もっと速く進んでくれるといいのに、とヘレンはじれったく思ったが、相棒は急ぐどころか、よりいっそう用心しながら足を進めているようだった。するとふいに、その足がピタリと止まった。

ヘレンはアッと驚いて息を呑んだ。突然相棒に足をすくわれたかと思うと、そっと床にひっくり返されたのだ。あまりの意外かつ突然の出来事に、茫然として横たわった瞬間、間髪入れずに銃声が炸裂し、炎の筋が彼女から三センチ足らず先のところをビュンと通過し、髪に焦げ臭い匂いがプンと漂ったので、ヘレンは初めて事の次第を理解した。だが、その次の瞬間、ヘレンの胸は張り裂けそうになった。負傷した男の苦痛に満ちた叫び声が、途切れ途切れに響き渡ったのだ。

ヘレンははじかれたように立ち上がったが、恐怖心はたちまち混沌とした感情の渦に呑み込まれた。最前まで恐怖におののき叫んでいたあの声が、何と笑っているではないか。すると今度は、もみ合うような音が聞こえてきた。だがそれは長くは続かず、耳をつんざくような奇妙な金切り声が聞こえたかと思うと、ドスンと体が倒れる音がして、格闘劇はあっけなく終わった。

すぐにヘレンの横に相棒が戻ってきた。

「あれはルード本人だったと思う」今度ははっきりとした声でヘレンに告げた。「一杯食わせてやったよ。朝になったら、あいつの鼻はものすごいことになっているだろう。俺たちが脱出するまで、もう誰のことも痛い目に遭わせずに済むといいんだが」

ドアをくぐり抜けると、一灯の壁面灯にほのかに照らされた玄関広間に出た。ヘレンは心配そうに周囲を見渡した。危険が去ったとはとうてい信じがたかった。重厚な外扉が背後でバタンと閉じて初めて、もうこれ以上邪魔者が入る恐れはないのだと実感した。

雨が降っていた。ゆっくりと優しく降り注ぐ大降りの雨が、火照った顔にひんやりとして心地よかった。これまでずっと汚染された空気の中で息をしてきたかのように、湿った空気をしきりに吸い込んでは、肺腑の奥へと送り込む。東の空では雲が切れ始めていた。明け方のくすんだ灰色の世界に、地平線が浮かび上がるのが見える。四方八方から、目覚めようとする街の活気ある音が聞こえてくる。

角まで来ると、ヘレンは振り返り、マーカス・ルードの陰気な屋敷に目をやった。体をブルッと震わせてから、今度は隣で軽快に力強く歩いている相棒を、半ば茫然としながら見つめた。たくましい肩と細い腰。頭は無意識裡に先を急ぐかのように前に傾き、静かな活力が全身を隙間なく満たしている。馴染みある姿だ。唯一以前と違うのが顎髭だったが、ヘレンの厳しい目にも見苦しくは映らなかった。

「それで」あの懐かしい茶目っ気たっぷりの笑顔を相棒はヘレンに向けた。つかみどころがないのに、触れるものすべてに染み透るようなあの笑顔。「どう思う?」

「怪我してるわ！」突然ヘレンは叫ぶと、相手の手をまじまじと見つめた。

相棒はそっとハンカチを取り出した。「ただのかすり傷だ。ルードの鼻と、もう一人の男の顎に比べたら、どうってことないさ。ところで、君の意見を待ってるんだけどな。俺、自然に見えるかい？」

「私にはそう見えるけど、でも前と違うところもあるわ——特にその顎髭とか」

「よしいいぞ！　お前はなかなかの役者だと人に言われたことがあるんだ。その演技力に、君が今言った違っている箇所を足し合わせれば、その気になれば他人に成りすますことだってできるはずさ」

「でも何だかすごく妙な感じよ。今だってほとんど実感がないし——」

「たぶん美味しい朝食をとったら、もっと自然に見えてくると思うよ。次の角のところでタクシーが待っているはずだ。前もって白タクの運転手にお金を渡しておいたからね。ああ、あそこだ」

二人はタクシーに乗り込むと、終夜営業のレストランへと向かった。ヘレンはそこで、ストレス満載の夜を過ごしたあとでも、たっぷりした朝食をペロリと平らげるだけの体力があることを、まぎれもなく証明してみせた。

「でもまだすべてがどうやって起こったのか、教わってないわよ」濃いコーヒーを飲んで元気を取り戻すと、ヘレンが釘を刺した。それから、こうしてまだ生きているのが不思議でならないというように、相手の顔をまじまじと見つめた。

「この件については、説明すればするほど、謎が深まるばかりなんだけど」と前置きをしてから、相棒はフライ島で目覚めたことに始まり、わずかながらも知っていることのすべてをヘレンに話して聞かせた。「ほらね、何の説明にもなってないだろ？　じゃあ今度は君の身に起こったことを聞かせてもらおうじゃないか」

「ところが、私のほうもあなたと同じくらい、わからないことだらけなのよ」ヘレンは事故直後のまばらな記憶について、どうやら車から放り出されたらしいこと、その後ほとんど夢遊病者のような状態で辺りをさまよい歩いたことなどを語って聞かせた。「ね、あまり満足のいく説明じゃなかったでしょ？　それより今夜のことについて話しましょうよ。知りたくて仕方がないことが一つあるの。あのセテペンラのことよ」

「あの神聖なる猫？」

ヘレンは頷いた。「あのギラギラ輝く目ときたら！　まるで突然生き返ったのかと思ったわ」

「でも神聖な猫だからって、死んだ猫が生き返るだなんて、まさか本気で信じちゃいないよね？」

「ええ、まあね。気が高ぶっていたものだから、たぶん目にしたものから勝手に想像を膨らませたんだわ。でもそんなふうに見えたのは確かよ。それなのに、あなたは気にも留めていないみたいだったから不思議に思っていたの」

「いや、気には留めてたさ」相棒は微笑みながら反論した。「俺はあれを警告だと受け止めたんだ」

「警告？」

「ルードが俺たちを油断させようとしてるという警告さ。あの猫の異様な姿に気を取られていたら、俺たちは反対側からやって来るものに気づかない。それがやつの狙いだった。昔からある常套手段さ」

「でもあの恐ろしい燃えるような光は？」

「違う状況で見たなら、それほど恐ろしくは見えなかったと思うよ。知ってのとおり、ルードはあらゆる奇抜な術策を持ってるけど、あれはその一つだったんだ。おそらく前にも使ったことのある手なんだろう。もし仮に俺たちがセテペンラの構造を調べたら、電線につないであるのがわかるはずさ。プリズムと電流を使えば、かなり奇抜な効果を出すこともできるからね」

「何て単純なことだったのかしら！」じくじたる思いに顔をしかめながらヘレンが言った。「それなのに私ときたら、そんなこと思いつきもしなかったなんて」

「だってあまりにも当たり前過ぎたからだよ。君の心は神秘的なものに目が向くようにできているんだ。電気仕かけの猫なんかじゃなくね。それに君はひどい夜を過ごしてきたんだから」物思いにふけるような優しい眼差しで、相棒はじっとヘレンの顔を見つめた。「ほかの女性ならまず間違いなくパニックを起こしていただろうね――君は立派だよ！」

「でもしくじったことに変わりないわ。ルードは私には賢過ぎたのよ」

「それは賢さじゃない。欺まんさ。それに最終的な陰謀ということでいえば、あいつだってしくじったんだ。結局引き分けだったのさ」

「そして戦いは今も続いているわ」ヘレンがきっぱりと言った。

相棒は力強く頷いた。「でも今夜以降、君にはその眼鏡は必要ないね。まるで見映えがよくない。今着ているその堅苦しくいかめしいドレスもね。よくもまあ長いことそんな恰好でいられたね」

「だって必要だと思ったんですもの」

「でも役には立たなかったね。本当の君を隠してはくれなかったんだから。君のまぶしいほどの魅力は、そのひどい眼鏡をもってしても隠し切れないよ。今夜、君を目にする前に、たとえ君の声を聞かなかったとしても、誰だかひと目でわかったと思うよ。それにしても本当に驚いたよ。街に着いてからというもの、ほとんど一時間おきに君の家に電話をかけていたんだから」

「父は私の居場所を知っていたんだけど、誰にも言わないって約束させてたの。かわいそうなお父さん！　私のことをどうしようもない娘だと思い始めてるんじゃないかしら。それに父は、このことを半分も知らないのよ。今夜私が盗みに入ったこともね」

相棒の笑顔にわずかに暗い影が差した。テーブル越しにヘレンを見つめる彼の深い灰色の瞳に、かすかな畏れの色が浮かんだ。「時々」ピカピカに磨き上げられた銀のスプーンを手でもてあそびながら、相棒がつぶやいた。「思うんだ。誠実な女性の心こそ、この世でもっとも素晴らしいものじゃないかってね。俺たち二人で一緒に成し遂げようとしたことを、君が一人の力でやり遂げようとしたのは立派なことだったよ。立派だけど——無茶だった」

「やらなくちゃならなかったのよ」ヘレンはあっさりと言った。「あのあと——あの夜のあと、私の人生に意味を与えてくれるものは、もう何一つ残されていないような気がしていたの。それに、そうすることで素晴らしい気持ちを味わうことができたのよ。あなたは私のそばにいる、私たちは今でも仲間なんだって」

相棒は目を伏せた。顎髭に覆われた唇がかすかに震えている。手の中にある銀のスプーンをぼんやりとひっくり返す。「こんなことでいいんだろうか」独り言のように言う。「俺と出会ってからというもの、君の人生は命がけの冒険の連続だ。雲に覆われている——それも黒く醜い、雷と炎に満ちた暗雲に。君と出会う前にしてきたことのツケを、俺はまだ払い切れずにいる。際限なく続く厄介な問題に、君を引きずり込んでしまったような気がするんだ。君にとっては災難だったろうね」

「災難ですって？」そう答えたヘレンの顔は輝いていた。「まあ、時々はそうかもしれないわね。でもとっても素晴らしい体験だったし、スリル満点だったわ。こんな経験、誰がみすみす逃したりするもんですか」

「本当に手を引く気はないの？　この先さらに多くの暗雲が待ち受けているかもしれないんだよ」

「望むところよ！」

　銀のスプーンをじっと見つめていた目を上げると、キラキラと目を輝かせながら自分を見つめているヘレンと目が合った。「そういう調子で君が言うからには、我らが友人ルードは鼻を腫らすよりもっとひどい災難に見舞われることになるだろうね。ところで」またもやスプーンをかかげてピカピカの表面をしげしげと眺めながら、「後ろの三つ目のテーブルに座っている人の様子を、詳しく説明してもらえるかな？」

　ヘレンは一瞬大きく目を見開いたが、すぐに目立たぬように言われた人物のほうへ視線を向けた。

「どちらかというと小柄で、背は一七〇センチくらいかしら。髪は黄褐色、栄養不良のような青白い顔色をしているわ。おそらく体重は六〇キロもないんじゃないかしら。右の眉の上に吹き出物があるけど、いぼかもしれないわね。赤く腫れぼったい鼻に、くすんだ茶色の目。服は安物で体にまるで合ってないけど、新品よ。床屋から出てきたばかりみたい。昨日のタイムズ紙のスポーツ欄を読んでる振りをしているわ」

　ヘレンの連れは興味をつのらせながら聞き入った。「ハンクとぴったり一致するな。新品の服を着て、散髪したてのように見えること以外、すべて当てはまる。こんなところでいったい何をしてるんだろう」

「ハンクって？」

「君にまだ話していなかったね。フライ島で出会った不思議な友だちなんだ。是非いくつか訊いてみたいことがあるんだが、まあいい――気づいてない振りをすることにするよ。それにしても奇妙なやつだ！」

「その島で起こったことは、何もかもが奇妙みたいね。私にもう全部教えてくれた？」

「あらましを話したんだ。詳細を伝えたところで、理解の助けにはならない」

「それがみな何を意味するのか、あなたにも見当がつかないってことなのね」

「ただ漠然と推測するしかないんだ。俺の車が断崖絶壁から転落した時に、誰かが死んだのは間違いないんだ。世間の人たちはそれを俺だと考えている。残骸の中から俺の所持品がいくつか見つかっているし、同じ結論につながる状況証拠がほかにもあるからね。ここで三つの謎にぶつかる。俺と勘違いされているその人物は誰なのか。どうしてそいつはその場所に偶然居合わせたのか。そいつのそばに俺の個人的な所有物の一部が見つかったのはなぜなのか」

「もしかすると――」ヘレンは口を開きかけたが、すぐに黙り込んだ。パッとある考えが浮かんだが、すぐに消えてしまったのだ。

「三週間ほどしてから、俺はフライ島という場所で目を覚ました。事故現場から百六十キロ以上離れた場所だ。そこで俺は、自分がアラン・ホイトという脱獄囚にされていることに気がついた。さらに、トビアス・グレンジャーというずる賢そうな男に、俺の昔の忠実な召使いだと告げられた。そいつは俺を敬い、かいがいしく世話を焼き、でたらめな与太話を聞かせてきた。もちろんそれらはみな、俺がその島を出てはならないということを、慇懃なやり方で伝えているに過ぎなかった。ここまでで何か思い当たることはある？」

ヘレンの表情が生き生きと輝いた。さっきの考えが何だったのかわかったのだ。「もちろんよ！全部計画されてたのよ。何者かが大破した車の下に死体を置き、そばにあなたの持ち物をまき散らした。それから——」

「待ってくれ。ちょっと急ぎ過ぎだよ。推測によれば、ガソリンタンクが爆発したせいで、死体は車の可燃部とともに燃えて灰になっている。とすればあっという間の出来事だったはずだ。まだ車が燃えているうちに大破した車の下に死体を置き、そこに俺の持ち物を移動させる時間なんてあっただろうか？」

ヘレンの考えは壁に突き当たった。「そうね、それじゃあ筋が通らなさそうね。でも待って」パッと表情を明るくして、「車は大破したけど、ガソリンは爆発しなかったと仮定してみましょうよ。何者かが死体を残骸の中に置き、それをあなたに見せかけるために、あなたの持ち物をそばに置いた。そして死体の身元が割れるのを防ぐために、マッチでガソリンに火をつけ、大破した車を燃やした。それなら筋が通るわ——でも何て恐ろしいんでしょう！」

「そんなことで頭を悩ましちゃダメだよ」相棒がヘレンに優しく言った。「少なくともゆっくりと休んでからでないと」

「でもすっかり頭が冴えちゃってるから、今から眠るのはとうてい無理よ。ねえ、私の仮説をどう思う？」

「同じようなことは俺も考えてみた。仮にそういうことをしようという動機を持つ人物がいるのであれば、理にかなっている。でも、俺が死んだものと世間に誤認させるために、わざわざこんな手の込んだことをあらかじめ仕組んでおく人間なんて、いやしないさ」

「わからないけど、でもきっとそうよ。これで全部完全に説明がつくと思わない？　たぶんあなたは事故でひどい怪我を負ったのよ。きっと長いこと意識を失っていたんだわ。その間にあなたは島に運び込まれ、監禁状態に置かれた。まだ生きてるってことを、街に戻って人に知らせたりしないようにね。すごく単純な話じゃない？」

ヘレンの熱心な様子に彼は微笑んだ。「もし仮にそういう動機があるとすれば、そうなるね。でも、俺を死んだことにして、いったいどんな得があるというんだい？　それに誰がそんなことを？」

「マーカス・ルードは？」

彼は首を横に振った。「ある時点までは、ルードのしわざだったと思う。あいつがステアリング・ナックルを故障させたか、誰かに金を握らせてやらせるかしたんだろう。だがやつの出番は、車が断崖絶壁から転落したところでおしまいだ。その後はほかの誰かが手を下し、俺を死んだものと思わせるような状況証拠を用意したんだ。だがはっきりとはわからない。俺が死んだものとルードが信じ切っているのは、ほぼ間違いないと思うけどね。とすると」いたずらっぽく笑いながらつけ加える。「俺たちには好都合だ。もっとも憎い敵が墓の下にいると思えば、警戒心を緩めるだろうからね。ところであの墓に眠っているのは誰なんだろう」

思い出したようにヘレンが身震いしたので、相棒はすかさず話題を変えた。銀のスプーンをふたたび目の高さに上げる。「ハンクの後ろ、四番目のテーブルに奇妙なやつが座っている。十分ほど前に入ってきたんだ。どんなやつだい？」

ヘレンはハッとして、この早い時間に給仕を受けているまばらな客を眺め回してから、さりげなく指摘された男に視線を留めた。「背が高くて、瘦せていて、目は青く、しわだらけの細長い顔をしているわ。歳は五十から五十五歳くらい。側頭部に毛が二房生えている以外、ほとんど毛はないわね。悪人面をしていて、それから――」

さも愉快そうな笑い声がヘレンの言葉を遮った。「トビー・グレンジャーだ。今度は燕尾服の裾ポケットに何を持っているんだろう」

「でもそういった類の上着は着てないわよ。着ているのは、ありふれた茶色の背広よ」

「やっぱりそうだったか。トビーは場面に応じて服装を変えていたんだ。やれやれ、厄介なことになりそうだ。昔のようにね。ハンクが君と俺を見張っている間、トビーがハンクを見張っているというわけだ。厚かましいやつだよ、トビーは。うまく正体を隠せていると思っているに違いない。でなきゃここに姿を現すはずがないからね」

「狐と狸の化かし合いみたいね」とび色の目を感慨深げに輝かせながら、ヘレンが批評した。

「この状況を楽しんでいるようだね」

ヘレンの目に浮かんだ微笑みと、キラリと輝いた大胆不敵な目の輝きが、質問に対する答えだった。

「でもまだ難問が残っているわ。島で起こった不思議な出来事の中には、私たちの仮説に合わないものがあるみたいだもの」

「それは俺たちが相反する勢力を、同時に相手にしているからだよ。ルードの出番は、俺たちが断崖絶壁から転落した時点で終わった。その後、トビー・グレンジャー演ずる別の勢力が状況を支配した。初めはこの二つの勢力は協働してるんじゃないかと思っていたが、今ではそれだとつじつまが合わないように思える。それにまだ、ほかにも不可解な要素が働いているようだ。きっとハンクなら、そのことについて俺たちに何か教えてくれるかもしれないが、今すぐ聞くわけにはいかない。ともかく、利害の衝突が、ちょっとした面白い混戦状態を巻き起こしているようだ。それから、俺たちの仮説では説明のつかないことがいくつかある。例えば、声だけが聞こえてくる、あの不気味な灰色の光だ」困惑したように相棒が弱々しく笑った。「セテペンラの目と同じような、単なるトリックかもしれないが、もしそうなら、一癖も二癖もあるトリックだ。それにルイ・エーケンの殺人もある。トビーが一枚噛んでいるとは睨んでいるが、勘違いかもしれない。まったく複雑怪奇な話だ。歯車が入り組んでいる上に、継ぎ手がみんな外れているとくる」

「頭がズキズキするの」ヘレンが打ち明けた。

相棒は給仕を呼ぶと勘定を支払った。二人がテーブルから立ち上がると、後ろの三番目のテーブルにいた小柄なひ弱そうな男が、あくびをしながら新聞を閉じ、足を引きずりながらドアのほうに向かった。もう一人の長身痩軀の男は、腕時計に目をやると、時間の遅いことに驚いたような素振りをして、小柄な男のあとに続いて席を立った。

灰色の瞳がとび色の瞳を覗き込んだ。どちらも微笑んでいる。

「歯車が回りだしたわ」とヘレンが言った。

第十六章　埃の中の手がかり

小ぎれいな明るい柄物服に身を包んだ、生命保険外務員協会の調査部長ウィル・トレントは、マッサージと爪の手入れに余念がなく、いつどこへ行くにも色彩と優雅さを携えることを忘れなかった。今朝はとりわけ、彼がいることで、刑事局局長である第三副長官ウィックスのオフィスは華やいで見えた。

「これは断固として食い止めなければ」トレント氏が言った。

ウィックスは頷いた。恰幅の良さに似つかわしい重々しい頷き方だ。トレント氏に同意しつつも、若干疑念を抱いているのがわかる。この男はつまらん気取り屋か、実は隠れた天才なのか。第三副長官は結論が出せずにいた。

「すでに六カ月も続いとるんですぞ」そう指摘すると、トレント氏は不満げな表情でウィックスの顔を見据えた。「始まりはカルヴィン・ブルースター。この一件で、うちの協会では十万ドルの保険金を支払わなければなりませんでした。お次がローガン・パーマー夫人。彼女が亡くなって二十五万ドルもの支払いが発生しました。その次がニコラス・ウィルコット。彼は協会のメンバー三社と保険契約を結んでいたので、支払い総額は七十万ドルにのぼりました。四人目がヴィンセント・シアーズ。亡くなったのはつい三週間前のことで、支払った額は九万ドル。総額百十四万ドルですぞ、副長官。

にした。

トレント氏は、あたかも自分の懐から虎の子が出ていったかのような悲嘆に暮れた声で、総額を口にした。

「そいつは大金だな」首をかしげ、考え込むように唇をすぼめながら副長官が言った。「だが、この六カ月間におたくが支払わなければならなかった保険金は、それだけじゃない。保険契約者の中には、ほかにも大勢亡くなった人たちがいたはずだ」

「でもこの四人の場合は、ご存知のように、ほかのケースとは比べものにならんのです。犠牲となったのはいずれも裕福な有力者ばかり。四人とも元気な盛りに命を落としています。みな健全健康な生活を送り、年に最低一度は精密な健康診断を受けているような方々でした。いずれのケースでも、医師たちは死因を決めかねて途方に暮れています。毒殺を示唆する状況証拠はあるものの、毒の痕跡が見つからないからです。さらに奇妙なことに、四人が四人、誕生日の前日に亡くなっているんです」

副長官のしかめっ面は、この驚くべき事実について深く考えてはみたものの、結局何もわからずじまいだったことを表していた。

「少なくともこのことから」トレント氏が由々しげに言った。「この四人の死が意図的に引き起こされたことは明らかです。こんなこと、偶然になんて起こりゃしません。考えてもみてくださいよ、副長官。三人の男性と一人の女性、それも全員裕福で健康な人たちが、誕生日の前日に不可解な死に方をし、死因には満足な説明がつかず、調べようにも手がかり一つないときてるんですぞ」

「針で開けた穴ほどの小さな刺し傷以外にはね」ウィックス副長官がトレント氏の言葉を訂正した。

「あれを手がかりだとおっしゃるなら、それでも結構ですがね」トレント氏は肩をすくめた。「しかしそれで何がわかるというんです？　何らかの毒が皮下注射されたんでしょうが、毒の痕跡が見つからないのでは意味がない。うちの医療部の部長とも話をしたんですがね。既知の毒には、現代の科学的手法を使って、体内で検出できないものはないんだそうです」

「ふーむ」と副長官。「となると、どうやら我々が相手にしているのは、医者以上に知識の豊富な悪漢ということになりそうだな」

「おそらくそうでしょう」トレント氏はそう言うと、凝った装飾が施された煙草ケースを差し出した。ウィックスは疑わしげにそれに目をやると、自分の古びた臭いパイプに手を伸ばした。「ところで」とトレント氏が続けた。「このことがどこで終わりになるのか、うちの連中が知りたがってましてね。同じような奇怪な死が、いつまた起こるとも限りません。すでに四人が亡くなっていて、うちで支払った費用は――」

「五人だ」ウィックスが口を挟んだ。「高齢のハイラム・オークスを忘れている。彼もほかの四人と同じようにして亡くなっている」

「でも私はうちに費用負担がかかっている人たちにしか興味がないんですよ。オークスは国内の保険会社から、ことごとく申込みを断られていました。若い頃に炎症性リウマチを患ったせいで、心臓が弱かったからです」

「それでも七十九歳まで生きた」もうもうと立ち昇るパイプの煙の中で、にやりと笑いを浮かべながらウィックスが指摘した。「そして何者かに毒殺されなかったら、今なお生きていたかもしれない」

トレント氏は当てこすりを無視した。「じゃあ、これらは毒殺だと確信されているわけですね？」

「それはおたくの考えじゃないかね？」

トレント氏は自分の意見をむしろ胸にしまっておきたがっているようだった。「仮説なら持ってますとも。しかし我々に必要なのは行動です。うちの連中は、私が結果を持ち帰るのを期待しているんですよ」

「ふうむ」柔和な眼差しで、トレント氏の上品な風采を値踏みするように見ながら、副長官が鼻を鳴らした。

「そこで、警察からどのようなお力を貸していただけるのか、お聞きしようとこちらへ伺ったんです」

副長官は、この男がドアから出ていくなら喜んで手を貸すのに、とでも言いたげな様子だった。自分のパイプが放つ強烈な臭気を、あか抜けた鑑賞眼を持つトレント氏が不快に思っているのがわかったからだ。わしの愛用パイプをそんなふうに見下すとは許せんやつだ。「もちろん」と副長官はやたらと愛想良く答えた。「力ならいくらでもお貸ししますとも。まず手始めにヒントを差し上げましょう。ハイラム・オークスの件には興味がないと言っておられましたな。だがそれは間違っている。追うべき道はそこから始まるんですから」

トレント氏はちょっと考え込んでから、見下したような笑みを浮かべて言った。「それは違うと思いますがね、副長官。でも従うつもりはないにせよ、善意からの助言には感謝しますよ。ではお返しに、私からもヒントを差し上げましょう——絶対確実なヒントをね。道はここから遠く離れたところから始まるんです。フライ島という、メイン州にある人里離れた場所からね。それではごきげんよう、副長官」

麦わら帽子とマラッカ杖を手に取ると、トレント氏は肩をいからせながらオフィスをあとにした。

副長官は驚きに満ちた表情でその後ろ姿を見つめた。

「やれやれ、とんだ邪魔が入ったわい！」副長官はそう叫ぶと、丸っこい人差し指でボタンをポンと押した。「カリガー警部補はもう戻ったかね？」電話に出た男に、語気を荒くして尋ねる。

「五分ほど前にお戻りになりました」

「呼んでくれ」

副長官は椅子の背にもたれかかると、トレント氏が座っていた椅子を当惑したようにじっと見つめた。まもなくドアが開き、ひょろりとしたまだ若い男が、足を引きずりながら、けだるそうに部屋に入ってきた。目は物憂げなシナモン色で、濃いコーヒーと風味豊かな葉巻に目がないことがその顔色からわかる。今も葉巻を吸っていたが、上官が椅子を指さすと、そこにどっかりと体を沈めた。

「二時間もお前のことを待っていたんだぞ」ウィックスが言った。「列車は八時に着いたはずだが」

「八時十三分です」本部直轄の刑事局に所属する殺人事件専門担当官カリガー警部補は、脚を長々と伸ばすと顔をしかめた。「あの方面に送り込まれるのは、二度とごめんこうむりますよ、副長官。あんなに狭苦しくて揺れの激しい夜行列車に乗ったのは初めてですよ」

「トレントが今しがたここにいたんだ」副長官が言った。「お前はあの男をどう思う？　あいつは馬鹿か、それとも天才なのか？」

カリガーはいかにも不服そうに鼻を鳴らした。「あの迷惑なエジプト煙草をやめてもらいたいものですね。いいえ、あの男は馬鹿ではありません、副長官。やつは道化者ですが、賢くなければ道化者にはなれませんから」

ウィックスは自分のパイプを愛でるように見つめた。「あいつほど思い切り蹴飛ばしてやりたいと思う男に、わしは会ったことがない。まあ、とにかく、あいつはわしらと同じ線で情報を得ている」

「フライ島ですか？」カリガーが背筋を少し伸ばして訊き返した。

副長官は頷いた。「お前をあそこへ送り込んだことは教えていない。だが面白いことに、ハイラム・オークスの件はあいつにとって何の意味も持たないにもかかわらず、あいつはわしらと同じ線で動いているんだ。同じ線を追っている。出発点は違うがね」

「そいつは妙ですね」カリガーは黒煙草を深く吸い込んだ。「オークスの家で情報を得たのでないなら、どこで手がかりを入手したんでしょう。まあ、トレントは独自の手法を持ってますからね。ところで副長官、あそこですごいものを発見しましたよ。私をフライ島に送り込んだ副長官は、間違いなく鋭い勘をお持ちでしたよ」

「わしが期待したようないい結果が出たのか？」

「ちょっと違うんですが、何を見つけたかお伝えしますから、椅子から転げ落ちないようにしっかりつかまっててくださいよ。ハイラム・オークスが死ぬ直前に、オークスの家の周りをルイ・エーケンがうろついていたことがわかっています。さらにその他もろもろの状況から、エーケンがあの不可解な死について何か知っているに違いないと、我々は確信しました。エーケンには、今からクリスマスまでと同じくらい長い犯罪歴があり、やつは私がこれまで出くわした中でも、もっとも口達者な詐欺師の一人でした。ご存知のように、私はやつをうまく罠にはめかけていたのですが、やつは突然姿をくらませてしまいました。それっきり消息がわからずにいたのですが、やがてやつの死体がセベーゴ湖に浮かぶある島で発見されたという知らせが届いたのです。それで、ルイがその島で何をしていたのか、行って確かめるだけの価値があるかもしれないと副長官は直感されました。あの一連の毒殺事件について、何か手がかりが得られるかもしれないとお考えになったのです」

「で、得られたのかね？」ウィックスがぶっきらぼうに尋ねた。

「さあどうでしょう」

「ルイ・エーケンはあの島で何をしていたんだ？」

「わかりません」

「やつを殺す動機は何だった？」

「お答えできません」

「誰がやつを殺した？」

「残念ながらわかりません」

「やれやれ」副長官はわざと間延びした口調で言った。「気持ちのいいハンモックと日陰になったポーチをお前さんが見つけたことを願うよ」

「実を申しますと」カリガー警部補はそばかすだらけの顔にしわを寄せて、申し訳なげにニヤリと笑いながら言った。「ルイ・エーケンのことも、毒殺事件のことも、ほかのことなどどうでもよくなってしまうような発見をしたんですよ。聞けばおわかりいただけるかと。フライ島は四平方キロメートルほどもある大きな島で、全域が森林地帯です。島には一軒だけ、二階建てで屋根裏部屋のある大きな屋敷があります。本土側の住民の間では、数年前、一人の女が夜な夜な島を徘徊しては、血も凍るような恐ろしい叫び声を上げていたことがあったとの噂があります。女は結局見つかりませんでしたが、しかし――」

「噂話はいいから、事実だけを述べてくれんかね？」興味なさげに副長官が忠告した。

「承知しました。あの現場では、私には捜査の権限はもちろんなかったわけですが、ハーモンという親切な男に出くわしましてね。元連邦保安官補で、ルイ・エーケンの死に関する捜査責任者なんです。よく気が利くやつですよ、ハーモンという男は。現場はめちゃめちゃに引っかきまわされているものとばかり思っていたんですが、ハーモンが少しも荒らされることのないよう取り計らってくれていたんです。本土からのやじ馬を追っ払って、屋敷に南京錠を取りつけておいてくれましてね。いくつかの手がかりを見つけ出すには絶好のチャンスでした」

「手がかりを探すのに、目を酷使し過ぎて傷めやしなかっただろうね」副長官が冗談まじりに皮肉った。

「大丈夫です。でも、見つけたのは想像を絶するものでした。屋敷には何年も人が住んでいないとのことでしたが、不法侵入者たちがくつろいでいた形跡がありました。調理器具が使われており、いくつかのベッドには人の寝ていた跡があり、暖炉には火が入っていました。あそこは夏でも、夜になるとひどく寒くなることがあるんです」

「なるほど、お前も頭を冷やす必要があっただろうしな」ウィックスが眉の汗をぬぐいながら言った。

「一番大きな居間も、不法侵入者たちが寝室として使っていたようでした。そこには暖炉があるのですが、ずいぶん盛んに火を焚いていたに違いありません。というのも、そこらじゅうに細かな灰が積もっていたからです。そこで私は指紋を見つけたのです」

「指紋?」副長官は突然興味をそそられたようだった。「誰の指紋だ?」

「ええと、ルイ・エーケンの指紋もありました。そのほか、まだ身元の確認が取れていない指紋が一、二組。そっちはおそらく何の役にも立たないでしょうが」カリガーは椅子の背にもたれかかると、いくぶんうんざりとした表情をした。

「ほかには?」ウィックスが問い詰めた。「ほかにも何か見つけたんだろう」

「ええ」カリガーは認めると、眠たそうに新しい葉巻に火をつけた。「ルイ・エーケンの指紋の横に、面白そうな指紋がもう一組あったんです。私はそれを写真に撮り、今朝、列車を降りるなり犯罪鑑識局へ行って調べてもらうことにしたんです。照合にしばらく時間がかかるのはわかっていたので、その間に外へ出て軽く朝食をとり、その後タクシーに乗りました」

「なかなか忙しい朝だったようだな。で、どこへ行ったんだ?」

「すぐそこの七十番街まで。ちょっとヘレン・ハードウィックさんの家に寄って、ご挨拶でもと思いまして」

警部補のとりとめのない思いつきには慣れっこの副長官ではあったが、これには肝をつぶしたようだった。

「ハードウィックさんだって? グレイ・ファントムの恋人の? 彼女に何の用があったんだ?」

「彼女は素晴らしいお嬢さんですよ、副長官」カリガーの顔が一瞬生き生きと輝いた。「何が起ころうとも、ファントムの横にぴったりと寄り添って離れなかったのを、覚えておいででしょう? あの若いお嬢さんにはいつだって脱帽しますよ。とにかく今朝、私はいくつか質問をするために彼女の家を訪ねたんです。長いこと訊いてみたいと思っていた質問をね。メイン州に発つ前、私は面会してもらおうと、毎日彼女の家を訪ねていたのですが、ご家族からは、娘は今留守にしていていつ戻るかわかりませんと、判で押したような答えばかりが返ってきていました。きっとファントムの死が相当こたえたのでしょう。彼女は居間にファントムの写真を飾っていました。面会させてもらおうと家を訪ねると、額縁に黒いリボンが蝶結びにかけてあるのがよく目に留まったものです」

「泣ける話だな」副長官はそっけなく言った。「だが、それがいったい――」

「ちょっとお待ちを」カリガーの半開きの目が、いつになく興奮に輝いている。「今朝訪ねていくと、ハードウィックさんは自宅にいらっしゃいました。長く留守にしたあとで帰宅されたばかりのようでした。すっかり疲れ切った様子で――ところが瞳だけは、ろうそくを七十五本灯したような明るさで、キラキラと輝いていたのです。そして気づいたのですが、写真立てからは黒い蝶結びのリボンが消えていました」

ウィックス副長官はわけがわからず目を丸くし、すぐに顔をしかめた。「だから何なんだ？」副長官はイライラしながら食ってかかった。「グレイ・ファントムが死んで一カ月近くになるんだぞ。ハードウィックさんは若くて元気のいいお嬢さんだ。きっと新しい恋愛に夢中になっているんだろう。それで黒い蝶結びのリボンが無くなっていたのも説明がつく」

「私はそうは思いません」

副長官は苛立ちを抑え切れないようだった。「では好きなように説明するがいい。黒い蝶結びのリボンが何になるというんだ？　時々わしはお前のことがさっぱりわからなくなるよ、カリガー。お前はファントムのこととなると、いつもちょっとおかしくなる。あと一歩で捕まえられた時ですら、お前はあいつに密かに好意を持っていたようだし」

「そりゃあ、ファントムは私が知るどんな輩よりも、どでかい騒ぎを巻き起こす力があるにもかかわらず、紳士らしい振る舞いを崩しませんからね。とはいえ、一度でもチャンスが訪れていたら、やつをとっ捕まえてやったことでしょう。もしその機会がやって来たら、今日にだってそうするつもりです。ですが、それでもやはり、あの男にはただただ感服せざるを得ないのです」

「ああ、わかっているとも」ウィックスが飽き飽きしたように言った。「だが、あいつはもう死んだんだ。なのになぜ――」

「本当にそう思われますか?」警部補が口を挟んだ。

副長官は椅子に深く腰かけると、警部補の顔をまじまじと見つめた。「何てこった!」副長官は叫んだ。「お前はすっかり気が変になっちまったのか?」

「いいえ、今のところはまだ。それから、私の話はまだ全部終わったわけではありません。ハードウィックさんの家を出る時、私はあの黒い蝶結びのリボンのことをじっくり考えました。そして、あの指紋の結果を聞くために犯罪鑑識局に戻りました。そこで私が何を見つけたと思いますか?」

ウィックス副長官は、信じがたい荒唐無稽な考えに、突然思い当たったようだった。

「あの指紋――フライ島の屋敷の中で、私が埃の中に見つけたあの指紋は――グレイ・ファントムが残したものだったのです。ええ、間違いありません。それに、指紋はつけられたばかりのものでした――一週間と経っていないはずです」

「だが――だがファントムは死んだんだぞ!」副長官がしどろもどろで言った。

警部補は穏やかに微笑むと、きっぱりと言い切った。「ピンクの靴下を一足賭けても構いませんが、ファントムは生きていますよ。だからハードウィックさんは、写真から黒い蝶結びのリボンを外したんです」

第十七章　ご対面

翌日の晩の八時、アリソン・ウィンダムはポール・マーカディアンの名前で予約した部屋を出ると、パリの並木通りをそぞろ歩くかのような装いで散歩に出かけた。

夏の宵は、今の気分と同じように、ぼんやりとして、気まぐれで、温かい色合いに満ちていながら、その奥底には不安が潜んでいた。周囲には、夢と抑圧された憧れを思わせる趣があった。惨めさと陽気さ、笑い声とすすり泣き、老いと若さ、耳障りな不協和音と穏やかな和音が、ぼやけた半音と途切れることのない低いヒソヒソ声の中で溶け合っている。痩せた半裸の子供たちが通りではしゃぎ回る傍ら、年寄りたちは物憂げに窓辺にもたれている。ぼろをまとった老人が、ぶつぶつと独りごちながら、足を引きずっては時折立ち止まり、捨てられた空き缶に指を突っ込んでいる。コーンパイプ（トウモロコシの穂軸で作った火皿のついたパイプ）を口にくわえた煤けた顔の運転手を乗せたトラックが、無法な速度で急カーブを描いて角を曲がり、排気ガスと怒声を残して去っていく。戸口の踏み段では、若い人妻が独り座ってすすり泣きをしている。灯りの消えた玄関口では、一組の恋人たちが穏やかに談笑している。人生に失望しているかのような肌の浅黒いアパートの管理人が、二人に向かって毒づいている。どこか遠いところからバイオリンの調べが聞こえてくる。

おかしな世の中だ。

うっかり迷い込んだむさ苦しい地区をあとにし、今度は都会的な装いでも浮いて見えない地区へと足を踏み入れる。荘重で、快楽主義的で、きらびやかな五番街が眼前に広がる。紫がかった靄の中に浮かび上がる、途方もなく長い車列が、交通信号塔の信号が切り変わるたびに、巨大な爬虫類のように押し寄せてくる。

物乞いの帽子に硬貨を一つ落とし、道路を渡り始める。途端に車の甲高い警笛音が耳をつんざき、立て続けに急ブレーキの音が鳴り響く。危うくひかれそうになり、さっと飛びのく。

「おいおい！　人生に嫌気がさしたのかい？」タクシー運転手が冗談めかして尋ねる。

もっと安全に渡れる機会を待つ。ひとたび反対側に渡ると、青々と涼しげなセントラルパークの森に接する歩道の上で、みすぼらしいなりをした人物が、帽子も被らず、両手を杖の上に置いたまま、ベンチに腰かけているのが目に入る。男は眉一つ動かさずに大通りを見渡しながら、ぶつぶつと独り言をつぶやいている。「――六十八、六十九、七十、七十一――」

ひどく風変りな人物なので、立ち止まって観察する。男はまもなく数えるのをやめると、懐中時計を取り出した。

「おかしいぞ」誰に言うともなく大声で言う。「昨夜は、六時十五分から八時十五分の間に、七千三百六十四台の車がここを通った。その前の晩は五千九百八十一台。それが今夜はたったの三千八百九十二台。車の台数はより平均値に近づくと思うだろう。違うかね？」

「人はそう思うでしょうね」ウィンダムは認めてから、「でも決してそうはならない」

ベンチの哲学者にウィンダムの言葉は届かなかった。つまらないことに没頭する男の姿に思うところがあったのか、ウィンダムは物思いにふけりながら男を見ていたが、しばらくして、ほかの人がそばで足を止めて、ベンチに座る賢者を観察しているのにふと気がつくと、さりげなく肩越しに一瞥し、笑みを浮かべてふたたび歩きだした。

おかしな世の中なんだ。ポール・マーカディアンという偽名を使って、色んな気障な仕草を身につけるような気狂いじみた計画を実行に移したって、別にいいじゃないか。マーカス・ルードは、グレイ・ファントムが死んだものと思って安心し切っているんだ。正体がバレる危険性はほとんどない。それに、長年敵対関係にあったというのに、これまでお互いに顔を見合わせたのは、ほんの数回、それもチラッと垣間見ただけだ。何しろルードはいつもクモの役を演じて、相手が罠にかかるのを待つ間、ずっと巣の端の安全な場所にじっと身を潜めていたからな。昨夜ですら、あいつの姿は遠目にしか見えなかったし、こちらも陰の中に隠れるようにして立っていたから、姿を見られることはなかった。今夜は、その宿敵同士がいよいよ初めて対面するんだ。ただし、ルードは自分を訪ねてきた客が、グレイ・ファントムだとは夢にも思わないだろうが。

どこか滑稽な状況ではあったが、ウィンダムは具体的な成果も上げたいと思っていた。万年筆のインク室には、バラから取り出した微量の毒が入っていたが、これで一件落着というわけにはいかなかった。ルードは良心のかけらもない悪党だが、理由もなく人を殺すような男ではなかった。あの一連の不可解な死はルードのしわざのはずだが、その裏には何か目的があるはずなのだ。その目的を突き止めない限り、仕事は完結しない。だが今夜、綿密に練り上げたこの計画がうまくいけば、ルードの秘密を手に入れられるのだ。

ヘレンの家のそばの静かなこぢんまりとしたレストランで、ヘレンと昼食をとってからというもの、午後の間じゅうずっと、ウィンダムの胸は期待に打ち震えていた。ヘレンの身の安全については心配していなかった。ルードが昨夜の出来事を最終的な拒絶とみなさないのはわかっていたが、ヘレンには内緒で、信頼する二人の友人に彼女の家を見張らせ、行動を監視させていたからだ。ウィンダムが興奮していた原因は、網の目のように絡まり合った現状に深く根差していた。まず、ヘレンがルードの家で今にも殺されかかっているのを発見してから、まだ間がなかったので、その出来事は心に鮮烈な印象を残さずにはおかなかった。それに、一日中公然と外を歩き回ったのに、死んだことになっているせいで、外見を少し変えただけなのに誰にも正体を見破られなかったというのも、不思議でならなかった。もし知人が偶然自分を見かけて、容貌の相似にたまたま気づいたとしても、二度見することなくただ通り過ぎるのだと思うと、なおさら不思議な気がした。さらに、来たるべきマーカス・ルードとの面談が、ゾクゾクするほど面白いものになりそうな予感がしていた。

ふたたび東へ向き直ると、ウィンダムは歩く速さを調節し、ヘスター・スクエアに八時半頃に到着するようにした。夜のしじまに包まれたこぢんまりとした界隈は、平穏な心地よい雰囲気を醸し出していたが、ルードの屋敷にだけは陰気さが漂い、調和を乱しているようだった。家政婦らしき無口な中年女が、ウィンダムの呼び鈴に答えてドアを開け、手渡された名刺に疑わしげに目をやった。女がためらっている間、後ろを振り返ると、例の人物がいかにもさりげない様子でブロックの角をちょうど曲がってくるのが見えたので、ウィンダムは満足そうに目を輝かせた。

家政婦はふたたびウィンダムをじろじろと見ると、主人が在宅かどうか確かめてくるので、中で待っていてください、と蚊の鳴くような声で告げ、病室を歩くような足取りで立ち去った。ウィンダムは思わず微笑んだ。薄暗い灯りと陰に覆われた場所の多いこの屋敷内では、声を潜めて話し、音を立てないように移動するのは、ごく自然なことのように思われたからだ。家政婦はどうやら雇い主を捜しに二階へ行ったらしく、開いたドアの隙間からは、じゅうたん敷きの階段を上がっていく足音がかすかに聞こえてきた。ルードのやつ、今頃ムッシュー・ポール・マーカディアンと書かれた名刺を見て、訪問客に会おうかどうか、迷っていることだろう。ウィンダムは何だかおかしくなって、声を立てないように小さくクスクスと笑った。適当な名前にしないで、ルードのよく知った名前を使ったのは、その名前の主《ぬし》には一度も会ったことがないにせよ、正解だった。人づてに耳にしたその名前には、過去にちょっとしたいきさつがあったので、ルードは名刺を見て興味を引かれるはずだとウィンダムは踏んだのだ。

実際そのとおりになった。まもなく家政婦は戻ってくると、ルードさんは面会なさるそうです、と告げた。そしてウィンダムを案内して階段を二つ上がり、ドアを開け、ウィンダムが部屋に入ると、その後ろでドアを閉めた。細長い部屋の中で、ウィンダムは独りきりになった。その部屋はどうやら図書室とオフィスを兼ねているらしく、書き物机の上に、厚い傘をかぶった吊り電灯がある以外に、灯りは一つもなかった。ウィンダムはドアのすぐ内側に立ったまま、黒い顎髭にかすかに笑みをたたえてじっと待った。すぐに気づいたのは、部屋にいるのは一見自分だけのようでありながら、実は二つの目がじっとこちらを観察しているということだった。おそらく訪問客に会う前に、ルードは無防備な状態の相手を少しばかり調べておきたいのだろう。

変わった客の迎え方に、さも驚いたような振りをしながら、ウィンダムは椅子に腰を下ろしたが、吊り電灯の明るさこそ落としてあったものの、うまい具合にこちらの顔を照らし出せるように取りつけられているのはわかっていた。部屋の造りはすでに承知していた。昨夜はチラッと覗いただけだったが、目にした光景があまりにも強烈だったので、すべて脳裏に焼きついていたのだ。座っている場所からはぼんやりとしか見えなかったが、後ろのほうに扉がメチャクチャになった金庫――ルードが大急ぎで修理させたのでなければの話だが――があるのを思い浮かべることができた。緊張で青ざめた顔をしたヘレンが、金庫破りをする男の様子をじっと見つめていたのを思い出すと、顔がカッと熱くなり胸が疼いた。

するると突然、声が聞こえてきた。「こんばんは、マーカディアン君」。同時に後ろのほうで灯りがパッとつき、部屋全体が明るくなった。灯りは金庫のニッケル装飾に反射し、ギザギザの穴やダイヤル錠周囲の切り裂かれた傷跡を露わにした。ウィンダムは一瞥のうちにすべてを見て取ると、さも驚いたような振りをしてから、灯りがつくと同時に前に進み出てきた、背の高い白髪の人物をじっと見つめた。

「こんばんは《ボン・ソワール》、ムッシュー」ウィンダムが小声で挨拶する。

ルードは微笑んでいたが、その目は間断なく鋭く光り、前に進み出て訪問客に手を差し出す、そのゆったりとした曲線的な体の動きに似つかわしく見えた。ウィンダムは興味を引かれつつも感情を表に出すことなく、この瞬間まで遠目に数回チラッと見たことしかない相手の顔を観察した。もじゃもじゃの前髪が斜めにのたくる狭い額。血色の悪いしわだらけの肌。丸く突き出た鼻。口角が鋭く下がった薄い唇。とうてい魅力的とは言いがたい容貌だ。だがどういうわけか、その微笑みと眼差しには、不快さと魅力的な要素が奇妙に混じり合っているのだ。

ウィンダムは差し出された手を握った。手はふんわりと柔らかく、それでいて力強さに満ちあふれていた。しばらくの間、共通の重要な利害によるつながりはあるものの、個人的な親交は一切持ったことがない男同士がするように、二人は顔を見合わせたまま突っ立っていた。まじまじと見つめるルードの目には、警戒したような緊張の色が浮かんでいたが、それは疑いの色というよりも、むしろ慎重な男が癖でしている目つきのようだった。

「座りたまえ、マーカディアン君」ルードが愛想よく声をかけた。「アメリカで何をしているのかね？　葉巻はいかがかな？　時間が経つのは実に速い！　七年になるはずだ――いや八年になるかな――大西洋両岸の税関職員たちが関心を寄せた、あるちょっとした問題について、二人で手紙をやりとりしたのは」

「ああ、ムッシュー！」昔を懐かしむように微笑みながら、ウィンダムが答えた。「あなたたちアメリカ人が言うように、我々がどれだけやつらの耳をくらませてやったことか！」

「目もくらませてやったことは言うまでもないがね。だが時代は変わった。我々はあんなケチな気晴らしよりも、もっと大きな仕事をするようになった。で、最近はどうしてるんだね、マーカディアン君？」

　その質問に、ウィンダムは少々バツの悪そうな顔をすると、視線を部屋の後方に注いで言った。

「見たところ、誰かがムッシューの金庫に失礼な真似をしたようですな」

ルードは作り笑いを浮かべた。「いたずらをされてね。私の屋敷に押し入って金庫を盗もうだなんて、いい度胸だよ。あの不届き者にとっちゃ、ただの骨折り損だったがね。ええと、マーカディアン君、君は一年かそこら前に、フランスで警官と鉢合わせして、それから行方をくらませたんだったよな。その場所の名前は――」

「カフェ・ドゥ・エパングルズ」補足しながら、ウィンダムは内心安堵した。ポール・マーカディアンの怪しげな経歴を、詳しく調べておいてよかった。「馬鹿な警官とただ口論しただけですよ。私の所持品を調べるためにと、身体検査をすると言ってきかなかったものですから。そいつをノック・イン、してやりましたがね。あなたたちアメリカ人の一風変わった言い回しをお借りすれば」

「じゃあマーカディアン君、そのあとは？　警官をノック・イン、もしくは場合によってはノック・アウトしたあと、いったい何が起こったのかね？」

ウィンダムは、かつて税関を敵に回して国境を越えて共謀した仲間に対しても、打ち明けられない秘密があるのだと言わんばかりに、意味深な笑みを浮かべた。

「ああ、わかったよ」ルードが笑いながら言った。「秘密を詮索する気はない。フランスの警官とちょっと揉めたと新聞で読んだものだから、どうなったんだろうと思っただけだ」

ウィンダムは慎重に押し黙ったまま、微笑みを崩さなかった。ポール・マーカディアンの行方は、パリ警察のみならず、マーカディアンのかつての仲間たちにとっても謎だということを、ウィンダムはたまたま知っていたのだ。マーカディアンは死んでいるのかもしれないが、それを断言できる者はいないのだ。

ルードはゆっくりと葉巻を灰にすると、立ち上がって窓辺に行き、外の通りを覗き込んだ。ルードの動きを目の端で追っていたウィンダムは、ふいに何か興味深いものでも見たかのように、ルードが食い入るような目つきになるのに気づいた。次の瞬間、ルードは振り返ると、来訪者をいぶかしげにじろりと見た。

「で、どんなご用件かな、マーカディアン君？」

「異郷に身を置くと、自然と友だちが恋しくなるものでしてね、ムッシュー」

「友だちが必要？　困っているのかね？」

「その反対です《オー・コントレア》」ウィンダムはすっかりくつろいだ様子で手足を伸ばした。「この部屋は涼しくて気持ちがいいですし、こうして座り心地のよい椅子に座っていますし、ムッシューの葉巻は最高ですからね」

ルードは窓を離れ、来訪者のほうへやって来た。「君はうちまで尾行されていたんだ。通りの向こうに見張っている男がいる」

「何ですって《ブレイティル》！」ウィンダムは飛び上がったが、背中を向けた途端、目を嬉しそうに輝かせると、窓の外を覗いた。

「ちくしょう《ズュトゥ》！」ウィンダムは小声で悪態をつき、訪問先の主人を当惑顔で眺めた。

「この国に到着してから、昔のように何か盗みでもしたのかね？」

「いいえ、していません。こんな素敵な国で、いい思いをさせてもらっているのに、悪さだなんて」

「そうは言っても、警察の注意を引くようなことを何かしたに違いない」ルードは眉をひそめたが、訪問客が警察の監視下にあると知って、それまで彼に対してどんな疑念を抱いていたにせよ、それが雲散霧消したのは明らかだった。「だが心配には及ばん、マーカディアン君。どこかの間抜けな巡査部長が、きっと何か勘違いしているんだろう。今夜ここから帰る時に、あいつを巻く方法を教えてあげよう。さあ座ってくつろいでくれたまえ」

ウィンダムはためらいがちに、ふたたび椅子に腰を下ろした。「でもムッシューにご迷惑をかけているかと思うと、申し訳なくて」

「迷惑だなんてとんでもない」ルードが安心させるように言った。「実は、今夜君が訪ねてきてくれてよかったと思っているんだ。君には借りがあるからね、マーカディアン君。君には以前助けてもらっているから、これはお返しをさせてもらうチャンスなんだ」

「でもムッシュー――」

ルードは、議論はしたくないという手振りをしてみせた。訪問客に向き合うようにして、ルードは口元に引きつったような笑みを浮かべながら座っていたが、ウィンダムには、ルードが客の窮地をうまく利用する方法をもくろんでいるのがわかっていた。

「実はちょっとしたことをもくろんでいてね」ルードが切り出した。「君に力になってもらえるかもしれない。今詳細について話し合うわけにはいかない――お互いのことをもっとよく知るまではね――だが、きっと君も面白がってくれるだろう」

「もくろみですと？　ムッシュー」その言葉が何を意味するのか、ウィンダムにはよくわからないようだった。

「なかなか素晴らしいもくろみでね。君も興味を持つだろうが、詳しい話をする前に、君が私の必要とするような男だということを確認しておく必要がある。カフェ・ドゥ・エパングルズでの活躍ぶりを見れば、君の資質が十分だということはわかるが、念には念を押しておきたいのでね」

「ムッシューの言葉を聞くと、知りたくてうずうずしてきますな」

「好奇心があるのはいい兆候だ」ルードの笑みがいくぶん穏やかになった。「だが当面は、その好奇心を抑えておいてもらわんとな、マーカディアン君。今言えるのは、このもくろみが大変素晴らしいものだということだけだ。グレイ・ファントムでさえ、これほど驚くような企てをしたことがあったかどうかは疑わしい。グレイ・ファントムのことはもちろん聞いたことがあるだろうね？」

葉巻の煙を天井に向かって吹き上げながら、ルードはさりげなく問いかけた。

「もちろんですとも、ムッシュー。グレイ・ファントム《ル・ファントーム・グリ》を知らない者などいるでしょうか？　彼の評判は世界中に知れ渡ってますよ」

「では、彼の身に起こったことも聞いたのだろうね？」

ウィンダムは困惑した表情をわざとしてから頷いた。「わかりました《ジ・スウィ》！　ムッシューはファントム《ル・ファントーム》の非業の死と関係があるんですね。フランスを発つ時に新聞に出ていました。何でも事故だったとか」

　その話題にはもう興味がないというように、ルードは肩をすくめた。「来たまえ、マーカディアン君。見せたいものがある」

　ルードは立ち上がると、ドアまで案内し、ウィンダムは漠然とした希望と不安に胸を高鳴らせながら、あとに従った。階段を下りて、一階の部屋に足を踏み入れた瞬間、ウィンダムは何とも言えない複雑な気持ちになった。暗がりの中、深紅の霞に沈む太陽のような暗赤色の灯りが、背後でパッとともった。と同時にカチッと音が鳴った。単にドアが自動的に閉まっただけのことだったが、ウィンダムの耳にはその小さな音が、不思議と最後の決着を暗示しているかのように聞こえた。

「後ろのほうに座ろう」ルードがやけに愛想の良い猫なで声で言った。

　ウィンダムは従ったが、内心では疑念と高揚感がせめぎあっていた――ほかでもないこの部屋に連れ込んだルードの狙いに対する疑念と、この差し迫る危機に俺は打ち勝てるのだという、揺るぎない信念が生み出す高揚感だった。

第十八章　万年筆

「事故だって？」二人して腰を下ろすと、ルードは中断していた先ほどの会話を続けた。「まあ、事故だったのかもしれんな」ボタンにでも触れようとするかのように、ルードの手が後ろに伸びる。

「だが別の見方をすれば、グレイ・ファントムは殺されたのだとも言える」

「ちくしょう《モン・デュ》」ウィンダムは叫び声を上げたが、密かに考えていたのは、あと少しで自分とヘレンの命を奪うところだったあの事故が、故意に仕組まれたものかどうかを誰よりもよく知るのは、ルード自身だということだった。

「ちくしょう《モン・デュ》」ルードはウィンダムの真似をしたが、どうやら発音するのは少々難しかったらしい。

「フランス語はわからないが、その言い回しならよく知っている。舞台で悪役が使うのを聞いたことがあるし、小説を読んでいて出くわしたこともある。フランス語を本で学んだ人たちが口にするのを聞いたこともある。だが、今の今までフランス人が口にするのは一度も聞いたことがなかったな」

　ふざけて相手をからかうような顔つきだったので、単なる軽い好奇心から口にしただけらしかったが、一瞬気まずくなったウィンダムは目を伏せた。赤味がかった照明の中で、セテペンラの黄色い目がかすかに光っているのを見て、ウィンダムは微笑みを浮かべた。フランス人の役を演じるのがだんだん難しくなってきてはいたが、その難しさを埋め合わせていたのが、全身を駆け巡るワクワクするような興奮だった。

「それは好みの問題ですからね、ムッシュー。どういたしまして《イル・ニヤ・パ・デ・クウァ》。ところでムッシューは、グレイ・ファントム《ル・ファントーム・グリ》が殺されたと本当に信じているのですか?」

　だがまたもや、ルードはその話題に興味を失ったようだった。「何か軽いものでも飲もう」と言うと、伝声管（管の端に口を当てて話した声を別の端で聞き取る長い管）を手に取った。電話のような現代的なものが場違いな、カビ臭い古代の遺物に囲まれたこの部屋では、伝声管はおあつらえ向きの通信機器のように思われた。ルードは送話口に向かって話したが、何を言ったのかは聞き取れなかった。次の十五分間、二人は気ままに世間話をして過ごしたが、その間ルードはエジプトの様々な収集品に注意を促し、客の言い間違いなどまるで気にならないかのように振る舞っていた。

　家政婦がトレイを持って部屋に入ってきた。氷がカランコロンと鳴る水差しを傾けて、二つのグラスを満たし、ミントの葉を添える間、ウィンダムはその様子を注視していた。ウィンダムはグラスを唇へ運んだが飲まなかった。ルードが二度飲み込むのを見届けてから、初めて冷たい液体を感謝するようにすすった。

「これはうまい《トレ・ボン》！　あなたたちアメリカ人が言うところの――足で押すものがある」

「刺激《キック》のことだね。だが味わう直前の君の表情ときたら、まるで刺激よりも強い何かが入っていると疑っているようだったよ」

「それはムッシュー、友人同士といえども、油断は禁物ですから」

「謝ることはないさ」ルードの視線が一瞬、古代工芸品の花瓶に活けられた赤いバラの束の上で留まった。「用心するのは結構なことだ。さてと、マーカディアン君。君は私の収集品を鑑賞し、私の飲み物を味わい、様々な問題に対する私の見解を聞いたわけだが、これでとりあえずお互いお近づきになれたわけだ。一両日中に計画がもっと煮詰まったら連絡するよ。このメモ帳に名前と住所を書いてもらえるかな？」

「もちろんですとも、ムッシュー」ルードから手渡された小さな革製の手帳とペンを、ウィンダムは手に取った。ルードがこちらをじっと観察しているのはわかっていたので、ウィンダムは少々飾り書きにした文字でサッと記した。ポール・マーカディアンが手書きした文書の切り抜きを入手していたので、今演じている役に備える間に、難しい曲線部分や輪の部分をせっせと練習しておいたのだ。ウィンダムは手帳を返した。ウィンダムが書いた名前と住所を見たルードが、一瞬目を細めたのがわかったが、小さな手帳はすぐにポケットに納められた。

「ホテル・コロネーズか。静かで人目を引かない場所だな、マーカディアン君。用心を忘れていないようで何よりだ。おっと、まだ帰らないでくれたまえ」訪問客が帰る素振りを見せた途端、ルードが引き留めた。とはいえ、客のほうは実際には帰るつもりなどなかったのだが。「まだ早いし、あと少ししたら、君がびっくりするような面白いものを見せられそうなんだ」

ウィンダムはいたく興味をそそられたような顔をしてみせたが、ルードはいったいどうやって俺を驚かすつもりなのだろう、と内心いぶかしんだ。二人でこの部屋に入るなり、ルードは椅子の後ろにこっそり手を伸ばしたが、あれと何か関係があるのだろうか。それとも伝声管に向かってくぐもった声で命じていたことと関係しているんだろうか。俺の筆跡を手に入れるためにわざわざ見え透いた口実を作ったように、また俺の正体を試そうとしているんだろうか？

ウィンダムの考えは、床を横切る軽快な足音に遮られた。ドアが開く音は聞こえなかったが、着飾った若い女が二人に近づいてくるのを見て、ウィンダムは驚いた。浅黒く美しい顔立ちをしたその女は、クルクルとよく動く黒い目と、挑発するようなつんと上を向いた鼻をしていた。

「おお、よく来てくれたね」ルードは父親のような口ぶりで言った。「この紳士の顔をよく見てごらん。今までにこの方とお会いしたことはあるかね？」

若い女がギラついた黒い目をウィンダムの顔に向けると、ウィンダムは当惑すると同時に、ぼんやりと嫌な予感を覚えた。女はさっと目を走らせると、首を横に振ってきっぱりと言った。「いいえ、一度も」

「確かかね、アン？」

「間違いありません」娘は立ち去ろうとした。

「もう一度見ておくれ。髭がなかったらわかるかもしれない」

アンがさらに近寄ってきたので、ウィンダムはまたもや不安に駆られた。負けじと無遠慮に見返したものの、心配になった。もしかしたら昔の俺を知っているのだろうか。疑いが一瞬頭をよぎる。顎髭のことを口にしたということは、もしかしたらルードは俺の正体に感づいていて、俺がグレイ・ファントムだということを、この娘に確認させようとしているのかもしれない。しかし、娘がまたもや首を横に振ったので、見当違いの疑いだったとすぐにわかった。

「いいえ」娘は断言した。「お目にかかったことは一度もありません。顎髭を生やしていなかったとしても、同じことですわ」

「ありがとう、アン」ルードがゆっくりとした口調で言った。目には妙な光が宿っている。「もう結構だよ」

娘は入ってきた時と同じように、足音一つ立てずに去っていった。危機は過ぎ去ったようだったが、しかし虫の知らせが別の危機が迫っていることを告げていた。ルードは頭を反らし、胸元で指先を合わせて座っていたが、その微笑みは、本心からのものと言うには、いささか穏やか過ぎた。

「賢い娘だ、アンは」ルードが言った。「私の有能な助手の一人でね。以前英国に住んでいたんだ。会ったことはあるかね、マーカディアン君?」

今度ばかりはウィンダムも答えに窮した。弱ったぞ。どう答えようと、どの道しっぽをつかまれてしまう。

「ないね」自分で自分のした質問に静かに答えながら、ルードは椅子にさらに体を深く沈み込ませたように見えた。「会ったことはなさそうだな、マーカディアン君。君の顔を観察していたんだが、彼女には見覚えがないと、顔に書いてあったよ。奇妙だ。実に奇妙だ」

ウィンダムはどう返答してよいかわからなかった。ルードが意図を明らかにして、こちらに話をさせるまでは、曖昧に口をつぐんでおくのが、唯一残された方策のように思われた。部屋に視線をさまよわせると、セテペンラの目が発する黄色い光と、テーブルの上のバラの赤い色が、チラッと目に入ったが、そうする間もずっと、内心苛立ちが込み上げてくるのを感じていた。

「そう、実に奇妙だ」ルードはどこか嘲るような口調で続けた。「いいか、アンは数年前にパリを訪れ、そこである紳士と恋に落ちた。二人は結婚したが、ほどなくして男は姿を消した。そして今も生死不明のままだ。その男の名は、ポール・マーカディアンだ」

突然脳みそをガツンと揺さぶられたかのような衝撃が走った。まるで脳室が全開になって、思考や感情が一撃のもとに消え去り、空虚感だけが残ったかのようだった。

「アンも君も互いに気づかなかったなんておかしい。こんな時代であっても、夫婦はそこまできれいさっぱりお互いのことを忘れたりはしない。どう説明するつもりかね?」

ウィンダムは笑い声を上げげた。笑うとホッとした。脳がふたたび回転し始める。ルードは、その極めて鋭い老獪な洞察力によって、グレイ・ファントムとの長きに渡る戦いにおいて、またもや有利な立場に立ったのだ。だが、この三十分間、今にも意表をつかれるのではないかとハラハラしっぱなしだったのに比べたら、こっちのほうがまだマシだった。

「どうやら今回はお前の勝ちのようだな、ルード」ウィンダムは認めた。ふいに大胆不敵な気分が湧き起こり、思わず普段の話し声になっていた。「おめでとう」

ルードの表情は相変わらず同じだった。どっかりと椅子に腰かけ、指を狭い胸の上で絡ませながら、どこか満足げな笑みを口元にたたえているが、期待したような驚きの表情はなかった。俺のいつもの声を聞けば、驚いてすぐにこちらの正体に気づくはずと確信していたウィンダムは、劇的な展開を見越して、期待に胸を膨らませていたのだが、ルードは訪問者の偽名を暴いたにもかかわらず、まだその正体には気づいていないようだった。だがそれもそのはず、とウィンダムはすぐに思い直した。長いこと二人は敵同士ではあったが、これまで一度も直接顔を合わせたことがなかったのだ。それに、あいつは訪問客とファントムとの間に類似点があるかどうかを探しているわけじゃない。何しろグレイ・ファントムの死を完全に信じ切っているのだから。

「まだ聞かせてもらってないんだがね。お前さんがいったい何者で、なぜ今夜ここへ来たのか」

ルードはそう言いながら椅子から立ち上がると、大きく伸びをし、それからゆっくりとテーブルまで歩いていった。そして古代の壺に活けられた赤いバラを、もの思わしげにじっと見つめた。

「こんなバラを見たことがあるかね？　花の品種改良に凝っている人がくれたんだ。見事なものだろう?」白く細長いルードの手が深紅のバラにさっと伸びた。ルードは束の中からバラを一輪取り出すと、それを鼻孔に当て、恍惚とした表情で香りを吸い込んだ。そして振り返ると、今度はゆっくりとウィンダムのほうにやって来て、燃えるように赤いバラの花びらにじっと目を注ぎながら促した。

「ボタン穴にどうぞ」

赤いバラの上にかかげられた白いルードの手という光景に、思わず見とれていたウィンダムだったが、ゾッとする記憶がよみがえり、体に震えが走ったかと思うと、ハッと我に返った。恐怖を感じたのではなかった。ただ、相手の男が手にしているバラが、息苦しくなるような邪悪な匂いのする有毒な息を吐き出しているかのように思われたのだ。

するとルードがフフッと笑った。そしてウィンダムの足元にバラの花を落として、こうつぶやいた。「なるほど。今のはちょっとした実験だったんだが、顔つきを見ていてわかったよ。根っからのバラ嫌いではなさそうなのに、このバラのことはひどく恐れているらしい。どうやらこのバラは、お前さんにとって何か特別な意味があるようだ。昨夜この部屋にいて、ある光景を目撃したのでなければ、そうはなるまい。もうわかったぞ。お前さんは昨夜ここへ忍び込んでハードウィックさんをさらっていった、あの生意気な小僧だな」

怒っている口調ではなかった。自分の計画を阻止した男に対し、少しの怒りも感じずに昨夜の出来事を思い出しているようだった。

「賢いやり方だったよ。お前さんのあっぱれな腕前のおかげで、私の献身的な助手の一人は顎を骨折し、私の今朝の鼻ときたら惨憺たるありさまだった。醜いものは大嫌いだが、醜い鼻はその最たるものだ。最高の状態にある時でさえ、私の鼻は美しいとはとても言えないというのに。医者のおかげで腫れが引いて助かったよ」

ウィンダムはルードの笑顔を興味深く見つめた。笑みをたたえた敵は、口角泡を飛ばしてまくしたてる敵よりも、はるかに危険だということを知っていたのだ。

「だがこのバラについて言うと」ウィンダムの足元に落とした花に目をやりながら、ルードが続けて言った。「害はないんだ。お前を試すために使っただけだ。見てごらん」

ウィンダムは警戒しながら花を拾い上げると、茎を調べた。相手の言葉は本当だった。だが、その花は無害であっても、別の花を思い起こさせた。したたる毒液を茎から抜き取ったあのバラだ。ウィンダムは頭に血が上りそうになるのを必死でこらえた。笑みをたたえた血も涙もない悪党に打ち勝つためには、冷静でいなければならない。

「疑問はまだ残っている。お前は何者なんだ」

ウィンダムは黙っていた。目下の最善策は、沈黙を守ることだとわかっていたのだ。

「それに、ハードウィックさんとはどういう関係なんだ」と相手の男はつけ加えたが、やはり返事がないので、「まあいい。誰だって構わんさ。お前は頭が切れるし、機転も効くし、大胆だが、さほど危険ではない。おそらくグレイ・ファントムの友人なのだろう。亡き友への友情からハードウィックさんを助け出したんだな」ルードは思い出したようにクスクスと笑った。「死んだとはいえ、ある面では私はファントムを羨んでいるんだ。ある魅力的な若いお嬢さんの心の中で、やつは今も生き続けているんだからな。昨夜はまるで、お前の拳にあいつが乗り移ったかのようだったよ。死んだ人間に取り憑かれるというのがどういうものか、何だかわかるような気がするよ。不思議なのは――」ふと考え込むように口をつぐむと、ルードは肩をすくめた。「でもこんなことは考えたって何の役にも立たない。ところで、一つ教えてもらいたいことがある」

ルードの微笑みが少し曇った。ウィンダムをじろじろと見ている。

「いや、二つある。さっき二階の窓から見えた、ここまでお前のあとをつけてきた人物は誰なのか。まあ追っ手がいるとわかれば、きっと私が都合よく解釈すると踏んで、お前が自分で雇ったんだろう。そうとも、そんなところだろう。今言った点はもういい。だがもう一つ問題がある――」

ルードはまたもや黙り込んだが、それはまるで薄い膜が落ちてきて、表情を読み取られないようにするために、顔面を覆い隠したかのようだった。微笑みはいくぶん和らぎ、夢見心地の目つきに変わったが、全体的な表情は判読できなかった。ルードがつぶやいた。

「昨夜、お前はこの部屋に忍び込み、この壺の中のバラを調べた。そして、おそらく変わった匂いがしたせいか、そのうちの二本のバラに注意を引かれた。類まれな用心深さから、さらに詳しくそのバラを調べるうちに、いささかおかしな点に気がついた。そこで――まあいい、手短に訊くが、その二本のバラから抜き取った液体をどうしたのかね？」

ウィンダムは空気中に電圧のようなものを感じた。こんなにも温和な優しい声が、同時にこんなにも有無を言わせぬ強さを持ち得ようとは、想像だにしたことがなかった。一瞬、万年筆を入れた胸ポケットの内側に神経が集中したかに思われた。有毒な液体は一度も漏れることなく、ポケットの中の万年筆のインク室に収まっていた。

「それで？」とルードが尋ねた。居住まいを若干正しはしたものの、その声に苛立った様子はなかった。「床にこぼさなかったのはわかっている。そそっかしい人間ならそうしたかもしれんがね。分析するために化学研究室へ持ち込んだのかもしれない。逆にどこかに隠したのかもしれない。さあ教えるんだ」

ウィンダムは椅子から立ち上がった。その悠々とした動きからは、内心ゾクゾクするほどの緊張を感じていることは微塵も感じられなかった。ウィンダムはポケットからさりげなく万年筆を取り出すと、今度は別のポケットをまさぐったが、お目当てのものは見つからなかったらしく、ルードが座るテーブルにゆっくりと歩み寄ると、こう尋ねた。

「紙はあるかね？」

ルードは当惑しながらも、どうやら相手の調子に合わせることにしたらしく、ノートからページを一枚破り取った。ウィンダムはテーブルにかがみ込むと、その白い紙の上に金色のペン先を構え、まるでつかみどころのない考えを捉えようとするかのように、ふと顔を上げた。そしてテーブルの縁に軽く置かれている静脈の浮き出たルードの白い手に、チラッと目をやった。次の瞬間、ウィンダムの指がルードの手首を鷲づかみにした。ルードが一言も発する間もなく、尖ったペン先は、ルードの手にしかと押しつけられていた。

「動くな。ペンはバラの花ほどロマンチックじゃないが、同じくらいたちどころに命を奪えるんだぞ」

第十九章　誕生日の件

驚愕の色がルードの顔に浮かんだ。いつもの目の輝きと微笑がふと陰ったかと思うと、もじゃもじゃの白い前髪が低く垂れ下がる狭い額にしわが寄り、苦々しい困惑した表情に変わった。快活さを生み出していた微笑を失って、大きなだんご鼻、真一文字に結んだ唇、網の目のように静脈が浮き出た土気色の顔が、醜い様相を呈している。それはあたかも、野蛮な力に冒されたかのような、生気を失った、踏みにじられたような表情だった。茫然自失となったルードの目は、自分の白い手の甲に、かろうじて皮膚が破けない程度の強さで金色の尖ったペン先がギュッと押しつけられているのを、じっと見つめたまま動かなかった。

やがて、ルードはキラキラ光るペン先から目を上げると、アトンの祭壇上で輝く電球が発する赤味がかった光の中で、きょろきょろと辺りを見回した。だが、部屋中にごてごてと並んだ古代遺物のぼんやりとした形が目に入った途端、どうやら意識が刺激されたらしい。顔に微笑がどうにかこうにか戻ってきた。目にも、始めはゆっくりとではあったが、薄い膜を透過するようにして、輝きが戻ってきた。ルードは穏やかに笑った。

「大したものだ。ふい打ちをかけてくるとはな――最初はわからなかったが、やっとすべてがはっきりした。お前はバラの花から液体を抜き取って、自分の万年筆に移したんだ。インク室がたまたま空だったんだろう。うん、なかなかやるな」

　ルードはまたもやクスクスと笑った。自分を脅かしていたものの正体がわかっただけで、この現状から恐怖をもよおす要素が消え失せたらしい。

「そいつはよかった」ウィンダムがつぶやいた。「俺が言った意味をちゃんと理解してもらえて嬉しいよ。説明する手間が省ける。こんなふうに性急に事を進めるつもりはなかったんだが、お前がいけないんだ。やむを得ん。じっと座ってろ。少しでも動いたら手が滑るかもしれん。そうなったら――まあ何が起こるかはわかってるよな」

　そう言いながら、ウィンダムは相手の顔をキッと睨みつけた。ついさっきまで恐怖ですくんでいたくせに、もう安心し切ったように微笑を浮かべているこの男の立ち直りの早さには驚かされるが、おそらく単なる虚勢に過ぎまい。平静を装いつつ、内心では知恵を振り絞って、この苦境から逃れる方法を模索しているに違いない。だが、振りとはいえ、あまりにも落ち着き払っているのが妙に気になる。

「カルヴィン・ブルースターに起こったことは知ってるよな」ウィンダムは先を続けた。「それに、ローガン・パーマー夫人とニコラス・ウィルコット、それからほかの人たちのことも。同じことが昨夜、ある若いお嬢さんにももう少しで起こるところだった。このペンでちょいと一突きすれば、お前にも同じことが起こる。俺がためらうただ一つの理由は、そんな死に方はお前のような悪党には生易し過ぎるからだ」

「ただ一つの理由？」ルードが冷やかした。

　柔和な微笑をたたえたルードの目を、ウィンダムは静かに見つめた。この同じ目が、ヘレンの輝くような美しさを、物欲しげに見つめていたのだ。わずかに口角を上げて微笑むルードの口元をじっと見つめていると、その唇から汚らわしい愛の告白があふれ出た時の記憶が、まざまざとよみがえってきた。恐ろしい悪だくみにふける相手の頭の中を探るかのように、ウィンダムはルードの狭い額をきっと睨みつけた。その途端、熱いものが込み上げ、万年筆を握った指に震えが走った。

「こいつは驚いた！」ルードがからかった。「私を殺せるほど、怒り心頭に発しているらしい」

ウィンダムは長く息を吐き、一瞬目まいを覚えたほどの激情を振り払うと、冷静に指摘した。「お前を殺すのは殺人には当たらない。害虫を燻《いぶ》して駆除するのと同じ、単なる清掃作業だ。だがこんな死に方は、お前のようなやつには生易し過ぎる。だから命が助かるチャンスをやろう」

「そんなことだろうと思ったよ」またもやルードが冷やかすような口調で言った。「もし私がある情報を渡すことに同意したら、有害無益なこの命を助けてくれるとでもいうんだろう。違うかな？」

「そのとおりだ」

「ふうむ。どんな情報を欲しがっているのかは、だいたい見当がつく。だがもう少し具体的に言ってもらいたいな。こういうことかな？　つまり、正式な署名付きの嘘偽りない告白という形で、事実を入手したいのかな？」

「特に、カルノキという優秀な男から入手したという、例の調合法についてのね」

「ああ！」ルードは嘲るようにため息をついた。「そのご要望には応えられそうにないな。だってあの調合法はもはや――」ルードはふと黙り込むと、少々バツの悪そうな顔つきになり、うっかり滑らせた口を取り繕うかのように笑った。「まあ、その点についてはまず無理だろう」

ウィンダムはルードを注意深く観察した。言いやめたあとに言わんとしていたことは明らかだった。

調合法はもはや手元にないと言おうとしていたのだ。だがそう言いかけて、思わず口が先走ったのに気づいたかのように、ふいに口を閉ざした。あるいは巧みな策略だったのかもしれないが、それでもやはり、その言葉の切れ端から、ルードは再考の末に、ある事実を秘密にしておくことにしたのだという気がした。

「それに」人を小馬鹿にしたような、おどけた口調でルードが続けた。「もしできたとしても、お前さんの要望に応える気になれるかどうか。となると、私に残された選択肢は、お前さんが私の手に押しつけているその万年筆で、ブスッと刺されることだけだ。ところで、ずっと同じ姿勢でいるんで手がしびれてきてしまった。その万年筆を、体のどこかほかの場所に移してはもらえないだろうか？ 例えば喉元とか。効き目は変わらないし、そうしてもらえると楽になるんだがね」

「ああ、喜んで」ウィンダムはぞんざいに言い放ったが、細心の注意を払ってペン先を喉元に移動させた。

「ありがとう」コルク抜きを回すように体を伸ばしながら、ルードは窮屈な体勢を弛めた。「ずっと楽になった！ そう、私に残された道は、その万年筆でブスッと一刺しされる以外になさそうだ。そしてそれはどうやら死を意味するらしい。だが死とは何か。無だ！ 無を恐れる理由がどこにある？」

「そうさ、どこにある？」ルードの落ち着き払った態度は、巧みな見せかけに過ぎないと確信していたウィンダムは、オウム返しに言った。「お前は何人もの人たちを、お前が言うところの無に送り込んできたんだ。そのあとを追うことを恐れる理由がどこにある？」

「だからほら、恐れてなどいないさ。この体に少しでも震えが感じられるかね？ 感じられるものか！　だってね、誰だかわからぬわが友よ、人生を謳歌できるのも、ある時点までのことに過ぎない。魅力が色褪せ始め、スリルから痛快さが消える日が、いつか必ずやって来る。私は長いこと、自分がその恐ろしい段階に近づきつつあるように感じていたのだ。たぶん歳のせいだろう。人生における悲劇は、死ぬことではなく、精神が若さを失ったあとも、肉体が生き長らえることにあるのだ。私の言っている意味がわかるかね？」

「お前がその時点にすぐに到達しないなら」ウィンダムはにべもなく言った。「長く生かしちゃおかんさ」

「だがなぜ急ぐ？　もう少しおしゃべりを楽しもうではないか？　まだ宵の口だし、お前さんのほうが完全に有利な立場にいるんだ。気を長く持ったって構わんだろう。そのペン先で私の命運をしっかりと握っているのだから。たとえ私の仲間が数人現れたところで――まあそんなことは起こりそうもないが――この状況の支配者がお前さんであることに変わりはない。ちょいと一突きすればそれでおしまいだ。誰にも止められやしない」

ルードはそっと含み笑いをすると、部屋の奥の片隅に視線をさまよわせ、やがてセテペンラのほっそりとした軀体に目を留めた。ウィンダムは少しも警戒を弛めなかった。広く影に覆われた、神秘的で不気味な雰囲気の漂うこの部屋そのものが、警戒心を駆りたてたし、ルードが人を驚かす天賦の才能を発揮する場面を、すでに何度も目撃していたからだ。

「今言ったように」ルードは自分に言い聞かせるように続けた。「最近自分がとみに衰えてきたような気がしていてね。嫌な出来事があったんだ。人生なんて冷酷な美女と同じさ。微笑みかけ、あらゆる手練手管を仕かけ、もったいぶった甘い言葉でしばし人を酔わせたかと思うと、ふいに鼻であしらい飛び去ってしまう。それが私に対する扱いなのだ――小癪《こしゃく》なフーテンめ！　彼女は私に好意を示してくれた――だがそれもやはりつまらないペテンに過ぎなかった。それだけじゃない。最近、非常に優秀な仲間の一人を私から奪い去ったのだ」

「ルイ・エーケンのことか？」ルードの気分を害さないように、ウィンダムは優しく尋ねた。

ルードは頷いた。「あいつは死んだ――殺されたんだ――メイン州のとある島でね。あいつがなぜ、誰によって殺されたのか、どうしてあの島へ行ったのかは誰にもわからない。すべてが謎なんだ。私は謎が嫌いだ。恐れているわけじゃない。ただもっと手ごたえのあるもの――両手でつかめるようなもの――を扱うほうが好きなんだ。ほかのもの――こっそりと忍び寄ってくるような物事――は気が滅入る。最近はそういうコソコソした事件が多いんだ」ルードはふと口をつぐむと、急に気が変わったように笑い声を上げた。「例えばお前だってそうだ。私には理解できない動機に突き動かされて、私の元へやって来た。そして死んだ男の恋人を私の手から奪い去った。見たところ、死んだ男がやり残した仕事を遂行しているようだ。そんな大仕事にお前を駆り立てているものが何なのか、私にはわからない。理解できないがゆえに、お前は私にとって危険なのだ。グレイ・ファントムは――」その名前を口にしたルードの小さな声には、怒りがこもっていた。「――生きている間じゅう私をしつこく追いかけ回していたが、どうやら死んでもなお私につきまとっているらしい。だがどうも変だ」

気を滅入らせる考えを振り払うかのように、ルードは肩を少し動かした。

「気をつけろ！」ウィンダムが忠告した。

「だからほら、わが友よ」ルードが口調を変えて続けた。「こんなに嫌なことだらけなんだから、私にとっては自分の命なんて、お前さんが思うほどには惜しくはないのだよ。ともかく、私には死なんて怖くも何ともないんだ。だから私を脅してお前さんの意志に従わせようったって無駄さ。要求に屈するくらいなら、死んだほうがましだ。とはいえ」ルードの声がまたもや物思いに沈んだようになった。「誰だって犬死にはしたくない。生きている限り、いつだって希望はある。そうだ。やっぱりもう少し生き続けることにするよ。たとえ私に取り憑いているらしい、グレイ・ファントムの亡霊を打ち倒すためだけだとしてもね」

ウィンダムはルードの笑顔を疑いの目で見つめた。ルードの言葉に他意はなさそうだったが、それでも自分の解釈が正しいのかどうか、自信が持てなかった。

「それじゃあ、俺が欲しがっている情報を引き渡すことにしたんだな?」

「まさか」ルードは愉快そうに笑った。「どっちもご免さ——死ぬことも、お前の要求に屈することも。あいにく、この場を取りしきっているのは、やはり私のほうなのだ。ちょいとばかし焦らされはしたが、それはただ単に、お前の頭が予想以上に切れたからだ。だがまだまだ力不足だったな。お前の知らないことが一つある。明日はあいにく、私の誕生日じゃないんだ」

「お前の——何だって?」相手のずる賢い策略に引っかからぬよう、ウィンダムは全神経を尖らせながら大声で聞き返した。

「気づいていたかもしれないが、さっきお前が数え上げた死は——パーマー、ウィルコットやほかの者たちの死のことだが——みな誕生日の前日に起こっているんだ」

ウィンダムは万年筆を相手の喉元にしかと押しつけたまま、無言で立ち尽くした。ルードがたった今指摘した事実には気づいていたが、それは関連する事実というよりも、むしろどこか奇怪な偶然として捉えていた。

「彼らの誕生日が死とどう関係するのかと、いぶかしんでいるんだろう？」ルードがさらりと水を向けた。「関係はあるかもしれないし――ないかもしれない。とにかく、私の喉に押しつけているその万年筆で私を刺したもらっても、私は一向に構わない。さあ、やってごらん、わが友よ。ただしうまくやってくれよ。失敗はご免だ」

ウィンダムは微動だにせずに立ち尽くしていた。ルードは虚勢を張っているのだろうか？　それとも、これは敵の心を一時的に惑わすための必死の試みなのだろうか？

「ピストルは持ってるかね？」ルードが尋ねた。

ウィンダムは、わけがわからぬまま頷いた。

「では、私がその万年筆をちょっと拝借する間、銃口をこっちに向けておいてくれないか？　それなら、もし私が妙な真似をしようとしても、じゅうぶんに防げるだろう。簡単な実演をしてみせたいだけなんだ」

ウィンダムはためらっていたが、やがてポケットからピストルを取り出すと、ルードに万年筆を手渡し、警戒しながらその横に立った。ルードはまったく無頓着な様子で袖口をまくり上げると、手首の上の滑らかな肌をさらけ出した。ウィンダムはハッと息を呑んだ。ルードが万年筆を素早く一突きしたかと思うと、傷ついた皮膚から血を一滴したたらせたのだ。しばらくの間、ルードは万年筆の中身をすっかり傷口に注ぎ込ませようとするかのように、その小さな穴にペン先を押しつけ続けた。「ほら！」最後にルードは大声で叫ぶと、万年筆を持ち主に返した。「納得してくれたかね、わが友よ」

ウィンダムは唖然としていた。間近で作業を見ていたので、ルードがごまかしていないのは確かだった。万年筆の中身は直接組織に入り、血と混ざり合ったのだ。

「これで、一時的に気分が少し悪くなるかもしれんが、まあそれだけのことだ」満足げにため息をつきながら、ルードが断言した。「二つの目的が果たされた。さっき聞かせた内容について、私はお前に確たる証拠を与えてやった。そのお返しに、お前は万年筆に入っていた数滴の液体を私に譲り渡した。あの液体を手放すように仕向けなかったら、お前にちょっとした恥をかかされていたかもしれない」

「あの液体はどうやら無害だったようだが」急激な体調悪化の兆候を見逃すまいと、ルードの顔を観察しながら、ウィンダムが尋ねた。「じゃあなぜ、あの液体が俺の手元に残るのを心配していたんだ?」

「無害だって? 今日は何の日だ?」

質問の奇妙さに目を細めたウィンダムは、急にハッと息を呑んだ。

「ハードウィックさんの誕生日だよな? 彼女を雇った時、彼女自身についていくつか教えてもらったんだが、そのうちのいくつかはしっかり頭に残っているんだ。ところで、もし今私の血と混ざり合わさったあの液体が、昨夜彼女の血管に入っていたら、誕生会の代わりに葬式が行われていただろうな。無害というのはそういうことさ」

ルードがほのめかした可能性は、ウィンダムを震え上がらせたものの、それでもやはり、荒唐無稽な話にしか聞こえなかった。「そんなのは戯言だ」ウィンダムはきっぱりと言い放った。「誕生日だからって、どんな違いがあるというんだ」

「こういう場合には、生死を分かつほどの違いがあるのだよ。これ以上の説明は求めないでくれ。謎は大抵、説明された途端に魅力が失われてしまうものだ。もうしばらく秘密にしておきたい」

ウィンダムはルードの顔を睨みつけながら、空になった万年筆をポケットに戻した。依然として荒唐無稽な話にしか思えなかったが、どういうわけか、ルードが口にした途方もない言葉を、自分が嫌々ながらも事実として認めていることに気がついた。ルードの顔つきから、この男が嘘をついているわけでも、冗談を言っているわけでも、悪だくみにふけっているわけでもなく、ただ単に、訪問客がすっかり煙に巻かれている様子を見て、楽しんでいるだけだということが、ウィンダムにはわかっていた。それに、謎めいた死が、いずれも犠牲者の誕生日の前日に起きたことを、ウィンダムは知っていた。それは信じがたく、正気を嘲るように思えたが、やはり事件と日付の間には直接的なつながりがあるのだと確信せざるを得なかった。

「楽しい会話を中断したくはないんだが」とルードが言うのが聞こえた。「あと数分もしたら、軽い頭痛がしてくるはずなんだ。また今度来てくれたまえ、誰だかわからぬわが友よ。ああ、ところで、帰る前に名前を教えてはもらえないかね？」

その口調には当てこすりが込められていた。握りしめたままのピストルの銃身に視線を沿わせるようにして、ルードを見下ろしていたウィンダムは、頭にカッと血が上るのを感じた。人を食ったようなあの口を黙らせて、息を呑むほど驚かせてやりたい。ウィンダムはルードが座っている場所に近づくと、頭を傾け、赤味がかった灯りが自分の顔にはっきりと当たるようにし、体をかがめて、嘲るようなルードの目を深く覗き込んだ。

「俺のことがわからないのかい？　ルード」

第二十章　ブライズ氏の訪問

同じ日の午後遅く、しわだらけの顔をした明らかにビクついた様子の人物が、中央通りにある警察本部に立ち寄り、あれこれ質問をした挙句、言い分を述べるためにカリガー警部補の元へ通された。

警部補は邪魔が入ったのを喜ばなかった。今朝ウィックス副長官と話してからというもの、降って湧いたような数々の死と指紋に関係のある、例の込み入った問題について、頭を整理しようとしていたのだ。数え切れぬほど葉巻を吸い、大量のブラックコーヒーを胃に流し込んだものの、慣れっこになった刺激からは何の効果も得られなかった。焼けつくように暑かった一日も今や終わりに近づき、うだるような晩を迎えようとしていたが、カリガー警部補は、机の拡張板に足を載せて、唇から葉巻の吸い口をだらりと垂らしながら、席に座っていた。

考え事を中断させた男は、一日じゅう警部補がふけっていた気分にそぐう相手ではなかった。身なりから察するに、迷い犬を捜しに警察の手を借りに来たのかもしれない。

「どうなさいました？」警部補が尋ねた。

答えは単刀直入で、いささか意外なものだった。「わしの命を助けてほしいんじゃ」

カリガーの口から垂れ下がっていた葉巻がわずかに上がった。訪問者の顔をしげしげと眺めたが、外見上は気狂いじみた様子は見受けられない。警部補の足が机から滑り落ちた。

「お座りください」カリガーが促した。

訪問者は腰を下ろした。薄くなった白髪が、細い頭蓋になでつけられている。赤いまぶたの下の小さな目は、弱々しくもせわしなく動いている。しみだらけの顔を部分的に覆うごま塩の顎髭は、瘦せこけた喉の下でうっすらと産毛に変わっている。六十代後半らしく、ひ弱そうに見えたが、それでも立ち振る舞いには、ある種の威厳があった。

「何とおっしゃいました?」カリガーが訊き返した。

「わしの命を助けてほしいと言ったんじゃ」最初の言い方ではわかりにくかったかもしれないと思ったのか、訪問者は少し声を張り上げて、もう一度繰り返した。

「お名前は?」

「クリストファー・ブライズ。多分わしのことは知らんじゃろう。以前、フルトン通りで仲介業をしとった。男やもめで子供はなく、ウェストサイド七十一丁目二十八番地にある持ち家で、独りで暮らしておる」

警部補は素早くメモを取ったが、この驚くべき訪問者から目を離さなかった。「なぜご自分の命が危険にさらされていると思われるのですか」というのが次の質問だった。

「わしには――エヘン――自分の命が重大な危険にさらされていると考えるだけの、じゅうぶんな理由があるんじゃ」ブライズ氏が謎めいた言い方をした。「だが理由を話せば、きっとあんたは笑うだろう。わしは笑われるのは好かんのじゃ」

「でも、何にお困りなのかがわからなければ、助けようがありませんよ」

「もう言ったじゃろう。わしの命が危険にさらされとるんじゃ。何か手を打たければ、明日の朝までに、わしは死んでしまうんじゃ」

カリガーは男に鋭い眼差しを向けた。髭に覆われた口元には、申し訳なげな微笑が浮かび、充血した目の奥には不安げな色がある。どうやら長いこと多大な精神的ストレスを抱え込んできたらしい。

「明日の朝までに？」警部補はオウム返しに言った。「でもどうして――」口をつぐむと、ふいに一日じゅう巡らせていた紆余曲折の思考過程がよみがえり、こう尋ねた。「明日はあなたの誕生日なんでしょう？」

ブライズの落ちくぼんだ目が大きく見開いた。「どうして――どうしてそれを？」

「知っていたわけじゃありませんが、でもあなたの誕生日なんですよね？」

ブライズが頷く。「どうやって見当をつけたのかは知らんが、そのとおりじゃ。明日で六十九歳になる――生きていればの話じゃが」

「心配はご無用。百歳まで生きられますよ。で、どんな家にお住まいなんです？」

ブライズは、一昔前にニューヨークでもっとも人気のあった高級住宅様式である、典型的なブラウンストーン住宅の特徴を述べた。

「ブロックのそちら側には、同じような家が切れ目なく並んでいましたよね？」とカリガーが尋ねる。

ブライズはここでもやはり頷いた。

「お宅が建っているのはどこですか――ブロックの真ん中？　それとも角に近いほう？」

「ほぼ中央じゃ」

「ということは、隣家の屋根伝いに侵入することも可能なわけですね？」

「そうじゃ」ブライズは驚いた顔で答えた。

「そいつは好都合だ！」とカリガーが叫ぶ。「家に帰ったら、お宅の屋根に通じている跳ね上げ戸の錠を、必ず開けておいてください」

「錠を開けておくだって？　とんでもない」

「ああ、絶対に安全だから大丈夫ですよ。私が今夜、あなたのお供をしますからね、ブライズさん。だがお宅に入るところを人に見られたくない。わかっていただけますか？」

ブライズは心配そうに考えあぐねていたが、やがて明るい表情で頷いた。

「なるほど。すごくいい考えじゃ。ただ、跳ね上げ戸を開けっぱなしにしておくのは、やっぱり気が進まんな。着いたら警棒でも自動拳銃でも何でもいいから、手持ちの物で三回大きな音でノックしてくれんか。そうすりゃあんただとわかる」

「ええ、いいですとも」警部補は笑った。「ではブライズさん、家に帰っておいしい夕食をとって、一時間かそこら寝るようにしてください。お疲れのようですからね。私は八時頃にうかがいます」

「八時？」ブライズがオウム返しに言った。由々しげな顔つきで考え込む。「七時は無理かね？」

「努力します」カリガーが約束すると、訪問者は妙に堂々とした気取った歩き方で立ち去った。

独りになった警部補は、ふたたび葉巻に火をつけると、もう一度両足を机の上に載せた。そばかすだらけの顔にほんのりと赤味が差し、シナモン色の目は、ブライズ氏の訪問前よりも数段明るくなっている。

「今夜捕まえてやるぞ」警部補は自分に言い聞かせた。「ピンクの靴下を一足賭けてでも、必ず捕まえてやるからな」

第二十一章　長い寝ずの番

カリガー警部補の腕時計は、十一時十五分前を指していた。ブライズの家政婦が部屋に引き上げる前に置いていってくれた魔法瓶から、カリガーはブラックコーヒーをまた一杯、自分のカップに注ぎ入れた。ブライズは金属製の小箱から、小さな白い錠剤を取り出して飲み込むと、水で胃袋に流し込んだ。

「頭痛なんじゃ」咳をしながらブライズが説明した。「これまで一度も頭痛になったことなどなかったのに、一週間前に初めてなってな。以来、次第に頻繁に起こるようになって。変じゃろう？」

事の奇妙さにうっすらと気づいたかのように、カリガーは眉をつり上げた。口から質問が出かかったが、ブライズの言葉から湧き上がった疑問は、あまりにも曖昧模糊としていて言葉にできなかったらしい。代わりに、相手の男を思案するようにじっと見つめた。ブライズは大きな肘かけ椅子に座っていたので、まるで成長の止まった小人のように見えた。

四時間近くもの間、二人は退屈な寝ずの番を続けていた。二人のいる小さな部屋は一階にあった。ブライズが跳ね上げ戸のところでカリガー警部補を出迎えたあと、案内した部屋だ。何度か話の口火を切ろうとして失敗したカリガーは、新聞を読もうとしたものの、印刷された文字に集中することができなかった。その間ずっと、ブライズはぶるぶると震えながら傍観者的態度で座っており、是が非でも平静を装おうと決め込んだかのように、時折、作ったような笑みを弱々しく浮かべてみせた。

「いつも何時に床に就くんですか、ブライズさん?」カリガーが尋ねた。

「十一時じゃ」

「そろそろ十一時になりますな。寝室に行きましょう」

「でもちっとも眠くなんかない」

「来てください」カリガーがそう言って椅子から立ち上がると、小柄な男はそれ以上抵抗するのをやめて、電気を消してから二階に案内した。警部補は電気のスイッチがドアのすぐ内側にあるのを自分で見つけた。化粧戸棚の両側に一つずつ配置された、つや消しガラス製の傘を被った二つのシャンデリアに灯りがともった。

カリガーが気づいたのは、シャンデリアの傘が両方とも低く下げられ、反対側の歩道に見張りの人間がいたとしても、こちらの動きがわからぬよう照明が落としてあることだった。カリガーは窓際へ椅子を引き寄せると、そこに腰を下ろした。その晩はひどく蒸し暑く、楽にしようとカリガーは上着とカラーを外した。そんなカリガーの様子を、ブライズは疑わしげな顔つきでうかがっていた。

「服を脱いで床に就くのに、だいたいどのくらいかかりますか?」カリガーがブライズに尋ねた。

「十五分くらいじゃが——」

「では十五分したら電気を消してください。そのあとは椅子を持ってきて、なるべく楽にしていてください。長く待つことになるかもしれませんから」

「電気はつけっ放しにしておいたほうがいいんじゃないかね?」

「いいえ。普段の夜とまったく同じようにしてください。悪党が驚いて退散したらまずいのでね。また別の晩にやって来るだけですから。我々二人でとっ捕まえてしまわないと」

　ブライズはしばらくじっと考え込んでから、力強く頷いて同意した。カリガーは周囲を見渡した。広々とした寝室は、人々が建築費をケチるようになる前の時代に、この屋敷が建てられたことを物語っていた。居心地のよい部屋で、羽目板には赤杉が使われ、高い天井は青で縁取られ、壁には絵が数枚飾られている。絵の一つは、後ろ脚で跳ね上がる馬に跨ったナポレオンの肖像画だった。

「偉大な男じゃ」ブライズがしみじみと言った。ブライズが「ちび伍長」（ナポレオンの俗称）を崇拝していることは明らかだった。ブライズは絵の前で、無意識に英雄らしいポーズをとった。「とはいえ、小柄な男じゃったが――わしのように。そうだ、ところで地下室のドアの錠は、あまりしっかりしとらんのじゃ。修理させるつもりだったんじゃが。どうじゃろう――」

「それならなお結構」カリガーが口を挟んだ。「電気を消して、おかけください」

　ブライズはしぶしぶ従うと、警部補のそばに腰を下ろした。窓は下部が数センチ開いており、電気の傘は弱い風に揺られて、小さくきしむような音を立てている。ほかに物音はなく、屋敷はしんと静まり返っている。外の通りは、蒸し暑い夏の夜の眠りに浸っているかのようである。

　長いこと、二人の男は押し黙ったまま座っていた。カリガーは何度もブライズに質問しようとしたがうまくいかず、結局諦めて、今夜の成り行きですべてがはっきりすることを願った。ブライズの喘息気味の息遣いが聞こえてくる。時折、音を聞き漏らすまいとして息を止めるかのように、その息遣いがふっと途切れる。すると、ふいに小柄な男が言葉を発したが、その声はあたかも思わず独り言を漏らしたかのようだった。

「誰の命であれ、あれほどの価値はない」

「あれほどって？」

小さく息を呑むのが聞こえた。「ただの――ただの考え事じゃ」

だが、口をついて出たその考えは不可解ではあったものの、カリガーの頭にはパッと閃きが走った。

「いいですか」カリガーは低い声で言うと、まだ熟し切らない結論に飛びついた。「見たところ、あなたは金銭的には何の苦労もなさそうだ。いくら要求されたんです？」一瞬躊躇してから返ってきた答えは、どこか不機嫌そうだった。「あんたはわしを守るためにここにいるんじゃ。質問するためじゃない」

「ちょっとお訊きしてみただけです」カリガーはブライズの機嫌を取りながら、穏やかに答えた。「それにたぶん、状況をもう少しよくわかっていたほうが、あなたのことをしっかり守りやすくなるでしょうし。で、いくら渡せば命を助けると言われたんですか？　一万ドル？　それとも二万ドル、いや五万ドル？」

やや間があったが、その間、ブライズは、暗闇の中に怪しい物音がしていないかどうか、耳と目をじっと凝らしているようだった。「あいつらが欲しがっているのはカネじゃない」やっと口を開く。

「カネ以上のものじゃ」

「カネ以上のもの？」カリガーは反射的に同じ言葉を繰り返した。不可解な中毒死を遂げた犠牲者たちは全員、カネがものをいう社会階層に属していた。「そいつらが欲しがっているのは、何なんですか？」

「それは言えん」

「言うつもりがない、ということでしょうか？」

ブライズはこれには答えなかった。金属製の小箱の蓋が閉じたような、カチッというかすかな音が聞こえたので、ブライズがまた頭痛薬を飲んだのだとわかった。カリガーの神経は葉巻をよこせとやかましく騒ぎ立てていたが、カリガーはその欲求を満たそうとはしなかった。

「では、そいつらはあなたに何かを要求し、応じなければあなたを殺すと脅したわけですね」カリガーは思案しながら要点を手短に述べた。「やつらの連絡手段は何でしたか、ブライズさん。手紙、それとも電話ですか?」

「どっちでもない」ブライズはそう答えたが、暗闇の中でも震えているのが感じられた。「言ったところで信じてはもらえまい。あんたが幽霊を信じとるんなら話は別じゃが。おそらくもう少ししたら、自分の目で確かめることになる」

「そう願ってますとも!」というのが、口には出さなかったものの警部補の偽らざる願いだった。今度は声に出してこう言い足した。「カルヴィン・ブルースターの件はご存知でしたか?」

返ってきた答えはつかみどころのないものだった。「ブルースターの件は妙じゃわい! 誕生日の前日に死んだんじゃろう? で、同じことが、老いぼれたハイラム・オークス、ヴィンセント・シアーズ、ローガン・パーマー夫人、それにニコラス・ウィルコットにも起こった。全部で五人。おそらくわしが六人目じゃ」

「ピンクの靴下を一足賭けても、そうはさせませんよ」カリガーは低く語気の荒い声で断言した。「その五人の方々とはお知り合いだったんですか、ブライズさん? あなたがされたのと同じ要求を、彼らもされていたんでしょうか?」

「いったい」ブライズは質問を無視して小声で言った。「あの老いぼれたちのうち、何人が要求を呑んだのかのう」

「どの老いぼれたちのことですか？」

「いや、ちょっと考え事をしとっただけじゃ」

カリガーは苛立ちを抑えると、今度は別のやり方を試した。「私には、あの五人は全員、あなたと同じ苦境に立たされていたように思えるんです。さっきあなたが思わず独り言をおっしゃった時に、あの方々はみな、どこかでつながりがあったんじゃないかという気がしたんですよ。でも、ほかの人の身に起こったことを、自分の戒めとしなかったのはおかしい。彼らも今夜のあなたと同じように、何らかの自衛策を取っていたんじゃないでしょうか」

「おそらくそうじゃろう」

「だが事件を警察の手に委ねたのは、あなただけだった」

「わしは心配性なんじゃ」長いこと不快な状況に苦しめられてきたのだと言わんばかりに、ブライズが訴えた。「だからほかの連中よりも、わしは怖がっとるのかもしれん。それに、死んだのがまだ二、三人のうちは、五人の場合と違って、さほど悪い状況には見えなかったんじゃろう。ほかの連中も、何がしかの自衛策を取っていたのかもしれん。ボディガードや私立探偵を雇っていたのかもな。あるいは何事もなかったことにしてそのままやり過ごそうとしたのかも。わしらには知るよしもないが」

カリガーはロールスクリーンを数センチ上げて外を見た。しかし、薄暗くしんと静まり返った通りには何も見えなかった。一連の中毒死の謎に対する答えの核心に、触れられそうでいて触れられないのがじれったかった。と突然、何かを思い出したカリガーは、立ち上がると、音を立てずに部屋の中をあちこち動き回った。

「何をしとるんじゃ？」ブライズが小声で尋ねる。

「チョークの粉を床に撒いてるんですよ」真相を明かしてくれないお返しに、小男を煙に巻いてやったことに軽い満足感を覚えながら、カリガーは答えると、すぐに元の窓際の椅子に腰を下ろした。マッチを擦って懐中時計を見るのは危険なので差し控えたが、おそらく夜中の十二時を回った頃のはずだった。この寝ずの番がどのくらい長く続くのかはわからなかったが、何かがやって来るのだという、ゾクゾクするような予感があった。あとどれくらいでやって来て、どこから姿を現すのだろう。ドアは二つあった。一つは浴室のドアで、浴室は非常階段を使えば外から侵入することができた。もう一つのドアは、玄関広間へと続いていた。いずれも人目を忍ぶ訪問者にとっては、格好の侵入経路だ。

「私がこういう合図をしたら」と相手の腕に触れながら、カリガーがささやいた。「隠れてください。クローゼットに入るか、ベッドの下に潜り込んで、何があっても音を立てたり動いたりしないように」

触られたブライズの腕は、危機の予感にビクッと震えた。しばらくの間、二人は黙り込んでいたが、やがて警部補が、朝からずっと心の片隅に引っかかっていたある疑問を投げかけた。

「グレイ・ファントムのことはご存じですよね？」

「もちろん。誰だって知っとるわい。亡くなったんじゃろう？」

カリガーの脳裏をよぎったのは、一組の指紋と、かつて黒いリボンで飾られていた顔写真だった。

「会ったり、連絡を取ったりしたことは？」

「いいや」妙に長く感じられる間を置いてから、ブライズが答えた。「ないと思う。だが今夜は、グレイ・ファントムがこれまでしてきたことなど、及びもつかないようなすごいものを、あんたは目にするかもしれん」

警部補は思わずクスッと笑った。結局、俺が一日じゅう頭を悩ませていたのは、根拠のない疑いに過ぎなかったんだ。何度頭で打ち消しても、同じ疑念がよぎったが、やはりグレイ・ファントムは、俺の知っていたとおり、こっそりと人を殺《あや》めるような男じゃなかったんだ。グレイ・ファントムは確かに向こう見ずだったが、その戦いぶりはいつだって正々堂々としていたじゃないか。しかし、可能性は薄くとも、信じがたい仮説が忍び込めるだけの状況は依然としてあり、カリガーはその仮説を頭から追い払うことができなかった。ファントムのこととなると、カリガーの心はいつも自分の任務と板挟みになった。常に任務に対する忠誠心が勝りはしたが、とはいえ任務に対して断固とした決意を抱いていただけのことで、実際に遂行できたことは一度もなかった。万が一信じられないことが起こったとしたら。もしもグレイ・ファントムが――

とそこへ、名状しがたい何か――呼吸、ささやき声、忍び足の音、あるいはドアのきしみかもしれない――が静寂を破り、カリガーの考え事を吹き飛ばし、神経を震わせた。カリガーは椅子に座ったままじっと息をひそめると、すぐに手を伸ばしてブライズの袖に触れた。

「来たぞ！」カリガーがささやいた。

第二十二章　どこからともなく聞こえてくる声

それはついにやって来た——すでに五人をその毒牙にかけた狡猾で残忍な死神が、カリガーの隣で怯えている小男に向かって、今やその手を伸ばしているのだ。現れる前にはっきり物音が聞こえたわけでもないのに、カリガーにはそれがやって来るのがわかった。そっと忍び寄る気配を振動で感じたのだ。想像をたくましくしないよう訓練されていたにもかかわらず、カリガーの心には、有毒な息を空気中に充満させながら音もなく忍び寄ってくる、忌まわしいものの姿が浮かんでいた。

カリガーがブライズの腕にそっと触れると、ブライズはハッと息を呑み、すぐさま部屋の後ろの陰の濃い辺りにするりと身を隠した。カリガーはそっと椅子を数センチ動かすと、窓の前のうっすらとした明るみから身を遠ざけ、ふたたび椅子に腰を下ろし、リボルバーを構えた。そして、どんな小さな兆候も見逃すまいと、用心しながら一心に待ち続けた。

やたらと時間の経つのが遅く感じられる不安に満ちたひとときのあとで、ついにそれはやって来たが、かすかにきしむような音がしただけで、浴室のドアから入ってきたのか、玄関広間から入ってきたのか、音の出どころははっきりしなかった。カリガーは窓を背にして座っていたが、両方向に耳を澄まし、必要とあらばどちらの方向にも素早く動けるように身構えた。

どこからともなく足音が聞こえてきた。誰かが壁際をそっと通ったような、かすかな摩擦音。捉えがたい動きを追おうとするカリガーの武器が、ゆっくりと半円を描く。鋼の神経を持つ男でも、身震いするほどの緊張感だったが、そこには満足感も入り交っていた。あの毒殺犯がこの部屋のどこかに、それも今座っている場所から数メートル足らずのところにいるのだ。そいつが誰であろうと、どんなに悪知恵に長けていようと、二度と悪事を働けないようにしてやる。

突然、リボルバーのグリップを握るカリガーの指に、ギュッと力が入った。目撃したものがあまりにも意外で驚くべきものだったので、初めは目の錯覚かと思った。銀灰色の靄のような一条の光がにわかに眼前に現れ、暗闇を射し貫いたのだ。しばらくの間、光線は暗闇の中でゆらゆらと揺れていたが、やがて進路を定めたかのように、淡い光の楔《くさび》となって、部屋の反対側まで伸びた。するとそこへ、カリガーが気を落ち着ける間もなく、声が聞こえてきた。

「起きろ、ブライズ。お前にちょっと話がある」

銀色に輝く淡い光に、カリガーは目をパチクリさせると、自分は今いったいどんな幻覚を見ているのだろうといぶかしんだ。その声は光線のまさに中心部から聞こえてくるように思われたが、見えるものといえば、かすかに銀色が入り交じる、キラキラした灰色の霞の粒子だけだった。それが何なのかはわからなかったが、名前を呼ばれたブライズが、うっかりその声に返事をしてしまうのではないかと心配になったカリガーは、ハッと我に返った。

「ここにおる」か細い声でつっかえがちに話すブライズの声を真似ながら、カリガーが答えた。「何の用じゃ？」

「ああ、起きてたんだな」声が答えた。「もっともお前が今夜よく眠れるはずがないことはわかっていたが。俺がここに来た理由は知ってるよな、ブライズ？」

「ああ、知っとるとも」カリガーはそう言うと、銃口を光る霞にまっすぐに向けた。話し手がそこにいるのはわかっていた。声の出どころを突き止めるのは造作もなかった。「動くな。お前がそこにいるのはわかっとるんじゃ。動いたら撃つぞ」

もっと平静な時分なら、カリガーはブライズの声をうまく真似られたことを喜んだかもしれない。それは声を震わせながら語気を荒げて虚勢を張る、ブライズさながらの口ぶりだった。

笑い声が響き渡った。それはまたもや銀色の霧のまさに光の輪の中から聞こえてきたように思われた。カリガーは目を凝らしたが、何一つはっきり見えなかった。まるで霧自体が話しているみたいなのだ。それでもなお、リボルバーの照準が、たった今笑い声を上げた男にまっすぐに向けられているのはわかっていた。目はおかしな幻覚に惑わされていたとしても、耳はしっかりと働いていたからだ。

「馬鹿な真似はよせ、ブライズ」声は話し続けた。「オークスやパーマー夫人たちに何が起こったか知ってるだろう。あいつらは自分の身は安全だと思い、警告に耳を貸そうとしなかった。今のお前とちょうど同じように、あいつらも俺に銃を向けてきたが、いっそ空にでも向けたほうがマシだったのさ。明日はお前の誕生日だ。もう一度だけチャンスをやろう、ブライズ。イエスか、それともノーか?」

「ノーだ!」カリガーは甲高い声で叫ぶと同時に、リボルバーをわずかに上に向けると、霧状の光の中の声の出どころらしき部分に向けて、まっすぐに発砲した。耳をつんざくような銃声が、立て続けに静寂を破った。狙いは正確だったので、叫び声が聞こえてくるはずだったが、何も聞こえてはこなかった。代わりに、低い嘲るような笑い声が響き渡ったので、カリガーはパッと飛びのいた。その瞬間、チクッと痛みが走った。シャツの上から針で肩の皮膚を刺されたような痛みだった。

「死ね、この愚か者めが！」声が言い放ち、やがて靄のような光線は消えてなくなった。一瞬ボーッとなったカリガーの耳に、小走りする足音が聞こえてきた。黒い硝煙がもくもくと宙に漂っている。カリガーは飛び起きると、電気のスイッチに手を伸ばし、眩しい光をじっと見つめた。室内にはブライズ以外には誰もおらず、ブライズの青ざめて引きつった顔が、恐る恐るベッドの下から現れた。

「あいつは――いなくなったのか？」小男が震えながら尋ねた。

カリガーは急いで浴室に向かった。ドアを勢いよく押し開け、電気のスイッチをつけ、つや消しガラス入りの窓をしばし見つめた。窓枠にはかけ金がしっかりとかかっている。すかさず浴室を飛び出し、震えるブライズを押しのけ、今度は玄関広間側のドアを押し開けると、階段のほうへ飛んでいった。だが、階下を見下ろしても、屋敷の深い闇の中からは物音一つ聞こえてこなかった。カリガーはさっと階段を駆け下りると、外の通りに出るドアを開け、しんと静まり返った周囲をくまなく見渡した。ポケットに手を伸ばす。するとたちまち鋭い呼び子の音が、辺りの静寂を突き破って三回響き渡った。

軽い疼きを感じたカリガーは、ゆっくりと探るように左肩に手を触れた。頭が少しぼんやりしていた。すべてがあっと言う間の出来事だったので、わけがわからなかった。今では遠い出来事のようで、現実味がなかった。唯一はっきりと感じられたのは、肩が少し熱っぽいということだけだった。

制服姿の巡査が走ってきたので、カリガーはいくつか指示を出したが、巡査が困惑顔をしていたところを見ると、妙だと感じていたに違いなかった。少しの間、警部補は歩道に残って、夜気を胸一杯に吸い込むと、すぐに屋敷に戻り、階段を駆け上がって、ブライズの待つ寝室へ入っていった。

「何が起こったんじゃ？」小男は青ざめ震えた顔を、警部補の顎の下に突き出すようにして、興奮気味に尋ねた。

カリガーは相手を乱暴に脇へ押しのけると、羽目板の上縁付近の銃弾が開けた孔をまじまじと見つめた。弾痕を見ているカリガーの顔つきは、まるで巧妙な手品でも見ているかのようだった。声の主が立っていたとしたら、それはほかでもなくこの場所だった。それに、聞こえた声に向かって、間違いなくまっすぐに発砲したのだ。道理に従えば、銃弾は声の主の体を貫いてから壁を貫くはずだった。だが、もしかすると実体のない声に向けて発砲したのかもしれない。すべてが正気を欺こうとするかに見える状況下では、何があってもおかしくはなかった。

「命中したのか?」情けないほどぶるぶると体を震わせ、空気中に漂う硝煙の臭いをくんくんと嗅ぎながら、ブライズが尋ねた。

「いや」警部補はムッとしたように言った。「弾はやつをくるりと避けて、後ろの壁に命中しましたよ」

その冗談がおかしくてならないというように、ブライズはクスクスと笑った。警部補は床に視線を落とした。あちこちに足跡が見え、先に撒いておいたチョークの粉の中に、くっきりとその形が浮かび上がっていたが、壁の弾痕の一メートル以内には一つもなかった。警部補はさっきまで自分が座っていた椅子のそばに、いくつか足跡を認めると、後ろから針で肩をチクッと刺されたように感じたことを、ふと思い出した。

「あの奇妙な光を見たかね?」ブライズが尋ねた。

「もちろん見ましたよ！　それについては説明できると思いますが、しかしなぜ男の声と体が別々に存在していたのかがわからない。不思議なのは――」ふと黙り込んだカリガーの目が、少し輝いている。今自分で謎について言ったことが、どうやら謎に対する答えのヒントになったらしい。

「わしも不思議に思っとったんじゃ。何度かあれを目撃しとるが、いつも光の中から声がするようでいて、誰の姿も見えない。薄気味悪いじゃろう?」

「本当にそのとおりですよ」カリガーは捉えどころのない考えを捕まえようとしているらしく、顎をさすりさすり言った。「こういう離れ業ができる人間を一人だけ知っていますが、その男は――」

「死んどる」カリガーがためらったところで、ブライズが口を挟んだ。「誰のことかはわかっとる――グレイ・ファントムじゃ」

「くそっ!」相手の読みは正しかったが、カリガーはうなった。「グレイ・ファントムは決して殺人に手を染めはしなかった。とにかく――」ふと黙り込み、肩のズキズキする場所を無意識に指でさする。「あの悪党がどこのどいつであれ、私に置き土産を残していきましたよ」

「置き土産?」

「針で刺されたようです。ちょうど銃の引き金を引いたときにやられました。なぜそんなふうにじろじろ見るんです?」

「針で刺されたじゃと?」そう叫んだブライズの顔はいっそう青ざめ、赤いまぶたの下の弱々しい目は恐怖で大きく見開かれている。「明日は、あ、あんたの誕生日じゃなかろうな?」ブライズがどもりながら尋ねる。

「違いますが、なぜそんなことを? まさか――」カリガーは口ごもると、目の前で震えている小男を、茫然としながらいぶかしげに見つめた。

「針で刺されたんじゃろ?」ブライズが繰り返した。「ハイラム・オークスたちを殺したのがそれじゃ。ただし起こったのは、いつも誕生日の前日じゃったが。もしかすると――」ごくりと唾を呑み込む。「その針はわしを刺すためのものだったのかも！」

じわじわと湧き上がる恐怖を振り払うかのように、カリガーは肩をすくめた。「帰らせてもらいます」そう告げると、手で額をぬぐった。「何だかちょっと頭痛がしそうなので」

第二十三章　判明した正体

　椅子に座っている男に、ウィンダムがさらに顔を近づけて、冗談めかしながら、さざ波のような穏やかさで同じ質問を繰り返したのは、彼が狂気じみた躁状態になっていたせいだった。

「俺のことがわからないのかい？　ルード」

　いきりたっていたせいで、ウィンダムの声には冷やかすような調子が入り交じっていた。この場面と状況には、人を酔わせるような雰囲気があった。辺りには神秘的で魔術的な異教の魔法の気配が漂い、部屋を伝説上の見せ物の陳列室と化している陰気な古代遺物の上には、見る者をうっとりさせるような真紅の光が、アトンの祭壇上から降り注いでいた。また、セテペンラのキラリと光る目と、古代の壺に入った血のように赤いバラの放つ香りが、この刹那の狂乱のラプソディーに、さらなる魅力を添えていた。

　こんな場面でもいっそう落ち着き払っているのが、いかにもマーカス・ルードらしいところで、彼の独特の雰囲気は、辺りを邪悪な色に染め上げ、不吉な魅力があふれる光景に、一種悪魔的な魔法をかけていた。柔和な微笑みと猫なで声で人を嘲っては、喜びに土気色の顔を輝かせるルードは、死の恐怖さえも、自己満足という名の鎧で跳ね返してしまうかに見えた。もっとも恐るべき脅威ですら、悪事を覆い隠すルードの温和で落ち着いた態度には、何ら影響を与えずに過ぎ去っていくように思われた。ルードがみずから進んで自分の皮膚に傷をつけ、恐ろしい毒を血管に注ぎ込むさまを、ウィンダムは目撃していたが、ルードはそれをありきたりな実験でもするかのように、ふざけ半分で悠々とやってのけ、さらに困惑する敵の眼前で、自分の不死身さをひけらかすかのように、誕生日と、起こるかもしれない頭痛について、馬鹿げた話を披露したのである。

ルードが人を食ったような態度でウィンダムに挑みかかり、底知れぬ軽蔑心を露わにしたことで、部屋が醸し出していた麻酔のような陶酔した雰囲気は一変していた。ウィンダムは軽い目まいを覚えたが、それはルードにからかわれて、激しやすい性分に火がつき、相手が身にまとっている冷静沈着さという名の鎧に、何としてでも穴を開けてやりたい思いで一杯になったからだった。前に進み出て、赤い光が顔全体に当たるように身をかがめ、マーカス・ルードの正気を雷鳴のように揺るがすであろう質問を投げかけたのは、そんな時だった。

ルードはどこか軽蔑したような気乗りしない表情でウィンダムを見ると、きっぱりと言い切った。

「ああ、お前など知らん。会うのは今夜が初めてのはずだ。どれどれ。その髭はつけ髭じゃなさそうだが、どういうわけか長いこと生やしているようには思えない。髭がないとどんな顔になるかな」

髭のない顔を頭の中で思い描こうとしているらしく、ルードは注意深く目を細めてじっと見入ったが、次第にその目が食い入るような目つきに変わった。一瞬困惑の色が顔をよぎり、続いてゆっくりと眉がつり上がった。ルードは額に垂れ下がる白い乱れ髪を払いのけると、脳裏に今も残るぼんやりとしたイメージ——おそらくは過去に一瞥しただけの顔か、あるいはどこかの写真で目にした顔——をはっきりと思い出そうとするかのように、かすかに瞬きをした。

「変だな」薄笑いしながらルードがつぶやいた。「一瞬もしやと思ったが——もちろんそんなはずがない。単なる他人の空似だ」

「そうかもな」ウィンダムが静かな声で言った。まだピストルを握ってはいたが、今は安全な角度でその手を下に垂らしている。「あるいは逆に、それ以上のことかもしれないぞ。あの晩はよくも幼稚な手を仕かけてくれたな、ルード。お前はステアリング・ナックルをバラすより、もっと高尚な殺し方をすると思っていたがな」

それはまるで、ルードの澄ました顔に、荒々しい平手打ちが飛んだかのようだった。ルードは口をポカンと開け、片方の口角を醜く歪めた。顔がサッと青ざめ、いつもの微笑みが消え、しみやしわが醜く浮き上がった。痙攣が全身を襲い、高圧電流に打たれたように体が硬直し、続いて冷たい氷に覆われて生命力自体が吸い取られていくかのように、完全な無感覚状態に陥った。しばらくすると、やっと身動きは取れるようになったが、それでもショックに打ちひしがれた老人のように、ガクガクと震えているありさまだった。

「そんな馬鹿な！」ルードがしわがれた声で言った。「そんなこと――あるわけがない！　お前は――グレイ・ファントムは死んだんだ！　そうとも。私があいつを死に追いやったんだから。私がエーケンに方法を指図したんだ。お前は――誰だか知らんが、お前があいつのはずが――」

ルードは蛇がとぐろを解くようにして立ち上がると、顎と顎が触れそうになるまで、ぐいぐいと相手の顔に自分の顔を寄せ、狂人のように目をギラつかせながら、ウィンダムの顔を穴が開くほどまじまじと覗き込んだ。両手が上がり、今にも何かを鷲づかみにしそうな勢いで、指がかぎ爪のように開いたかと思うと、両肩がみるみるうちに耳たぶに触れんばかりに盛り上がった。

「あり得ん――だがやっぱりお前だ！」ルードはそう叫ぶと、狂ったように笑い、笑ったままどっかりと元の椅子に腰を下ろした。「そうだ、お前はグレイ・ファントムだ。馬鹿げてはいるが、やはりそうだ。やっとわかったぞ。てっきりファントムの亡霊につきまとわれているものとばかり思っていたが、そうじゃなくて、あれはお前だったんだ――生身のファントムだったんだ。何とまあ！」

ウィンダムは顔を背けた。その光景にもはや面白味はなかった。妖しい魅力というメッキが剝げ落ち、怯えてわけのわからないことを口走る哀れな男になり下がったルードなど、眺めていても吐き気をもよおすだけだった。

「しっかりしろ、ルード」ウィンダムがうんざりしながら言った。「お前に言っておくことがある」

しかし、ルードにはウィンダムの言葉が届いていないようだった。震えたり笑ったりを交互に繰り返しながら、虚ろな目でウィンダムを見つめたまま座っている。「わからん」ルードがつぶやいた。「ルイ・エーケンはお前が死んだと言っていた。新聞もそう言っていた。葬式だってあった。埋葬も行われた。何という――何という馬鹿げた話だ。エーケンは私の指図どおりにすべて片づけたと言っていた。あいつは私と一緒にモントリオールに行き、帰りも一緒だった。その間ずっと、お前とハードウィックさんは、しつこく我々のあとを追ってきた。私はお前たちのことがだんだんうっとうしくなってきた。追跡をかわすのにも飽きてきていた。それでエーケンに、車から降りてお前たちのステアリング・ナックルを外してこいと命じたんだ。あとで落ち合ったんだが、すべては計画どおりにいったようだった。それなのに――」ウィンダムを見つめながら座っているルードの目の狂気じみた光が、いくぶん薄らいだ。「誰かが埋葬されたんだ」ルードが繰り返した。「どこのどいつだったんだ？」

ウィンダムは押し黙っていた。それは彼自身、何度も自問したのと同じ疑問だった。

ルードはだんだんと落ち着いてきた。一見不可解な謎と格闘しなければならなくなったことで、心が落ち着きを取り戻したらしい。「お前の所持品が残骸の中から見つかったんだ。偶然そこにあったなんてことはあり得ない。埋葬された男の死体だってそうだ。すり替えがあったんだ――意図的なすり替えが。だがいったい――」

ルードは座ったまま背筋を少し伸ばした。正体に気づいたショックから生じた恐怖心は、次第に消えつつあった。必死に頭を働かせているせいで、張りつめた面持ちをしている。「そうだ」いかめしく頷きながら、やっと口を開いた。「エーケンは嘘をついていたんだ。この私を騙したんだ。すり替えたのはあいつだ。どんな目的だったのかはわからないが、あいつがやったに違いない。今生きていたら罰を与えてやれたのになあ。あとになって何者かに殺されたんだ――誰がどんな理由で殺したのかはわからんが――おそらく楽な死に方だったんだろう。私ならその千倍は苦しませてから殺してやったのに。ああ、あいつが生きてさえいたらなあ！」

ルードは、いまだかつてウィンダムが見たこともないような激しい怒りにかられていた。そこには、極めて強い嫌悪感をもよおさせる何かがあった。底知れぬ憎しみがルードの目からほとばしった。想像の中で相手の喉を絞め上げているらしく、指をゆっくりと丸めている。

「エーケンは役に立つ男だった」ルードがやや落ち着いた口調で言った。「だが、あいつは恐怖で支配する必要があった。だから一度など、馬用のむちで叩いたこともあったし、別の時には耳を覆いたくなるような悲鳴を上げさせるほどの目に遭わせたこともある。私を憎んでいたはずだが、それでも命令に逆らったことは一度もなかった。今ここにあいつがいたらなあ！」

ルードが微笑んだ――いかにも残念そうな、不愉快極まりない微笑みだった。裏切り者が今も生きていたら与えられたであろう罰を思い浮かべて悦に入っているらしく、またそうした気晴らしのおかげで神経に活力がみなぎってくるらしかった。ウィンダムはルードから顔を背けた。しばらくの間、バラの香りをかぎながら立っていたが、そのバラにもルードを支配しているのと同じ、邪悪なエッセンスが満ちているように思われた。ウィンダムは数回部屋の中を往復し、思ったとおり、二つのドアにしっかりと錠が下ろされていることを確かめると、ルードの前で足を止めた。そのわずかの間に、ルードはすっかり落ち着きを取り戻したようだった。

「ずいぶんと驚かせてくれたな、ウィンダム君」ルードが言った。「おかげで君が無事生還したというのに、お祝いの言葉を言うのを忘れていたよ」両手を擦り合わせながら、微笑みをたたえた目で、ルードは背の高い相手の姿をじっくりと眺めた。「これでやっと本当の意味で知り合いになれたわけだ。長年戦ってきたが、いつもお互い離れた場所にいた。それが現代の戦争の仕方だ、そうだろう？ところでかけたらどうだね？」

「どうも。だが立ったままのほうがいいんだ」

「まあ、そうケチくさいことを言いなさんな。頭痛に苦しんでいる男に、ちょっとくらい付き合ってくれてもいいだろう。伝えたいことがあるんだ。きっと興味を持つはずさ。ひょっとして、クリストファー・ブライズという名前の紳士を知っているんじゃないかね？」

「聞いたこともないな」

「まあ、それは構わない。面白いしわくちゃの小男でね。明日が誕生日で、今夜が彼にとって、この世で最後の夜になるんだ」

ウィンダムは体に震えが走ったが、傍目にわからぬようぐっとこらえた。「お前が殺すつもりなんだな？」とぶっきらぼうに尋ねる。

「ずいぶん物騒な物言いをしてくれるね、ウィンダム君。ブライズはもう用無しだ。生きていたって、本人も周りの人間もうんざりするだけだ。自然は過ちを犯すものだ。早すぎる死を遂げる者もいれば、長生きし過ぎる者もいる。私はただ、自然の過ちの一つを正しているだけなのさ」

「ここに座っている間に正していると？」

「代理の者にやらせているだけの話さ。私が計画を立て、他人のもくろみを遂行するのが得意な連中に実行を任せる。ブライズに関して言えば」腕時計を一瞥し、「あの男が役に立つ時代はもう終わったんだ。ずいぶんと夜が更けてきたな」

ウィンダムは憎悪に満ちた眼差しで、ルードをキッと睨みつけた。「ずいぶん率直に話してくれるじゃないか。今話したことを、俺が警察に届け出るかもしれないとは思わないのか？」

「いやあ、まさか。君はあれほどドラマチックに自分の正体をグレイ・ファントムだと明かしてくれたが、それよりも前から、私は君をこの家から生きては帰さないと決めていたんだ。今はなおいっそう決意を強くしているよ。お互いのことはわかっていると思うがね、ウィンダム君。もし君を帰してしまえば、我々はとことんまでやり合うことになる。そしていずれは、君か私のどちらかが命を落とす羽目になる。だが私は決めたんだ。死ぬのは私じゃないってね」

「ずいぶん勝手に運命を決めつけてくれるじゃないか」

「お前の思うとおりになどいくものか、と私を疑っているね」ルードは穏やかに笑った。「君のほうが肉体的に優れていることくらいわかってるさ。だがそんなことは関係ない。それに君がピストルを携えていることも知っているが、そんなつまらんことにも興味はない。私は自分の知力で戦うのだ。

自分の手や低俗な武器なんか使わずにね」

「なるほど」ウィンダムはそっけなく言った。「つまりこの俺にルード特製の毒を盛ろうというわけか」

　ルードは首を横に振った。「いや、そのやり方はまどろっこし過ぎるし、たまたま明日が君の誕生日というわけでもなかろう。とすると、カルソルは私に効いた程度にしか君にも効かないことになる。それじゃあ単にひどい頭痛になるだけだし、君には最期に苦しんで欲しくない」

「そいつはありがたい」ウィンダムは皮肉な口調で応じた。ルードが語った内容のどれもが、例の毒をいっそう捉えどころのないものにしたように思われた。だがウィンダムは、今は謎のことで頭を悩ませてはいなかった。「そういうことであれば、犠牲者になるのは俺なんだし、どうやって殺すつもりなのか、教えてもらえないか？」

「それはやめておこう。最高の山場が台無しになる。だが、君の心から疑念を取り除くために言わせてもらえば、君の命は紛れもなく私の掌中にあるのだよ」コロコロと気分の変わるルードは、顔を紅潮させた。「私にとって人生で最高の瞬間になるだろうな、ウィンダム君。ずっと君を憎んでいたんだ。君が死んだものと思っていた昨夜ですら、君のことを憎んでいたが、今はこれまでにないほど憎んでいる。将来君の死の瞬間を思い返しては、満足感に浸るだろうな。今まで君にはずいぶんとひどい目に遭わされてきたが、それをすっかり償ってもらえるというわけだ」

「じゃあ、お前は簡単に満足できる性質《たち》なんだな。俺のようなつまらない人間が死んだくらいで、そんなに喜ぶ人間がいるなんて、想像すらしたことがなかったよ」

「ああ、だがそれは君がどんな死に方をするのかを知らないからさ」ルードはまるでうっとりするような光景を思い描いているかのような表情を浮かべた。「そうとも。私はじゅうぶんに報われるのだ。君にされた残酷な悪ふざけに対してばかりじゃなく、ある若くて魅力的なお嬢さんが、私のハートを小さく華奢な足で踏みにじった、その仕打ちに対してもね」

ウィンダムは胸を反らし、目に激怒の光をたたえながら、相手の男が座っている椅子のほうに歩み寄った。そしてポケットからピストルを取り出すと、手のひらに平らに載せ、青光りする銃身をじっと見つめた。

「ルード」ウィンダムが抑えた声で言った。「俺は今まで一度も人を殺したことはない。だが、お前のことは、何としてでも殺さなくてはならない」

ルードは馬鹿にしたように武器に目をやると、ウィンダムの顔を見上げた。そして、こともなげに笑った。

「馬鹿なことを言うもんじゃない、ウィンダム君。人を殺すには君は人が良すぎる。人を殺すには独特の図太さが必要だが、君にはそれがない」

ウィンダムは頷いた。銃身の青い鋼の色が、険しさをたたえた彼の灰色の目に映し出されているかに見えた。「ああ、俺もずっとそう思っていたよ。一番派手に立ち回っていた頃ですら、ほかの人間を殺《あや》めるなんて、考えることすらできなかった。性に合わなくてね。お前の言うように、その手の図太さに欠けていたのかもしれない。とにかく、今夜になるまで、俺はいつも人殺しについて考えるのを避けていた。だが今は」ピストルから目を上げ、温かみがすっかり消えた目で相手を見据えながら、ウィンダムが言った。「違うようだ」

ルードはまたもや笑った。「おやまあ、ウィンダム君！　今話しているその子供じみた戯言を、君はまるで本気で言っているみたいじゃないか」

ウィンダムは頷いた。ピンと張りつめたその表情には、一片の情も見当たらなかった。「俺は本気だ」ウィンダムがそっけなく言った。「俺には正しいことと悪いことの区別がよくわからない。古い行動規範を捨て去ってからというもの、悲しいかな、そういう問題については、頭の中がすっかり混乱してしまっているんだ。だが、おまえのような邪悪な存在をこの世から消すのは、なかなかいい仕事と言えるだろうな」

ルードはまだ笑みを浮かべていたが、その笑みにはいつもの輝きがなかった。ウィンダムは事務的な口調で淡々と話していたが、それは感情的な脅しよりもずっと強烈だった。

「お前がこれまでどれだけ悪事を重ねてきたのか、俺にはわからない。だがお前は、今夜一人の男を殺したのだと言う。明日か来週にも、お前は同じことを繰り返すかもしれない。お前を止める方法は一つしかなさそうだ。だから今——何としてでもお前を殺さなくてはならないんだ」

ウィンダムは武器の向きを変えて、祭壇上の電球が発する赤みを帯びた光が、銃身に当たるようにした。

「お好きにどうぞ」ルードはあっさりと言ったが、その目には不安げな光があった。「それが自然の掟というものなのだろう。君も私もただの猛獣に過ぎないのだよ、ウィンダム君。一頭の猛獣が別の猛獣をむさぼり食い、それがまた別の猛獣にむさぼり食われる。モラレスという蛇のことを聞いたことがあるかね?」

ウィンダムはそれには答えずに、ピストルを少し高く持ち上げた。

「モラレスというのは、古代エジプト神話に出てくる蛇なんだが、五メートル半から六メートルほどもある大蛇なんだそうだ。動く時、シューシューと変わった音を出す。そういった類の音楽を聞きたい気分の時なら、むしろ心地よい調べに聞こえる、そんな音だ。力は強く、ひと締めで人間を粉々に砕くと同時に、毒牙を相手の体に沈めるんだ」

「なかなか恐ろしい話だな」ウィンダムは冷やかに言い放った。「だが今の話からすると、モラレスにはお前にはない騎士道精神があるようだな。攻撃する前に、シューシューと音を出すんだから」

「確かに。だがそういうことを問題にしてるんじゃない。モラレスと私の相違点はほかにもまだある。モラレスが人間を襲えるのは一度だけだ。襲われた相手は必ず死ぬが、モラレスもまた必ず死ぬからだ。毒牙で嚙みついたあと、モラレスは数分間しか生きられない。獲物に体を巻きつけたまま、数分で死ぬんだ」

「面白い話だが、単なる神話だ」

「違うよ、ウィンダム君。ほかの多くの神話と同様、この神話は事実に基づいていることがわかっているんだ。数年前、セイロンの荒野で、神秘の蛇モラレスの描写とあらゆる点で合致する蛇が発見されてね。人間を襲ったあとで突然絶命するところまで一致している。まったく奇妙だし、まだじゅうぶんに科学的な説明がなされているのも見たことがないがね。ところで、非常に困難ではあったのだが、この奇妙な生き物を、私は二匹入手したんだ。そのうちの一匹は死んでしまったが」ルードは微笑みながら口元をさすった。「もう一匹はまだ私のところにいる。さっき話した猛獣同士の果てしない殺し合いについてだが、今話したことはその格好の例ではないだろうか？」

ウィンダムはピストルを見下ろした。「いっそのこと、もっと具体的な例をお前に見せてやりたいくらいだ」

「どうぞおやりなさい。だがむやみに焦ることはない。死は厳粛に扱われるべき問題だ。ところで、今晩ハードウィックさんが何をしているか、ご存知かな?」

ウィンダムはサッと前に飛び出し、ルードの腕を鷲づかみにして問いただした。「なぜそんなことを訊く?」

「イテテ! 痛いじゃないか。君は念のため、二人の友人にハードウィックさんを見張らせていたようだね。アイデアは素晴らしかったが、用心棒というのは得てして不愉快な目に遭うものなのだよ。ところですまないが、君のすぐ後ろのドアを開けてはもらえないだろうか?」

頭にカッと血が上ったウィンダムは、燃えるような眼差しでルードを睨みつけた。ルードの口調には、背筋が冷たくなるような当てこすりが込められていた。心配でいてもたってもいられなくなったウィンダムは、思わずルードの指し示す方向に目を向けた。

「ドアなんかないじゃないか」ウィンダムはそう言い放ったが、内心では疑念と身を焼くような不安がせめぎ合っていた。

「だがあるのだよ。蓮の花が描かれている、そのエル・アマルナ(ナイル川中流東岸にある遺跡)のタペストリーの裏側にね。普段は鍵をかけておくんだが、今夜はかけ忘れてしまったんだ。ちょっと中を覗いてごらんよ、ウィンダム君。私を殺すのはそれからでも遅くはないんだから」

しばらくの間、ウィンダムは射抜くような鋭い眼差しをルードの顔に注いでいたが、やがてサッと手を伸ばすと、ルードの腕を握りつぶさんばかりに強くつかみ直し、力任せにルードを椅子から引っ張り上げた。

「自分で開けろ。さっさとやれ——おかしな真似はするなよ!」

ルードは側頭部に手を当てた。そして、「ああ、頭がズキズキするぅ！」と苦しげに悲鳴を上げながら、前に進み出た。ルードの肩にピストルの狙いを定めながら、ウィンダムがそのあとに続いた。ルードがタペストリーを裏返し、蝶番のドアが重々しく開くのが見え、ウィンダムは立ったまま真っ暗闇を覗き込んだ。

「ほら、聞いてごらん！」ルードが首をかしげながら促した。

ウィンダムはギョッとした。目の前に広がる暗闇が、突然苦しみにもがく生き物のように思われたのだ。かすかで、途切れ途切れで、恐怖の入り交じったうめき声が、立て続けに聞こえてくる。その声を聞いた途端、恐ろしさに魅せられたように体がすくんだが、その同じ瞬間、ウィンダムはいきなり乱暴に突き飛ばされ、恐怖に満ちた暗闇の中へよろめき込んだ。

間髪入れずに、ルードは金属の板で補強された重厚なドアをバタンと閉めた。そして、錠に鍵を挿し込み、カチャリと回すと、満足そうに顔を輝かせながら、小さくつぶやいた。

「自然のつまらない過ちが、これでまた一つ修正されたぞ！」

第二十四章　死んだ男の軌跡

翌日の夜遅く、二人の男がボートから降り立った。ボートは本土のサマーキャンプの一つからこっそり拝借したものだった。フライ島にある、今はもう使われていない住居へと続く小道を、勢いよく進んでいく。到着したうちの一人は背が高く、肩で風を切るように実にしなやかに歩き、どこか水兵を思い起させた。もう一人は小柄で機敏で、足場の悪い道の上を音もなく滑るように進んだ。

水際沿いの岩だらけの空き地を横切ると、二人は鬱蒼とした森に呑み込まれた。背の低いほうの男の手に握られた懐中電灯が、進む道を照らし出す。風のない夜の森にウシガエルたちの大合唱が響き渡り、時折夜鳥が大きく羽ばたいて飛び立つ音が聞こえてくる。

「あとどれくらいだろう」しばらく無言のまま歩いていた二人のうち、背の高いほうの男が口を開いた。

「そろそろのはずです。やっと屋敷が見えてきたようですぜ。前をごらんください、ルードさん」

言われた男は懐中電灯が照らす光の先に視線を注いだ。「お前の言うとおりのようだ、ブレーズ。ほら、急いで。一日じゅう移動し続けるのは何よりもくたびれる。仕事に取りかかる前に、少し休みたいんだ」

森が途切れ、見通しのよい起伏の多い坂道になると、黒っぽい屋敷の輪郭が目に入った。ブレーズは連れの男よりも先に玄関の階段を上がり、南京錠のかかったドアのノブをガチャガチャ鳴らした。それから、たちまち屋敷の壁沿いに姿を消したかと思うと、数分後、窓がスルスルと開く音が聞こえてきた。

「こっちですぜ、ルードさん」ブレーズが呼びかけた。

ルードは暗闇の中をつまずきながら壁伝いに手探りで歩き、なぜ窓から入らなくてはならんのだとブツブツ文句を言いながら、連れの男に手伝ってもらって窓枠を乗り越えた。広い居間ではブレーズがすでにオイルランプをともしていたので、ルードは興味深そうに周囲を見回した。そして満足げにため息をつきながら、枝編み細工の揺り椅子に体を沈めた。

「まんざらでもないな」ルードはそう言うと、大きな石造りの暖炉に目をやった。上部中央には、ベイツガの枝に囲まれた立派な一対の鹿の角が飾られている。「静かで快適で、町の喧騒からも離れている。こんなところでルイ・エーケンはいったい何をしていたんだろう」

青白い顔と突き出た耳、それにいつも少し飛び出ているように見えるまるで生気のない目をしたブレーズは、何も答えなかった。すでに煙草に火をつけ、いかにも重症のニコチン中毒者らしく、むさぼるように煙草を吸っている。

「まあ、それを我々はここで突き止めようとしているわけだが。それがわかるまでは安心なんてできない。私は少しばかり心配しているんだよ、ブレーズ」

ブレーズは鼻の穴から煙を勢いよく吹き出すと、連れの男を困惑顔で見つめた。「でも、何もかもうまく運んでるんですぜ」

「運んでいた、だ。エーケンが姿を消すまではな。あいつの失踪が、今私を少々悩ませている、いくつかの出来事の始まりだったんだ。ブレーズ、私はわけのわからないことが自分の周りで起こるのが嫌いなんだ。理解できることなら心配なんかしない。困るのは、不可解な出来事なのだ。エーケンはなぜここに来たのか。なぜ殺されたのか。誰に殺されたのか。私にはわからんのだ」

ルードは長い青白い指で顎をさすった。いつもは穏やかなルードの目に、不安の影と苦悩の色がかすかに浮かんでいる。

「エーケンは死んでるんですぜ。あっしなら、やつのことなんか心配しませんがね」

ルードは悲しげな哀れむような目つきでブレーズを見た。「多くの実績を上げてはいるが、お前には抜けているところがあるようだな、ブレーズ。賢く先見の明のある男というのは、正体のわからぬ物事に対して心配するものなのだよ。私は知りたいんだ。エーケンがなぜこの島にやって来たのか。殺されるまでの間、何をしていたのか。そして、私の恥になるようなものをあとに残さなかったかどうかをね」

ブレーズは生気のない出目で相手の顔をまじまじと見つめた。「あなたの恥になるですって?」

ルードは笑い声を上げたが、どこか神経質な引っかかりのある声だった。「私が恥など感じるはずがないとでも言いたげだな。だが私だって恥は感じるさ。私は知りたいんだ。エーケンのことも、それから死んだと思われていたグレイ・ファントムがどうやってよみがえったのかも、その内幕についてもだ。それがわかったら、心配するのはやめるよ」

「あっしなら、今すぐ心配するのをやめますがね。すべては計画どおりに進んでるんです。もうじき難儀な仕事も終わります。クリストファー・ブライズは昨夜片づけました。残るはあと一人だけです」

「そう、あと一人だけだ」ルードの表情が少し明るくなった。「トーマス・ハルファーンの誕生日は明後日だ。またひと仕事頼むぞ、ブレーズ。新聞にはブライズのことはどう出ているのかな。残念なことに、我々は早朝の列車に乗らなければならなかったから、警察や新聞がどんなふうにあのニュースを受け止めたのか確認できなかった。すっかり泡を吹かせてやれたとは思うがね、ブレーズ。ところで、ブライズがどんな反応を見せたのか、まだ教えてもらっていなかったな。やつはひと悶着起こしたのかい？」

ブレーズの口元がピクッと引きつった。「ほかの連中と同じでしたよ。予想以上に勇敢なところを見せてはきましたがね。暗闇の中であっしのことを待ち伏せしてたんですよ、ピストルを持って。あの声にはまんまと騙されてましたがね。ちょうど発砲してきたところで、肩にあれを食らわせてやって、何が起きたか気づかれないうちに、部屋をそっと抜け出したんです。ちょろいもんです。でもこういう仕事には嫌気が差してきましたよ。ハルファーンで最後になるんでよかったですよ」

ルードは粗末な松材のテーブルを、拳でゆっくりコツコツと叩いた。時折不安げな顔で窓のほうをチラチラと見ていたが、ふいに質問を投げかけた。「ブレーズ、エーケンが殺された時、ファントムはこの島にいたと思うかね？」

「そんなことあっしにはわかりませんよ。それに、どうしてファントムのことを心配なさるんです？今度こそやつもこれっきりだって、おっしゃってませんでしたっけ？」

ルードが頷いた。「ああ、これっきりだとも」やけに語気を強めながらルードが答えた。「それからあの男のかわいい衛星《あいぼう》のヘレン・ハードウィックもだ。二人とも死んだ。一緒にな。ふさわしい死に方だ——そうだろう？　ブレーズ」

ブレーズは魚の鱗のように光る無表情な出目で、ルードの顔をまじまじと見つめた。ルードの顔に浮かんだ表情を見て、自分の腹黒さなどルードの足元にも及ばないことに気づいたのか、ブレーズは居心地悪そうに椅子の上で身じろぎした。

「そうとも、ファントムの命運もついに尽きたのだ。もうこれでやつにつきまとわれることもないだろう。そしてハードウィックさんにも」――あとは相手に聞かせるつもりがないらしく、ルードは声を低くしてつぶやいた――「あの悪魔的な美しさにも、もうつきまとわれることはないだろう。やっと自由になれたような気がする。もう心配すべき亡霊はいなくなったわけだ。本当によかった」ルードは思わずため息をついた。「ブレーズ、私がオシリスの間と名づけた小部屋を覚えているかね？エジプトの収集品を置いている大きな部屋の、すぐそばの部屋だ」

震えのようなものがブレーズの体を走った。ブレーズは頷いた。「ドアの上にタペストリーがかかっている部屋のことですかい？」

「そうだ、ブレーズ。オシリスは知ってのとおり、死を司る神だ。四十二匹の悪魔を従えていたんだ。何と羨ましい！　私の収集品の中でも、選りすぐりの標本があの小部屋には保管してある。気の弱い人間は、あそこに長居するもんじゃない。緊張で頭がおかしくなってしまうかもしれないからな」

まるで何かがないと落ち着かないとでもいうように、ブレーズは新しい煙草に火をつけた。「あそこにファントムを閉じ込めたんですかい？」

ルードは頷いた。「今度こそ絶対に逃げられないようにしたかったんだ。オシリスの間より安全な場所は考えられないからな」

「あの娘もですかい？」

「ああ、彼女のほうが先に入っていたんだ。ファントムを出迎えられるようにね」

ブレーズは暖炉に溜まっている灰と燃えさしをじっと見つめた。「あなたがファントムのことをいつも憎んでいたのは知ってましたよ。でもあの娘は――あの娘にも恨みがあったとは知りませんでした」

「知らなかったのか?」ルードは謎めいた微笑を口元に浮かべた。「まあ、あの娘は私の邪魔をしたし、私にとっては危険な存在だったのだ。それだけでもじゅうぶんだが、ほかにも理由はある。ところで、ファントムはピストルを持っていたんだが、使ったのかなあ」

ブレーズは困惑した顔でルードを見た。

「もし私があいつの立場だったら、つまり、もし隣に魅力的な女性がいて、しかも狂気と死が自分たちの目前に迫っているとしたら、私ならまずピストルを彼女に向け、次に自分に向けて、苦しむ時間を少しでも短くするだろうな。大した違いにはならないがね。どのみち逃げられないんだから。しかし面白い実験だったよ。どんな結末になったのかなあ。ブレーズ、ニューヨークに戻ったら、オシリスの間に行って、何が起こったのか見てきてくれ。私は不愉快な光景を見るのが大嫌いなのでね」

ブレーズはかすかに嫌悪の色を見せた。「その実験のどこが面白いのか、あっしにはさっぱりわかりませんね。今頃はもう二人とも死んでるんじゃありませんかい?」

「そうかもしれないし、そうじゃないかもしれない。一人が死んで、もう一人は生きているかもしれない。これは愛や死への恐怖、英雄的行為や自己犠牲といったくだらないものと関係のある、人間の基本的感情についての実験なのだ。私はファントムがこの実験にどんな反応を示したのか知りたいんだ。普通ではまずあり得ない状況だよ、ブレーズ。こんなお膳立てをするなんて、我ながら大したものだと思う。いいかい、ファントムはあの部屋に入った瞬間、いくつかの選択肢に直面した。ピストルを所持していたから、苦しまずに手っ取り早く二人で死ぬこともできた。だがおそらく、すぐにはそうしなかったはずだ。予想外の展開によって危機的状況から助かるかもしれない、などと理由をつけてね。だがまもなく、完全なジレンマに陥るような何かが起こる。その状況下では、一人は生き延びられるかもしれないが、二人生き延びるのは不可能だと気づかされる。つまり、自分の命を犠牲にすれば、仲間の命を救えるということに気づくんだ」

「何ですって？」

「説明は求めんでくれ。だが、ファントムのジレンマはわかるだろう？　その種のジレンマは、ロマンチストが騎士道精神などと呼ぶ馬鹿げたものへの試金石になるのだ。ファントムの立場になって考えてごらん。もし自分の命と引き換えに、愛する者の命を救えるのだとしたらと。そうとも、お前には想像し難いことだろうが、ともかく考えてみるんだ。さらに、もしそこに別の要素が加わり、たとえ自分の命を犠牲にして相手の女性の命を救っても、結局は救った女性をさらに悲惨な目に遭わせることにしかならないのだとしたらと」

ブレーズの困惑した表情は、理解できずにいることを示していた。

「こういうことさ、ブレーズ。たとえファントムが彼女のために自分の命を犠牲にしたところで、やはり彼女は囚われの身のままだ。私の掌中にあって、私の好きなようにできる。となると、彼女が生き延びて、私の求愛を受け入れざるを得なくなるくらいなら、彼女を死なせて自分が生き延びたほうがいいと、ファントムはおそらく考えるだろう。彼女のために自分の命を捨ててしまえば、もう彼女を守ってはやれないのだから。そんなことなら、彼女を生き長らえさせて、私の意のままにさせるよりも、いっそ死なせてやったほうが彼女のためだと諦めて、自分の騎士道的衝動を抑え込むかもしれない。ほらブレーズ、こうした状況が、古めかしい紳士的行動規範に、いかに混乱を引き起こすかがわかるだろう。喜劇の神様も抱腹絶倒するほどの面白さだ。お前には私の話がよく呑み込めていないようだが。ところで、もう元気になったから、仕事に取りかかろう。オシリスの間で何が起こったのか、知りたくてうずうずしているんだが、ニューヨークに戻るまで我慢することにしよう。では二階から始めようか。新聞の記事が正しければ、そこがエーケンの殺害された場所だ。死体はその後、屋敷から運び出され、近くの灌木の茂みに隠された。用意はいいかね、ブレーズ?」

「用意はできてますが、何を見つけだそうってんだか、あっしにはさっぱり」

「それは歩きながら説明することにしよう。懐中電灯を持ってきてくれ、二階へ行くぞ」

ブレーズは煙草の吸殻を暖炉に投げ入れた。二人の男は部屋を出て、階段を上り始めた。角を曲がるたびに、周囲を警戒するかのように、ブレーズは懐中電灯で暗い隅々を照らした。ルードは両手を後ろ手に固く握りしめたまま、用心しながら無言でそのあとについて行った。

「思うんだが」二階にたどり着くと、ルードが口を開いた。「エーケンは私を裏切ろうとは思わなかったんだろうか」

「どうしてまたそんなことを?」ブレーズが小声で尋ねる。

「事実をよく見てごらん。知ってのとおり、目の届かないところにいる時には、私はあいつのことをまるで信用していなかった。裏切るだろうと疑っていたからじゃない――そうするには私のことを恐れ過ぎていたからな――ただ、ひどく軽率なところがあったから、ちょっとした仕事をするチャンスがほかにあれば、喜んで飛びつくだろうと常々感じていたんだ。お前も知っているように、エーケンは私のモントリオール行きに同行し、向こうにいる間、私は友人のカルノキと何度か話し合いをした。今になって思うんだが、あいつは私たちの会話をうまいこと盗み聞きしていたのかもしれない」

二人は今では屋根裏部屋に続く階段を上っていた。ブレーズは後ろにいる男を困惑した目つきでチラッと見た。

「本当にしたのかはわからない。だがあり得ることだ。それどころか、エーケンは盗み聞きだけでは飽き足りなかったのではないかと、このところ疑っているんだ。ニューヨークに戻ってみると、書類カバンにしまってあったいくつかの書類のうち、一つがなくなっていることに気がついた。エーケンが盗んだのかもしれない。その書類には、かなり重要な情報が書かれていたんだ」

「カルソルについてのですかい？」屋根裏部屋の埃っぽい散らかった空間を、懐中電灯で照らしながら、ブレーズが尋ねた。

ルードは質問にはっきりとは答えなかった。「ブレーズ、知ってのとおり、カルソルの組成は私とカルノキとの間の秘密なのだ。その秘密を打ち明けるのは、相手が誰であれ賢明なことだとは思わない。たとえお前であってもだ。さて、ニューヨークに戻ると、まもなくエーケンは姿を消した。しばらくして、死体がこの島で発見された。この事実は何を示唆していると思う？」

「さあ、いったい何が何だか」ブレーズはそう言うと、屋根裏部屋の中央で庇《ひさし》と庇の間に設けられている間仕切りのドアを開けた。内側には広い空間が広がり、明かり採りの窓が屋根の側面に二つあった。どうやらこの屋敷の所有者は、この部屋を分割して寝室を増やすつもりだったらしい。

「お前には想像力が欠けとるな。私にはこの事実が、こちらが思っていた以上にエーケンが油断ならない男だったことを示唆しているように思えるんだ。思うにエーケンは、誰かと会うためにここへやって来たんだ。そいつと密かに交渉して、私から盗んだ情報を売るためにね」

「でも、あいつが本当に盗んだかどうか、わからないんですよね？」

「ああ、これが仮説に過ぎないことはわかってるさ。だが、これが起こったことを説明できる唯一の仮説なんだ。エーケンは殺害された。おそらくエーケンが高値を要求し、頑として引かなかったものだから、見込み客はエーケンを殺したほうが安上がりだと判断したんだろう。私が知りたいのは、エーケンを殺した人間が、求めていた情報を手に入れたのか、それともエーケンがこの屋敷のどこかに隠したのかということだ」

「書類カバンからなくなっていたという書類のことですね？」

ルードは頷いた。「もし見込み客が手に入れたのなら、それが誰なのか手がかりを見つけたい。もしエーケンがどこかに隠したのなら、ほかの誰かが見つける前に見つけ出さなくてはならない。何を見てるんだね？」

ブレーズの手に握られた懐中電灯が、むきだしの松材の床の隅に不規則に広がる、黒ずんだ染みをじっと照らし出していた。「エーケンが刺されたのは、ここに違いねえ」ブレーズがぼそっとつぶやいた。

「そのようだな」あまり興味がなさそうに、ルードは黒ずんだ染みを見た。「だが、私にとって関心があるのは、書類カバンから消えた書類だ。写しなら持っているが、原本がほかの人の手に渡ったりしたら、それこそ一大事だ。さあ見てみよう」

徹底的な捜索が行われた。ブレーズはどこか気乗りしない様子だったが、それでもやはり骨身を惜しまずに探した。捜索しても無駄だということが明らかになるにつれて、ルードの不安は次第に高まった。二人はどんな小さな隙間も見逃すことなく、屋根裏部屋全体をくまなく探したが、結局何も見つからなかった。

「下の階を探してみよう」ルードがもちかけた。

二人は二階へ下りて捜索したが、屋根裏部屋を調べた時と同様、何の成果も得られなかった。二人はさらに階段を下りて、一階にあるいくつもの大きな部屋を懸命に捜索したが、やはり何も見つからなかった。仕方なく、二人は居間へ戻った。ルードは疲れ切ってうんざりしたようにため息をつくと、枝編み細工の揺り椅子に体を沈めた。

「ダメだったな」ルードが言った。「仕方がない。この場所を調べるまでは気が済まなかっただろうし。あの書類はどこかに置き忘れたのかもしれない。実のところ、あることについて考え始めるまでは、書類がなくなったことなど、大して気にも留めていなかったんだ。楽にしてくれたまえ、ブレーズ。帰るまでの間、少し休むことにしよう」

ルードは椅子にもたれると、天井の梁を見上げ、時折興味深げにこっそりと相手の顔を伺いながら、窓の外に密集する黒い影をじっと見つめた。吹き始めた風が、むせび泣くような不気味な音を立てている。

「殺人にはうってつけの場所だな」ルードが物憂げに言った。「ところでブレーズ、ここに来るのは今回が初めてかね？」

とめどなく煙草を吹かしていたブレーズは、また新たに煙草に火をつけようとしていたところだった。その手がわずかに震えた。座っている窓のそばには、ランプの灯りはかすかにしか届いていなかった。「その質問はもう二回もお訊きになりましたよ。そのたびにあっしは、ここへは一度も来たことがないと、お答えしたんですがね」

「答えは聞いたとも」ルードは自分の爪を調べながら、静かに言った。「ただ不思議なんだ。本土から渡ってくる時に気づいたんだが、この湖にはおびただしい数の変わった島があるというのに、お前はほとんど迷いもせずに、この島に向かってボートを漕いできた。お前は大した航海士だな、ブレーズ」

ブレーズは生気のない目に暗い不安の色を浮かべてルードを見た。「エーケンの死体が発見された時、新聞がこの島について散々書き立てていたのを、お忘れになったんですかい？　島の場所もはっきりと書かれてましたよ」

「ああ、そうだったな、思い出したよ。新聞に書いてあった。だが、新聞に載っている程度の説明で目的地を探すように言われたら、本物の船長だって雲の切れ間に向かって毒づくんじゃないかね。それにもう一つ妙なことがあるんだよ、ブレーズ。二人で屋敷を捜索した時、お前のことを観察していたんだが、初めて来たにしては、驚くほどよく勝手を知った様子だったな」

驚愕の色がブレーズの顔に浮かんだ。磁器のような硬質の光をたたえた男の目が、垂れ下がったまぶたの奥に少し引っ込んだように見えた。「まさか――」

「どういうことだろうね」ルードはそっと口を挟んだ。「もちろん、お前が嘘をついていると言っているのではない。それはあり得ない。お前は立派な男だ、ブレーズ。それに、お前の実直さはお墨付きだ。お前が夢に見たこともないほどのカネを、私が与えてやっているくらいだからな。しかも、そういう関係だから、私を裏切ればお前は自分が損することになる」ルードは微笑むと、窓際に座っている男に、優しいと言ってもいいほどの眼差しを注いだ。「なぜ、はるばるニューヨークからこの場所まで、お前を連れてきたと思う？」

「エーケンが殺された場所を詳しく調べたいって、おっしゃってたじゃないですか」

「確かに。それも理由の一つだ。だがほかにも理由がある。一つには、お前に一緒にいて欲しかったからだ。私にはちょっとした弱点がある。私がある意味臆病者だと言ったら、お前は驚くだろうか？だが実際そうなんだ。私は暗闇の中や、謎めいた場所に独りきりでいるのが嫌いなんだ。とりわけそこが凶悪事件の犯行現場だった場合にはね。子供っぽいと思うだろう。だがそうじゃない。気づいたんだが、そういう場所を恐れないのは、想像力の欠けた者だけなのだ。実は臆病というのは、豊かな想像力の現れに過ぎないのだよ。だが心理学について議論するのはやめておこう。さあ、これでお前を一緒に連れてきた二つ目の理由がわかっただろう。だが、まだもう一つ理由がある」

「何なんですか、それは？」煙草に気を取られている振りをすることで、高まる不安を相手に悟られないようにしながら、ブレーズが尋ねた。

「三つ目の理由は、お前を観察して、どんなふうに振る舞うのかを確かめたかったんだ。お前が前にこの島とこの屋敷に来たことがあるのは、じゅうぶんよくわかった。来たことがないと言っていたが、あれは嘘だ」

あっけにとられたブレーズは、口をあんぐりと開けた。たちまち気難しい警戒した顔つきになる。

「よくもやってくれたな、ブレーズ」ルードはとびきりの優しい口調で語りかけた。「お前にはいつだって気前よくカネを与えてきたじゃないか？　仕事をしてもらうたびに、お前の昔の年収をはるかに超えるようなカネを稼がせてやったじゃないか？　お前とはいつだって腹を割ってつきあってきたじゃないか？　それなのに、こんなふうに私を騙して傷つけるとはな。こんな目に遭わせるなんて、私がいったい何をしたというのだ？」

ルードの顔にはかすかに悲しみの色が浮かんでいたが、ブレーズの顔が恐怖に青ざめたのは、ルードのこの優しさのせいだった。ルードがとびきり優しい気分でいる時こそ、もっとも危険な時だということを、どうやらブレーズは知っているらしい。

「傷ついたし、がっかりしたよ、ブレーズ。傷ついたのは、お前が私に嘘をついたからだ。がっかりしたのは、嘘を隠すのがあまりにも下手だったからだ。確かにお前は屋敷の間取りに不慣れな振りはしたさ。だが何て芝居が下手なんだ！　あれで私を騙そうだなんて、侮辱もいいところだ。よせ、ピストルに手を伸ばすのはやめろ。見てのとおり、私にはお見通しだったのさ」

ブレーズは低い声でののしりながら、密かにポケットを探ったが、ルードの手の中でピストルの銃身が光っているのを見ると、口元を歪めたままあんぐりと口を開けた。

「心配するな」ルードが穏やかに言った。「さっきも言ったように、ここは死ぬには理想的な場所だ。風の音すらどこか薄気味悪いときている。あれが聞こえるだろう、ブレーズ？　それにこの古い屋敷は、もう一つ秘密が増えたとしても、間違いなく隠しとおしてくれることだろう。だが、お前に厳罰を与えたくはないし、お前だってそんなのは嫌なはずだ。私たちは今でも友だちだ。お前が私に嘘をついたことは、とっくに許しているんだよ。お前の下手な芝居にも、喜んで目をつぶるつもりだ。そっちのほうが、嘘をつかれたことよりもよっぽど腹立たしかったがね。私を見てごらん、ブレーズ」

ブレーズが煙草から目を上げると、やけに愛想のよい、優しげなルードの顔が目に入ったので、ブレーズはかすかに震えながら視線をそらし、こう尋ねた。

「あっしを――あっしを殺すつもりですかい？」

第二十五章　ドアの外にいる者

「お前を殺す?」ルードはオウム返しに繰り返した。どうやら面白がっているらしい。「馬鹿なことを!　一つ二つ訊きたいことがあるだけだ。エーケンがカルソルについて、ある情報を手に入れたというのは本当なんだな?」

ブレーズはためらったが、ルードがピストルを手でもてあそぶ様子を見て、むっつりした顔で頷いた。

「やれやれ!　あいつもやるもんだ!　思っていたよりも、ずっと頭がよかったに違いない。で、あいつはその情報を持っていたために殺されたんだな?」

ブレーズはまたもや同意して頷いた。

「ふうむ。生半可な知識は怪我の元だということだな。持っていた情報で何をするつもりだったんだろう。むろん売るつもりだったんだろうが、いったい誰に?」

ブレーズは相変わらず、むっつりと黙りこくっている。

ルードは一見うわの空の様子で、ピストルをもてあそんだ。「ブレーズ、あいつが情報を誰に売ろうとしていたか、心当たりはあるか?」

ブレーズはぼんやりと煙草の先端を見ながら、じっと考え込んだ。「ええ、あります。あいつは、あの情報をグレイ・ファントムに売るつもりだったんです」

ルードは憂鬱そうにため息をついた。「おやまあ、ブレーズ！　お前の頭に活を入れてやる必要がありそうだな。嘘をつかなきゃならんのなら、少なくとも面白い嘘をついてくれ。ほら！　風が強くなってきた。なんと侘しく物悲しい音だろう！　それにこの屋敷ときたら、ありとあらゆる奇妙な音を発しているではないか。まるでこれまで見てきた悲劇だけでは飽き足らず、もっと見せろと訴えているかのようだ。えーと、何を話していたんだっけ？　ああそうだ」ルードは悲しそうに微笑んだ。「もっとましな嘘をついてくれ、ブレーズ。エーケンが売らなければならなかった類の情報は、ファントムにとっては何の役にも立たない代物だ。ファントムが欲しがるような類のものじゃないんだ」

「あっしは本当のことを言ってるんですぜ」ブレーズが頑なに言い張った。

「本当か？」ルードは柔和な眼差しでブレーズの表情を探った。「まあ、どうやらそのようだな。では話を少し前に戻そう。グレイ・ファントムは死んで埋葬されたはずだった。もちろん、エーケンは死人に情報を売るつもりだったわけではなかろう。となると、一般に広く信じられていた考えとは逆に、ファントムがまだ生きているとあいつが考えたのはなぜなんだ？」

ブレーズは苦笑いした。「エーケンはそのことについて、ほかの誰よりもよく知っとったんでしょう」

「そうかい？　面白いことを言うな、ブレーズ。詳しく聞かせてくれないか？」

ブレーズはためらっていたようだったが、ついに肩をすくめると言った。

「わかりました。お話ししましょう。ですが、そのはじきを指でもてあそぶのはやめてもらえませんか。ハラハラしてしょうがねえ」

「すまんな、気づかなかったよ――」ルードはピストルを置いたが、それでもなおピストルはすぐ手の届くところにあった。「さあ聞かせてくれ、ブレーズ」

ブレーズは楽に呼吸ができるようになった。「ではほっきり申し上げましょう。あなたはエーケンを、あっしが知っていたようには知らなかったんだと思います。あいつは危険なタイプの男でした。腹ん中にでっかい恨みを抱えていても、おくびにも出さない。あなたにムチで打たれてからというもの、あいつはあなたのことをずっと憎んでいました。いつかチャンスが巡ってきたら、仕返ししてやると誓っていたんです」

「どうしてだ、ブレーズ！」ルードはやんわりと非難するように言った。「それを全部知っていながら、どうして警告してくれなかったんだ」

「誤解されるんじゃないかと心配したんです。とにかく、エーケンがあなたに害をなすことなどできっこないと思っていました。あなたは賢い方だから、あいつのかなう相手ではないことくらいわかってましたからね。あっしは――」

「せっかくの褒め言葉を、それ以上くどくど説明して台無しにしないでくれ」とルードが口を挟んだ。「そこまでにしておこう」

ブレーズは神経質そうにもじもじすると、先を続けた。「あなたがエーケンをモントリオールに同行させるまでは、それまでどおりだったんです。エーケンはあなたを探ろうとしていたわけじゃありません。そこは誤解です。エーケンはある情報を手に入れましたが、偶然だったんです――どういう成り行きだったのかは知りませんが。初めは自分がどんな大きな掘り出し物を見つけたのか、エーケンは気づいていませんでした。しかしまもなく、見つけたものが、まさに求めていたチャンスを与えてくれるものだとわかってきたんです。でもその時ですら、それをどう扱ったらいいのか、あいつにはわかっていませんでした。あいつはあなたを恐れていたのです――それもひどく。それに、自分の見つけたものが、あまりにも重大な意味を持つものだったので、独りではうまく扱えないと考えたのです」

「エーケンらしいな。奴隷としては優秀だが、自分で采配を振るうのはからきしダメだ。わかったぞ、ブレーズ。エーケンは自分が発見したものを、忠誠心もろともほかの誰かに引き渡したかったんだな」

「そんなところです。さて、あなたとエーケンはアメリカへの帰途につきました。ファントムとあの女が追いかけてきて、激しい追跡劇が繰り広げられました。一度や二度など、もう少しで――」

「ファントムのやつ、愉快だったな」ルードがふいに口を挟んだ。「そのことについては、詳しいことは言わなくていい。私がエーケンに、あとから遅れてきて、機会をみてファントムの車に小細工を仕かけるようにと指示したところから聞かせてくれ」

ブレーズはしばらく考え込んだ。「エーケンはまさに言われたとおりに実行しました」ブレーズは断言した。「まだあなたとの関係を断とうとまでは思っていなかったし、特にファントムを慕っていたわけではなかったからです。夜遅くに、ファントムと娘がロードハウス（幹線道路沿いの宿屋）で食事をとるために止まっている間に、エーケンは細工を施しました。ひどく荒れた晩で、強風が吹きすさび、土砂降りの雨が降っていました。エーケンはレンタカーでファントムと女のあとをつけ、何が起こるか確かめようとしました。十六キロか二十四キロくらいの間は、何も起こりませんでしたが、その後、突然叫び声が聞こえたかと思うと、前を走る車の赤いテールランプが、崖から落ちていくのが見えました。エーケンはレンタカーを止めて、様子を見に崖を這って下りていきました」

「ああ！　ついにあの謎のクライマックスが訪れるのだな。で、崖を下りていったエーケンは何を見たのかね？」

「これまで目撃した中で、もっとも悲惨な車の残骸を目にしました。車は谷底の大岩にぶつかって、木っ端微塵になっていました。それから三メートルほど離れた灌木の茂みに、男が一人倒れているのを見つけました。懐中電灯で照らしてみると、それはファントムでした。ファントムは死んではおらず、ただ気を失っているだけでした」

「エーケンはあの娘、ハードウィックさんのほうは見かけなかったのかね？」

「捜したんですが、どこにも見当たりませんでした。車が道路から飛び出した時に、座席から放り出されたのかもしれません。彼女がどうなったのかは結局わかりませんでした。ただ、エーケンはほかにもあるものを目にしたんです。車の後ろのトランクがめちゃくちゃに潰れていたんですが、その下に男の死体があったんです」

「おやまあ！」わかってきたぞという表情を目に浮かべながら、ルードが穏やかに言った。

「死んだ男は囚人服を着ていました。あとになってわかったんですが、メイン州立刑務所を脱獄したアラン・ホイトという囚人を捕まえようと、その付近を警察がずっと捜索していたんです。その刑務所は、事故現場から二百四十キロほどのところにありました。おそらく脱獄囚は、ファントムと女がロードハウスの中にいる間に、トランクに潜り込んだんでしょう。でもこの時はまだ、エーケンはそのことを知りませんでした。その男がどうしてそこにいたのかも大して気に留めませんでした。土砂降りの雨と強風の中、そこに立ち尽くしたまま、いろいろと考えたんです」

「驚いたな」ルードが物憂げに言った。「エーケンが自分のために頭を使うことに慣れていたとは」

「ともかく、どうすべきかを決めるのに長くはかかりませんでした。エーケンはファントムの服を脱がせると、大破した車の下から死んだ男を引っ張り出してきて、そいつの囚人服を剝ぎ取り、代わりにファントムの服を着せ、今度はファントムに囚人服を着せて、二人をすっかり入れ替えたんです」

「だがなぜ――」

「あとで説明しますんでお待ちください。ガソリンタンクは変形していただけで大した損傷はなく、ほぼ満タンの状態でした。エーケンはタンクの栓を開け、マッチでガソリンに火をつけると、炎がその役目を果たす間、安全な場所に立っていました」

「だがどうして――」

「ちょっとお待ちください。エーケンには、検死できるほどのものは残らないが、それでもわずかに残ったもので、ファントムの死は証明されるだろうということがわかっていました。車の残骸から車の所有者が特定できるでしょうし、破片の中からはファントムの所持品も見つかるでしょうからね。それに、燃え残る可能性があるということは、服の切れ端もその辺に散らばる可能性があるわけです。だからエーケンはわざわざファントムの服を死んだ男に着せたんです。そうすれば、誰だってファントムが事故死したものと信じ込むでしょうからね」

「エーケンは完璧だったな」ルードは認めた。「だが、やはり意味がわからない」

「すぐおわかりになりますよ。もちろんエーケンは、ファントムがあなたにとって最大の敵であることを知っていました。そこで、ファントムがあなたの計画をぶち壊し、あなたを叩きのめすのを手助けすることで、あなたに復讐してやろうと考えたんです。そんなことができるのは、ファントムしかいないとわかっていたからです。もちろん、あいつが望んでいたのは復讐だけではありませんでした。ファントムからカネももらおうと思っていたんです」

「まあ、当然だな。エーケンは執念深かったのと同じくらい、どうやら欲も深かったようだな。だがこんな計画を立てられるほど、あいつが頭の切れる、思慮深い男だとは思わなかった。私はあいつを誤解していたようだ」

「そうです」ブレーズは遠慮なく言った。「あなたはめったに人を見誤らないが、エーケンのことは誤解していました。とにかく、あなたもほかの人たちと同様に、ファントムの死を信じ込むだろうとエーケンは踏んだんです。あなたが何一つ疑わないのはわかっていたので、あなたの元へ戻って、指示されたことを忠実に実行したと報告し、その間にファントムと結託することができる、そうなればあなたを倒すことなどどちょろいもんだと考えていました。死んでいるはずの敵を警戒することなどできませんからね」

「賢いやり方だったな」ルードが感心したように言った。「死んだはずの敵は、警戒中の敵に比べてはるかに危険だからな。どうやら私はエーケンを見くびっていたようだ。となると、カルソルについて手に入れた情報を、エーケンはファントムに引き渡すつもりだったんだな？」

「それがあいつの考えでした。ファントムならその情報を、昔よく見せたような、とてつもない離業に利用するだろうと考えたんです」

「そこがエーケンの限界だったな」ルードが哀れむように微笑んだ。「私のように人の性格を研究していれば、ファントムがそんな企みには乗ってこないことくらい、あいつにもわかっただろうに。だが続けてくれ。エーケンが自分の企みを持ちかけた時、ファントムは何と言ったのかね？」

「それが、ファントムと話す機会は一度もなかったのです。ファントムは重篤な状態で、数日間意識が戻らない可能性もあったので、相談できるようになるまで、エーケンは彼をどこかにかくまっておかなければなりませんでした。計画を台無しにしてしまわないよう、人と接触することのない場所を見つける必要があったんです。行く当てもないまま、エーケンはファントムを自分のレンタカーに運び入れました。そして東のホワイトマウンテンのほうへ向かったのですが、ふと、思い描いていた場所とぴったり一致する無人島が、セベーゴ湖にあったのを思い出しました。エーケンは前にその島を訪れたことがあったので、その辺りのことをよく知ってたんです。エーケンはアクセルを踏み込むと、狂ったように車を走らせ、夜が明ける前にファントムを島に運び込みました」

「おあつらえ向きの場所だな」部屋をゆっくりと見渡しながら、ルードは物思いにふけった。「では、ファントムの意識が戻った時、何が起こったのかね?」

「ファントムは長いこと衰弱し切っていたので、大した問題は起こしませんでした。エーケンはニューヨークに戻ってあなたに報告しなければならなかったのですが、ファントムを独り置き去りにするわけにはいきません。その時、旧友のトビアス・グレンジャーが、ポーツマスに住んでいたのを思い出しました。トビーは、元々は執事でしたが、道を踏み誤ったんです。最近は静かに暮らしていましたが、彼こそまさに望みどおりの男でした。エーケンはこっそり本土へ出かけると、トビーに電報を送りました。エーケンはトビーに詳細は伝えず、ただ、脱獄囚をかくまっていて、見張りながら世話をしなければならないこと、そして人と接触させてはならないことだけを伝えました。そしてあとの細かいことはトビーに任せたのです。トビーはカネさえもらえれば、あとは言われたとおりのことをやって質問はしない、そんなタイプの男でした。報酬さえきちんと支払われるなら、あとはどうでもよかったんです。しばらくの間は気楽なものでした。トビーはポーツマスから友人を一人一緒に連れてきていましたが、その友人はトビーほども事情を知りませんでした。この友人は本土の岸辺近くにある避暑用の別荘を予約し、そこに静養に来たことにしていました。万が一ファントムが問題を起こしたら、トビーが合図して助けを呼べるようにしておいたのです。さて、しばらくの間は、すべてが順調に運んでいました。ところがある晩、ファントムが逃げ出してしまったんです」

ブレーズはふと口をつぐむと、煙草に手を伸ばした。

「それでおしまいか？」ルードがさりげなく尋ねた。

「あなたの興味を引かなそうな、細かな説明はいくつか省いたかもしれませんがね」ブレーズはどうでもよさそうに言った。

ルードはあくびをし、ふざけ半分にピストルに手を伸ばすと、手の中でひっくり返しながら、梁のきしみや風のうなりにじっと耳を傾けた。

「さっきも言ったように、ここは殺人にはもってこいの場所だ。で、大事なことは全部漏らさず話したかな、ブレーズ？」

「ええと」ブレーズがそわそわしながら言った。「細かいことまで全部聞きたいとおっしゃるなら、話しますとも。エーケンはファントムの世話をトビーに託すと、ニューヨークにいるあなたの元へ向かいました。そして、もっともらしい口実をつけて、ふたたびニューヨークをこっそり離れ、この島へ戻ってきたのです。あいつは――えっとそのう――あっしを一緒に連れてきました」

「お前を誘拐したわけだね？」ルードが当てこするように言った。

「そういうわけじゃありません。エーケンはあっしに、面白いものがあるから見せたいと言いました。

その言い方に興味をそそられたので、ついて行ったんです。要するに、エーケンは自分の計画をファントムに話す準備ができたので、あっしにも仲間に加わって欲しいと思ったわけです。あっしの助けがなければ、二人でカルソルを扱うのは無理だと気づいたからです」

「なるほど」ルードはそっけなく言った。「お前はカルソルの製法については何も知らないが、灰色の光とそこから語りかけてくる謎の声については知っているし、そいつは役に立つだろうからな。それでまだファントムに相談しないうちに、エーケンはお前の協力を得ようとしたんだな」

ブレーズは頷いた。「エーケンはそれらを暗に匂わせただけでしたが、あっしにはわかりました。こいつは製法のすべてかもしくは一部を手に入れて、あなたを陥れようと企んでいるなと、ピンときたんです。あっしは興味を持った振りをしましたが、あっしの狙いはあいつがあなたを裏切るのを阻止することでした。そこで、エーケンがカルソルについてどのくらい知っているのかを突き止めることにしました。まずはトビーを何とかこちらの味方に引き入れました。彼は考え事で頭を悩ませていました。あれこれ考えるのは彼の信条に背くことでしたが、次々と妙なことが身の回りで起こるので、考えずにはいられなかったんです。そんなわけで、悩まされた分についても報酬をもらわなければと思うようになっていました。トビーとあっしは二人で組んで、エーケンに知っていることを吐くよう説得を試みました」

自分の説明がどう受け止められたか確信が持てないというふうに、ブレーズは立ち込める紫煙の中で顔を上げた。

「なるほど、お前はエーケンに知っていることを吐くよう説得を試みたのか。で、どんな説得方法を使ったんだね?」

「ええまあ、最初は優しい方法を試したんですが、うまくいかなかったので――えっとその――ほかの方法を試しました」

「拷問のことかな？」ルードが優しく尋ねた。「まあ、お前がそうしたのは私のためだったのだから、何であれ正当だと認められるだろうな。それがお前の動機だったのだろう？」

「もちろんですとも」ブレーズが強調した。

「ふうむ」ルードは顎を掻いた。「そして、拷問したにもかかわらず、エーケンがカルソルについて知っていることを吐かなかったものだから、お前とトビーでエーケンを殺した。実に胸を打つ話だ、ブレーズ。私にもこんなに忠実な仲間がいたとはね」

「あっしがエーケンを殺したなんて一言も言ってませんよ」ブレーズが口を尖らせた。

「言うまでもないさ。推測はつく。ほかにもいくつか推測がつくことがある。お前はまたしても嘘をついているな、ブレーズ。お前がそういうことをしたのは、私を守るためじゃない。お前はエーケンと組んで、私を裏切ろうとしたんだ。ところが、取り決めの細かい部分で、お前はエーケンと口論になった。そこでお前はトビーを買収し、自分の側に引き入れた。エーケンに知っていることを吐かせてしまえば、エーケンなしでも計画をうまくやり遂げられると考えたんだ。だがエーケンに口を割らせることができなかったので、お前はあいつを殺した。それが真実なんじゃないのかね――」

ブレーズは一瞬ルードの顔をまじまじと見つめると、小さく身震いし、勢いよく煙草の煙を吐き出した。「あなたはわかってない――」

「じゅうぶんわかってるさ。もしお前が私のことをそんなに案じていたなら、なぜ私に何が起こっているのか言いに来なかったんだ」

「証拠がなかったからですよ。あなたはエーケンを正直者だと思っていました。だから、あっしのほうが、エーケンを陥れようとしていると疑われる危険性があったんです」

「何て下手な嘘なんだ」ルードは哀れむような微笑みをたたえてブレーズを見た。「そんなに賢いなら、一つだけ正直に言うんだ。エーケンを殺したあと、屋敷の周辺で紙切れのようなものを見なかったか――メモ用紙とかそんなようなものを?」

「いいえ、まったく」

「トビーは今どこにいる?」

「知るもんですか、そんなこと」――ルードがふたたびさりげなく武器に手を伸ばす――「はっきりとは、わかりません」

「ましな答え方になってきたな。私の目の届かないところで進められていた、この愉快な陰謀について、ファントムは何か知っていたのか?」

「知らなかったと思います。ファントムはエーケンが死んだ夜に逃げ出しました。いいですか、ボス、誓って言いますが、エーケンを殺したのはあっしじゃない。あれはトビーのしわざなんです」

「まったく! お前はエーケンを殺すのが得策かどうか、トビーと話し合わなかったんだな?」

「ええ――ちゃんとは。実はそれが起こった時、あっしは島にはいなかったんです。三、四時間島を離れていたもんで。エーケンは前の晩に手荒な扱いを受けてから、ちょっとした錯乱状態になっていて、二度ほど金切り声を上げげました。エーケンの状態が悪化して、本土まで聞こえるほど大きな叫び声を上げるんじゃないかと心配になったトビーは、屋根裏部屋へ上がって――エーケンを閉じ込めてあった場所です――静かにさせようとしたんです」

「刃物でか?」

ブレーズは神経質そうな忍び笑いをした。ピカピカ光るピストルの銃身を、ルードは考え込むようにじっと見つめた。硬質な金属の光沢とはうらはらに、ルードの目つきは妙に柔らかかった。「そうとも」ルードがふいにつぶやく。「ここは殺人にはうってつけの場所だ。今聞こえたのはフクロウの声かなあ、ブレーズ。上のほうでコツコツと叩くような、妙な音がしたのが聞こえたか? 梁が下がってきているだけだよな? 外は何て真っ暗なんだ。それに何という風! 聞いてごらん! 挽歌を歌ってるよ。挽歌が何か知ってるだろう? 知らない? それは葬式で歌われる歌なんだ——死の歌なんだよ。奇妙だと思わないか——」

ルードはふいに話すのをやめると、ちょっと耳を澄ましてから、すぐにドアを見つめた。顔には何かを待ち構えるような緊張の色が浮かんでいる。ルードはさっと立ち上がり、額から前髪を払いのけ、忍び足で前に進むと、ブレーズの腕をギュッとつかんでささやいた。

「ブレーズ! ドアの外に誰かいるぞ!」

第二十六章　オシリスの間

　ドアの内側から聞こえてくる悲痛なうめき声に、すっかり気を取られていたウィンダムは、強い力でドンと突き飛ばされ、恐ろしい真っ暗闇の中へとよろめき込んだ。背後でバタンとドアが閉まり、錠に鍵を挿し込み回す音が聞こえたので、またしてもマーカス・ルードの悪知恵にしてやられたのだと直感した。だが、悲痛なうめき声を聞いて、ゾッとする恐怖の波にすっぽりと呑み込まれていたために、こうした考えは意識の表面をサッとかすめただけだった。

「ヘレン！」語気を荒げて呼びかける。「ヘレン！」

　ハッと息を呑む音がして、悲痛なうめき声がやんだ。少しの間、聞こえるのは、部屋にいるもう一人の人間がする速くて荒い息遣いだけとなった。やがて声が聞こえてきたが、あまりに弱々しく震えていたので、誰の声だかほとんどわからないほどだった。

「ファントムマン！」

　激しく体を震わせながら、ウィンダムはよろよろと前に進んだ。すると、手探りする彼の手に、氷のように冷たい手が触れた。ブルブルと震えているその相手は、ウィンダムの腕の中によろめき込むと、身の毛のよだつような恐怖から守ってくれと言わんばかりに、すすり泣き、うめき声を上げながら、ますますぴったりと身を寄せてきた。

「ああ、本当に怖かったわ、ファントムマン！　でも来てくれるのはわかってたわ。だってそう感じたんですもの」

ヘレンの震えがおさまるまで、ウィンダムはヘレンのかぐわしい柔らかい髪をそっとなでてやった。ファントムへの揺るぎない信頼を示すヘレンの言葉を耳にして、ウィンダムはやり切れない絶望感に襲われた。刺すような胸の痛みを覚えながら、ドアが閉まり、鍵がガチャリとかかる音が聞こえた時のことを思い返した。ほかに何が聞こえたかは思い出せなかったが、嘲るような低い笑い声が、今も耳の奥で鳴り響いているかに思われた。

「どのくらいここにいるんだい？」どんなつまらないことでもいい、とにかく何か言わなければという焦燥感に駆られて、ウィンダムが尋ねた。

「すごく長くいたような気がするけど、一、二時間ってところじゃないかしら。あなたから電話があったあと、すぐに家を出たのよ」

「俺から――」ウィンダムは言い終えないうちに苦笑した。詳しく尋ねるまでもなかった。偽電話のような古風なトリックでさえ、ルードの手にかかると、お決まりの斬新で手際のいい手口に変わってしまうのだ。

「ルードめ、このツケは払わせてやる」ウィンダムは腹立たしそうにつぶやいた。「今夜はあと少しであいつを殺すところだったんだが、なぜかできなかった。次こそは――」

ウィンダムは口をつぐんだ。ドアがバタンと閉じる音、鍵の耳障りな金属音、嘲るような笑い声がよみがえり、もう次はないかもしれないとの思いがよぎったのだ。ウィンダムはヘレンの肩から腕を外すと、ポケットの中にマッチがないかどうか手探りした。すると携帯していたポケットサイズの小さな貴重品入れに、三本だけ入っているのがわかった。ウィンダムはそのうちの一本を擦り、素早くドアのところまで行った。だが、ひと目見た瞬間、もっとも恐れていたことが確実となった。ドアはしっかりと施錠されていたばかりか、がっしりとした金属の縁取りが、難攻不落の様相を呈していたのである。

ウィンダムは顔を上げたが、ヘレンの白い打ちひしがれた顔に疑問を読み取ると、心のうちにむくむくと湧き上がる絶望を表情の中に悟られぬよう、すぐに目をそらした。マッチが燃え尽きる瞬間に明らかになったのは、この部屋がたいそう小さく、クローゼットほどの広さしかないということだった。また、部屋の片側に見えたのが、古代の石棺だった。金の縞模様が経年劣化でくすんでいるこの石棺は、左右の翼で環を作る大きな黄金のハゲワシによって守られていたが、これはファラオたちの魂の上で寝ずの番をする神霊を表していた。次の瞬間、マッチが燃え尽き、二人はさらに濃さを増した闇に包み込まれた。

「私たち抜け出せる見込みはある？」ヘレンが尋ねたが、その声音から、彼女に悟られまいとしたあの絶望の表情を見られていたことがわかった。ウィンダムは根拠のない楽観を口にしそうになったが、思いとどまった。そんなふうに騙すのは、かえって残酷だと感じたからだ。そうする代わりに、ヘレンの手を取ると、かつては古代の王のミイラを納めていたはずの、くたびれた石棺まで連れていき、二人でそこに腰を下ろした。

「結構座り心地のいいソファになるだろ？」ウィンダムが明るい口調で尋ねる。

「ええ、あなたが横にいてくれるならね。だけどここで独りぼっちでいるのは、本当に恐ろしかったわ。気が狂ってしまうかと思った」

「この棺に納まっていた大昔のお偉いさんにも、悩みはあったんだろうな」ウィンダムがふと思いついたように言った。「迫りくる自分の死を、きっと恐ろしい悲劇とみなしたんだろうね。時間ってすべてを風化させてしまうみたいだよね。長い目で見たら、悲しい出来事はおとぎ話に、棺は緊急時のソファに変わってしまうんだから」

「不思議だわ」ヘレンがつぶやいた。「あなたと私のことも、いつか誰かがおとぎ話にするのかしら」

「マーカス・ルードが恐ろしい人食い鬼なら、面白いおとぎ話になりそうだよね。でも後世の歴史家のためにも、俺たちでちゃんとハッピーエンディングを用意しておかなくちゃ」

「どうやって?」ヘレンが訊いた。

その問いに、ウィンダムの胸がふたたびズキンと痛んだ。金属のかけ金のかかったドアを思うと、答えなどどこにも見つからないような気がした。「ねえ、聞いてくれ」沈む気持ちを振り払おうとしながら、ウィンダムが言った。「君と俺は、これまで何度も危ない目に遭ってきたよね?」

「ええ、幾度となくね!」

「中にはかなりスリルに満ちた経験もあった」

「一つ残らずよ」ヘレンが訂正した。「振り返ってみれば、すべてが大切な思い出よ」

「でもずいぶん絶望的な状況に陥ったこともあったし、時にはどうしたらその状況を切り抜けられるか、わからないこともあった」

「でも私たちはいつだって何とか切り抜けてきたわ。だっていつでもあなたが助かる方法を見つけてくれたんですもの、ファントムマン。今回もきっと見つけてくれると信じてるわ」

ウィンダムは心の中でうめき声を上げた。これまで共に戦い、打ち勝ってきた危機的状況を思い出させることで、ヘレンの心に希望をかき立てたはいいが、今回の状況から自分たちを救い出すことができるかどうかとなると、ヘレンのようには自信が持てなかったからだ。今のところは、明白な危険に脅かされているわけではなさそうだった。暗闇は鬱陶しく、狭苦しい部屋は不快で、監禁状態にあるせいで気分は落ち着かず不安ではあったが、今すぐ何か危険なことが起こるわけではなさそうだった。それでもやはり、ちょっとした不快感を味わわせるためだけに、ルードが二人をこの小さな部屋に閉じ込めたのではないことはわかっていた。おそらく、ルードの真の目的は、まもなく明らかになるのだろう。それも恐ろしい形で。

「何て息苦しい場所なのかしら！」しばらく黙っていたヘレンが口を開いた。

ウィンダムはそれには答えず、彼女の手をじっと握りしめただけだった。新鮮な空気が乏しいことよりも、もっと大変な問題で頭が一杯だったのだ。ルードのやつ、ドアのそばをうろつきながら、俺たちの苦境をせせら笑い、俺たちのために仕組んだ最期のおぞましい光景を想像して、悦に入っているんだろうか。

突然、握りしめていたヘレンの指がピクッと動くのを感じた。

「ねえ聞いて！」ヘレンがささやいた。

ルードの悪の才能が作り出したゾッとするようなものが、今まさに姿を現そうとしているのを強く感じながら、ウィンダムは耳を澄ました。その途端、ウィンダムはヘレンの腕をギュッとつかんだ。耳にした音は、何やら言いようのない邪悪なもので空気を汚すかに思われた。それは低いシューという音で、不吉な音の波が押し寄せるように聞こえてきたかと思うと、今度は何やらヌルヌルしたものが障害物に体を擦りつけるような、コソコソと体を滑らせるような動きがそのあとに続いた。

「前にもあれを聞いたことがあるかい?」自分の声があの嫌な音をかき消してくれるとよいのだが、と願いながら、ウィンダムが大きな声で訊いた。

「この一、二時間のあいだに時々。別に怖いものじゃないわよね?」

ヘレンを守ろうとするかのように、ウィンダムはヘレンの肩に腕を回した。ヘレンは震えていた。憎しみと悪意に満ちたシューという音を立てるばかりで、いっこうに姿を現さない、得体の知れないものに怯えていたのだ。何なのか知らないヘレンですら震えてしまうほど、それは恐ろしい音だった。だがウィンダムにはわかっていた。モラレスが獲物に飛びかかる前に発する警告音について、ルードがした説明を覚えていたのだ。

「何の音だと思う?」座っている古代の石棺の上で、ウィンダムにいっそう体を寄せながら、ヘレンが震え声で尋ねた。

「さあね。また例によって、ルードのやつが気味の悪い冗談を仕かけたんだろう。その手のことにかけちゃ、名人だからね。どうやらここは、恐怖の部屋らしい。おそらくルードは、人が怖がるような仕かけを作ることに、喜びを見いだすタイプの偏執狂なのさ」

「ルードは私たちをただ怖がらせようとしていると思うの?」

「そんなところだろうね」ウィンダムはそう答えたものの、シューという音を立てて這い回るものから、彼女を守ってやれない自分の無力さを思い、喉が締めつけられるのを感じた。「セテペンラの目を覚えているだろう。見た目は恐ろしかったが、俺たちに危害は加えなかった。芝居じみたちゃちなトリックに過ぎなかった。これも、おそらくそういった類のものさ」

ヘレンはため息をついた。「独りでここにいた時には怖くて仕方なかったけど、今はそれほど気にならないわ。あなたがそばにいてくれて本当に心強いわ。ルードが私たちを怖がらせたいなら、好きなだけそうさせてやりましょうよ。私はもう二度と怖がったりしないわ」

二人を脅かすものについて、何も知らないがゆえのヘレンの楽観的な態度に、ウィンダムの胸はまたしてもズキンと痛んだ。ウィンダムはヘレンに座ったままでいるように告げると、反対側の壁のほうへ注意深く移動した。シューシューいう音はかなり近くでしているらしく、どうもその方向から聞こえてくるようだった。残すところあと一本となる、二本目のマッチを擦ると、ウィンダムは壁の下面を覆う羽目板沿いに鋭く視線を走らせた。すぐに、息が少し楽になった。シューシューという笛を吹くような音は、いっそう近くに、いっそう勝ち誇るかのように聞こえてはいたものの、必殺の一撃を食らわせようととぐろを巻いて構える、テカテカした巨大な生き物の姿は見えなかったからだ。マッチの火が消えると、ウィンダムは足を止めて、羽目板を拳でコツコツと叩いた。そしてすぐさまヘレンの横に戻った。

「あの奇妙な音が何であれ、壁の向こう側から聞こえてきているんだ。羽目板に通気装置がある。それであんなに近くに聞こえるのさ」

そう言いながらも、胸に感じる刺すような不安が、その言葉が偽りであることを示していた。二人を怖がらせるような単純なことだけで、ルードが逃がしてくれるだろうなどという思い違いをウィンダムはしてはいなかった。そんなウィンダムの不安が、かすかにヘレンに伝わったに違いない。というのも、ヘレンが次に言った言葉は、この状況の恐ろしさのいくばくかを、彼女が見抜いたことを証明していたからだ。

「あなたが考えていることはわかってるわ。私に隠し事ができると思ったら大間違いよ、ファントムムマン。これでおしまいなのよね？」ヘレンはそうささやくと、ウィンダムに体を少しすり寄せた。

「もし終わりを迎えなければならないのだとしても、こんなふうに、あなたと二人で迎えられて、私嬉しいわ」

こんなにも初々しく愛らしいヘレンが、この忌まわしい部屋で恐ろしい目に遭うだなんて。ウィンダムは思わずうめき声を上げそうになるのを必死でこらえた。自分の肩にもたれたヘレンの肩が、小刻みに震えているのが、この苦しい時をいっそう耐えがたいものにしていた。ヘレンに巡り会ったあの日から、二人は親友として、数え切れないほどの危機を共に経験してきたのだ。初めて出会ったあの日、ヘレンは顔を生き生きと上気させて、嬉しそうにはしゃいでいたっけ。澄んだ瞳はあけすけで、キラキラと輝いていて、でもどこか恥ずかしげで、鈴を振るような笑い声は、元気一杯で若さに満ち溢れていて、笑顔には優しさと茶目っ気が同居していたっけ。ウィンダムは風に髪をそよがせるヘレンを見て――ヘレンの周りにはいつもそよ風が戯れているように見えた――彼女に少し触れられただけで、いかに自分が大きな喜びに包まれたかを思い出した。それはもっとも輝かしい偉業を成し遂げた頃のグレイ・ファントムですら、一度も経験したことのないような、心打ち震える喜びだった。

だが今は？　息詰まるような絶望感がウィンダムを襲った。恐怖と歓喜に満ちた俺たちの冒険も、これでおしまいになってしまうのだろうか？　近づいたかと思えば遠ざかる、獲物を取り囲む邪悪な怪物の残忍な喜びを表す、シューシューという恐ろしい音。肌を粟立たせ、神経を苦悶させるその静かなシューシューという音は、死を予告するささやき声のように聞こえた。

ウィンダムは座ったまま背筋を少し伸ばした。今のところ、シューシューという音は、遠く、かすかだった。どうやら這い回る厄介な相手は、暗闇の奥へと引っ込んだらしい。するとまもなく、ひどく神経に障る、金属が擦れるような耳障りな音が聞こえてきた。ヘレンは息をひそめて、微動だにせずに座っていたが、ウィンダムにはわかっていた。ヘレンも自分と同様に、あの音がいったい何を意味するのだろうといぶかしんでいるのだ。

恐ろしい疑念に襲われたウィンダムは、ヘレンの耳元で何かをささやくと、かすかな空気の流れを頼りに、細い部屋の反対側に行った。羽目板沿いに手探りすると、三〇平方センチメートルほどの大きさの開口部に手が触れた。金属が擦れる音がした意味を理解したウィンダムは、一瞬、凍りついたように動けなくなった。最後に羽目板を調べた時には、開口部なんてなかったのに。部屋の外にいる誰かが、バネかレバーを押して開けたに違いない。

ウィンダムは体を低くかがめると、開口部の前でじっと耳を澄ました。シューという小さな音は、今ではより大きくなり、何かが開口部に向かって這ってくるのが、はっきりと聞き取れた。不吉なリズムを持つその音には、柔らかい滑らかな響きがあり、マーカス・ルードの柔和な外見の下に潜む、敵意に満ちた残忍さを思わせた。しばらくの間、音もなく近づいてくる脅威に、ウィンダムの体は恐怖ですくみ上がり、筋肉は麻痺し、頭の中は恐ろしい光景であふれ返った。

だが、スルスルと這い回る怪物が、開口部に近づきつつあることに気づくと、ウィンダムはハッと我に返り、すぐにくるりと向きを変えた。そして無言のまま石棺からヘレンを抱き上げた。石棺の蓋の古びた蝶番がギーッときしんで、接近してくる忌まわしいものが吹き鳴らす歓喜の口笛に、耳障りな伴奏を添えた。「あっ」という驚きの声がヘレンの唇から漏れた。ウィンダムが彼女を石棺の中にそっと寝かせたのだ。石棺の中は、大人が一人入れるだけのじゅうぶんな広さがあったが、空気は乏しかった。ウィンダムはヘレンの耳に何かをささやくと、石棺に蓋をした。

激しい苦悩に苛まされながら、ウィンダムは身を固くして立ち尽くした。ゆっくりと、だが着実に、シューシューと音を発する恐ろしい生き物は、開口部に近づきつつあった。少しの間は安全でいられても、すぐにヘレンの肺は空気を求めてあえぎだすだろう。とどのつまり、石棺はただの急場しのぎに過ぎないのだから。動揺で混乱し切ったウィンダムの頭に、ぼんやりとあるアイデアが浮かび上がった。あの開口部に障害物を置くことさえできれば！　ウィンダムは狂ったように石棺の角を強く引っ張ると、必死に石棺を動かそうとした、だが、どうやら石棺は床に固定されているらしく、ビクともしなかった。ほかに障害物として使えそうなものは、部屋にはなかった。ウィンダムは絶望のうめき声を上げながら、かすかに抱いた希望を頭から追い払った。ルードはあまりに抜け目がなく、あまりに先を読む能力に長けていたので、どんな小さな逃げ道さえも残しておいてはくれなかったのだ。

恐ろしい死のセレナーデのように、シューシューという音はますます近づいてきた。ウィンダムは本能的にポケットのピストルに手を伸ばした。ピストルには弾薬が三つ込められており、ポケットの中にはまだもう一本マッチが残っていた。怪物が開口部に姿を現すその瞬間に、マッチの灯りで注意深く狙いを定めて一発撃ち込めば、侵入を阻止できるかもしれない。だがまたしても、マーカス・ルードの黒い影が、かすかな希望の光に覆い被さった。ルードは俺がピストルを持っていることを知っている。まさに今夜、俺がピストルを手にしているところを目にしたのだから。ルードは自分の計画に影響しかねないことなら、どんな些細なことであれ、決して失念したり見過ごしたりはしない。つまり、俺が武器を持っていたところで、自分の目的の達成には何ら影響しないと判断していたのだ。

ウィンダムは、悪事の首謀者がいかに綿密にすべての可能性を計算していたかを、一瞬にして悟った。部屋は狭く、どの方向にも二、三歩歩けるかどうかといった広さしかないのだから、ピストルを発砲したりすれば、たちまちこの狭い空間には有害な硝煙が立ち込めるだろう。そんな有毒な空気の中では、どんな人間も長くはもたない。ルードは見越していたに違いない――たぶん楽しそうにクスクスと笑いながら――俺が手にしているこのピストルが、俺をじれったがらせるだけの玩具にしかならないということを。

ヘレンが石棺の中で窮屈そうにモゾモゾと動くのが聞こえたので、もう少し空気を入れてあげようと、ウィンダムは蓋を数センチ持ち上げた。時間は遅々として進まなかった。羽目板に開口部が現れてから、ずいぶんと長い時間が経ったように思われたが、実際には一分も経っていないはずだった。ウィンダムはいぶかしんだ。どうしてモラレスはなかなかやって来ないのだろう。こうして待つ一刻一刻が、神経が引き裂かれるような緊張感のせいで、永遠のように感じられることを、まるで知っているようではないか。

「あれは何なの、ファントムマン？」ヘレンの声がした。「誰かが来るの？」

ウィンダムは声を詰まらせながら答えたが、自分が何を言っているのかほとんどわからなかった。怪物が近づいてくる気配を察知しようと、恐ろしい暗闇を必死で探っていたのだ。耳をそばだてたウィンダムは、シュッという音がするたびに、神経をかき乱された。あと数秒もしないうちにやって来るはずだ。じゃあそのあとは――？　ルードの説明が頭によみがえり、苦しみに満ちた光景が暗闇じゅうに広がった。ウィンダムの脳裏には、震える犠牲者の体に怪物がその毒牙を深く沈めながら、ギュッと締め殺すさまが浮かんでいた。それは確実な死を意味する、とルードは言っていた――犠牲者の死ばかりでなく、攻撃する怪物にとっても死を意味するのだと。なぜならモラレスはたった一度しか嚙みつくことができないからだ。

たった一度だけ！　それはまるで、頭の中で導爆線が爆発したかのようだった。力強い新たな電流が、熱く沸き立ったウィンダムの心を駆け抜けた。こんな簡単なことを、今まで一度も思いつかなかったとは！　こんなにもわかりきった解決法を探すのに、俺は頭を悩ませていたのか。モラレスは一度しか噛みつくことができない。その事実にこそ、この恐怖の部屋のドアを開ける鍵があったのだ。ウィンダムは、閃光で照らし出されたように、すべてをはっきりと理解した。ほんの一瞬の出来事だろう。噛まれた感覚がして、噛み砕く音が数回聞こえて、そして死ぬ。だがそこに恐怖はない。だってヘレンが自由の身になるのだから。少しの間、ヘレンは俺の死を嘆き悲しみ、俺との思い出に少々涙を流すかもしれないが、彼女の瞳には夜明けの光がふたたび輝き始めるのだ。何て簡単なことなんだ！

ウィンダムはハッとした。ヘレンが何かを尋ねたのには気づいたが、それが何だったのかは思い出せなかった。ついさっきまで、あれほど明白だった考えは、ふたたび曖昧な靄に包まれていた。今や開口部からたった三十センチほどのところから聞こえてくる、モラレスのシューシューという音は、ひどい不協和音のようにウィンダムの感情に入り込んでいた。先ほどひらめいたあの解決法は、今はそれほど簡単だとは思えなくなっていた。暗い霞は、次第に巨大な黒雲の様相を呈しつつあった。グレイ・ファントムがモラレスに締め殺されたあとのことをウィンダムは考えようとした。それは俺とあの怪物にとっての死となる。だがヘレンにとっては――

ウィンダムは思わずうめき声を漏らした。この身を投げ出して、あの恐ろしい生き物に絞め殺されたところで、ヘレンのためにドアを開けてやれるわけではないのだ。そしてドアの外には、姿だけは人間の形をした恐ろしい別のモラレスが、彼女を待ち受けているのだ。もしさっきあれほど簡単に思えた計画を実行に移したら、この別の怪物から彼女を守ってあげることができなくなってしまう。相反する衝動から、ウィンダムの心に恐ろしい光景が湧き上がり、問題がくっきりと浮かび上がった。俺はヘレンの命をモラレスから救って、マーカス・ルードに彼女を委ねるべきなのだろうか？　それとも――

ウィンダムは途中で考えるのをやめた。その疑問は気が遠くなるほどで、内心の葛藤は凄まじかった。問題は明らかだったが、その影響は心の奥深くにまで及んでいた。どうしてよいかわからずに苦悶していると、突然、モラレスがスルスルと体をくねらせる音に交じって、笑い声が聞こえたような気がした。それは嘲るような、低い静かな笑い声だった。マーカス・ルードならちょうどそんなふうに笑ったかもしれない。すぐにウィンダムは、笑い声は熱に浮かされた頭が生み出した妄想に過ぎないのだと気づいたが、それでもやはり、今こうして心と体を苛む葛藤を、ルードは見通してはいなかったのだろうか、とぼんやりと考えた。それは身体的な痛みよりもずっと激しい苦痛で、ルードがこれまで考案した中で、もっとも狡猾な仕打ちだった。おそらくルードは、今まさにこの瞬間にも、勝利を思い描き、俺がどちらの選択肢を選ぶだろうと思案しながら、白い滑らかな手のひらを嬉しそうに擦り合わせて、一人でクスクスと笑っているのだろう。

激しいストレスを感じて、ウィンダムはドアのほうに目をやった。そして、ルードがドアのすぐ外側に立ち、何が起こったのかを確認しようと、部屋に入るタイミングを見計らっているさまを思い浮かべた。ウィンダムはやけになってドアへと向かったが、おぼつかない足取りでその短い距離を移動するうちに、激しくかき乱れる彼の頭に、ある考えが浮かんできた。新たな希望に胸をワクワクさせながら、ウィンダムは前へと急いだ。時間がない、今すぐ実行しなくては。体中の血が沸き立ち、脳が激しく興奮している。たった今思いついたこの計画が、万一失敗したら、俺たちは確実に死ぬことになる。だが、モラレスに締め殺されるか、でなければマーカス・ルードの極悪非道な陰謀にはまるのに比べたら、ずっとマシな死に方だ。それに、わずかながらチャンスもある――絶望的なほどわずかではあるが、チャンスであることに変わりはない――迷い苦しみ抜いた中から生まれた、この新しいアイデアが成功するというチャンスだ。おそらく、悪魔のような抜け目のなさにもかかわらず、ルードが計算に入れ損ねたことが一つあるのだ。

ウィンダムは最後のマッチを擦った。かすかな、しかし狂わしいほどの希望が胸にあふれ、鍵穴の金属カバーに慣れた手つきで指を滑らせるウィンダムの指先に、ゾクゾクと快感が走った。ウィンダムはいろいろな型の錠を知っていたが、この錠は大抵の錠よりも大きく頑丈ではあったものの、よく見慣れたものだった。前よりも大きく近くに聞こえる、呪文のようなシューシューという音は、モラレスが開口部に到達したことを告げていた。ウィンダムの指の間で、マッチが燃え尽きた。マッチの炎の最後の揺らめきは、震えて消えたけだるい光の中に、生死の問題を体現しているかのように見えた。

ウィンダムは数歩後ろに下がった。バン、バン、バンと銃声が三回、素早く立て続けに轟き、ピストルから炎がほとばしり、熱い息詰まるような煙が立ち込めた。すぐにこの狭い部屋の空気は命取りになる。ウィンダムは壊れた錠を指でつかむと、思い切り引っ張った。かすれた安堵の叫び声が口元から漏れる。ウィンダムはひとっ跳びに石棺に戻ると、ヘレンを抱きかかえて、たちまち部屋の外に飛び出した。

「ルードは忘れていたんだ！」ドアが開かないように、重い家具でしっかりと押さえながら、ウィンダムは有頂天になって叫んだ。「俺たちの勝ちだ――俺たちが勝ったんだ！」

「私たちが勝つってわかってたわ、ファントムマン」ヘレンの声はひどく聞き取りにくかった。「わかってたの――」

そう言うと、ヘレンは気を失った。

第二十七章　仕返し

カリガー警部補が小声で悪態をついた。フライ島の屋敷の居間の外側の暗い廊下で、足を滑らせ、ギーという小さな音を立ててしまったのだ。

「くそ！」鍵穴を覗きながらつぶやく。「足が滑ったせいで、やつらに感づかれてしまった。灯りを消された。用意はいいかね、ウィンダム？」

ウィンダムは、用意はできていると答えた。カリガーは細心の注意を払って、部屋の反対側から投射されている灰色の光線が見える分だけ、ドアを細く開けると、ふたたびドアを閉めた。そして小さな声で笑った。

「やつらはまた例のつまらないトリックを試そうとしているよ」カリガーがささやく。「もう一度我々に一杯食わせて、逃げおおせようという魂胆だ。だが今度はそうはさせないさ。ウィンダム、君は俺についてきてくれ。ハードウィックさんとハンクにはここで待っていてもらおう」

カリガーがオートマチックの撃鉄を起こすと、小さくカチッと音がした。ふたたびカリガーはドアを開けると、そっと前に進み、ウィンダムがそのあとに続いた。風が立てる小さなきしみを除けば、部屋はしんとして静かだった。部屋の中央を横切るように、銀灰色の光がまっすぐに伸びている。

「あの光には近づくなよ」カリガーが振り向いてささやく。「標的にされてしまうからな。今度は視界に入った途端、すかさず発砲してくるだろう」

カリガーは息を殺してじっと立ち、部屋に潜んでいる者の居場所を突き止めようと、静寂の中で耳を澄ました。するとまもなく、張りつめた静けさの中から、声が語りかけてきた。

「そこにいるのは誰だ」

すかさずカリガーは足の母指球に体重をかけると、次の瞬間飛びかかった。たった今語りかけてきた声は、光線の中心部から聞こえてきたようだったが、カリガーが飛んだのは、その逆の方向だった。あっと驚いたような叫び声が上がり、激しくもみあう音がし、続いてガチャガチャという、金属性の物が床に投げつけられたような音が聞こえてきた。しばらくすると、辺りはしんと静まり返り、二人の男のかすれた荒い息遣いだけが響き渡った。やがて、金属製のバネがパチンとはまるような音がした。

「犯人の一人を捕まえたぞ！」大喜びするカリガー。「おいおい気をつけろ！　気は確かか？」

ウィンダムがマッチを擦り、テーブルの上のランプにそっと火をつけていたのだ。二人いる敵のうち、一人の動きを封じただけなのだから、ランプをつけたりしたら、残った敵のピストルの格好の標的になってしまう。それをわかっていながらするのは、狂気の沙汰のように思われた。すぐそばの床の上では、ブレーズが両手にかけられた手錠を外そうと、虚しくのたうち回っていたが、ウィンダムはそれには一瞥もくれずに、テーブルの反対側で、目下身じろぎもせずに椅子に座っている、部屋にいるもう一人の男の顔を、ムッとした険しい表情で睨みつけた。

「また会ったな、ルード」ウィンダムの声は、言い知れぬ感情に震えていた。

ウィンダムは放心状態にあるらしく、音をほとんど立てない滑るような不思議な歩き方で、ゆっくり《*》と前に進み出た。ウィンダムの目にギラギラと輝く得体の知れない激情に、椅子に座っている男は目を大きく見開くと、恐怖の色を浮かべた。ルードは胸をゼイゼイさせながら、一瞬陥った硬直状態から立ち直ると、冷たい嘲るような微笑を血の気のない唇に浮かべた。しかし、目を少し上げると、戸口に立つ若い女性と、その後ろに立っている小柄で弱々しい青ざめた顔の人物が目に入ったので、驚きのあまり顔を歪めた。そしてもう一度、内に秘めた激しい怒りのために変わり果てたウィンダムの顔を、まじまじと見つめた。

「ああ、お前か」ルードが口を開いた。「どうやらモラレスは失敗に終わったようだな」取り繕うようなその表情には、隠しようのない恐怖の色が入り交じっている。

「ルード、お前はあることを忘れていたんだ」非常に穏やかな、それでいてルードがかろうじて保っている冷静さを、バラバラに引き裂くような口調で、ウィンダムが言った。「お前はほとんどすべてを計算に入れていたが、まともな弾丸が三つもあれば、錠を撃ち砕けるということを忘れていたんだ。ああ、確かに千に一つのチャンスだったさ。だが成功した」

ぼんやりと理解したような色がルードの目に浮かんだ。「さすがだな」そうつぶやくルードの声に、いつもの覇気はなかった。「それを考えつくとはさすがだ。だが、お前の言うとおり、あっけなく失敗した可能性もあったし、その場合にはお前たちは窒息していただろう」

ウィンダムは飛びかかって相手の喉元を両手でつかんで絞め上げてやりたい衝動を、必死でこらえているようだった。「お前の恐怖の部屋を出ると、ハードウィックさんは気を失って倒れた」ウィンダムは説明した。「屋敷には女中以外誰もいないようだったが、その女中は眠っていた。どうやらお前は早朝の汽車に乗ったようだな、ルード。お前はすべてが計画どおりに運ぶものと信じ切っていたので、足を止めて調べなかったんだ。俺は電話で医者を呼ぶと、カリガーに電話をかけ、来てくれるよう頼んだ。カリガーは一連の謎めいた毒殺事件の解決に、精力的に取り組んできていたので、あらゆる興味深い仮説を導き出していた。そこで、俺たちはお前の屋敷を一緒に捜索し、それまでの彼の仮説に新たな見解を与えるようなものが、太陽神アトンの祭壇の下に隠されているのを発見したんだ」

ルードがビクッとしてつぶやいた。「カルソルのサンプルのことだな」

「それに、いつくかの非常に興味深い書類もだ」ウィンダムが口を挟んだ。「そのあと、屋敷を出ようとした俺たちは、お前の古い友人が外にいるのを見つけた。お前はずいぶんと残酷ないたずらを彼に仕かけたことがあったそうだな。それ以来、彼はお前のことをずっと恨んでいたんだ。最近、彼はお前の仲間の一人に多大な関心を寄せ、暇な折には見張ったり、時々は会話を盗聴したりしていた。そのお前の仲間の名はたしか、ブレーズだ。カリガーを怖い目で睨みつけているところをみると、どうやら短気な男らしいな。ともかく、ハンクは非常にたくさんの興味深い情報をつかんだ。とりわけこの島で起こっていることについてね。今朝、俺たちがお前の屋敷を出る時、ハンクはお前がポートランド行きの汽車に乗ったことを教えてくれたんだ。それでお前の行き先がわかったのさ。さあここへおいで、ハンク。ルードが君のことを覚えているか、確かめてみよう」

ハンクは足を引きずりながらドアから離れると、ざまを見ろとでもいうようなにやにや笑いを浮かべながら、ルードの顔をじっと見据えた。

少しの間、ルードはハンクの顔を、意地の悪い好奇の眼差しでじっと見つめていたが、やがて肩をすくめるとつぶやいた。「自業自得ということのようだな。ともあれ、ウィンダム君、君とあの魅惑的な美しいお嬢さんは、オシリスの間で、さぞやワクワクする時を過ごしたことだろうね。君たちはその時のことを、長く忘れることはないだろう」

ウィンダムの目が一瞬ムッとした。もうこれ以上抑えきれないほどの激しい怒りが湧き上がり、ウィンダムはブルブルと体を震わせた。

「それにね、お楽しみはまだこれからなのさ」薄い唇に例の微笑をうっすらと浮かべながら、ルードがつけ足した。

危ない！　と叫び声が上がった。ピストルが突然、ルードの手の中に現れ、銃身が白い指の間で意地悪く光った。最初、ルードは銃口をウィンダムに向けたが、うつろな含み笑いをすると、あたかも最後に残酷ないたずらを仕かけるかのように、警告の叫びを発した娘に銃口を向け直した。ウオオオォ！　まるで長い間抑え込まれていた激情が、ついに堰を切ってほとばしり出たかのように、ウィンダムは鈍い怒号を上げながら、椅子に座っている男に飛びかかると、ピストルの銃身を捻り上げた。その瞬間、バーンと耳をつんざくような銃声が轟き、炎の筋がウィンダムの眼前をサッと通過したかと思うと、ビュッという音と共に銃弾が天井を突き破った。ちょっとの間、渦を巻く硝煙の向こうにぼんやりと浮かんでいる、椅子に座った男の顔を、ウィンダムは怒りに燃える眼差しで睨んでいたが、すぐにルードを椅子から引きはがすと、床に荒々しく投げつけた。

「さあ、ルード、ただでは済まさんぞ！」かすれ声でウィンダムが叫んだ。

あとの光景はあまり見たくないとでもいうように、カリガーは後ろでブルブルと震えながら立っているハードウィック嬢のほうを振り向くと、自分のそばへ引き寄せた。

「実に興味深い装置だ」壁に埋め込まれた梁の上に置かれている、片方の端に凹ガラスのついた黒い円柱状の物体を指さしながら、カリガーが言った。「あれは何だろうとずっと思ってたんですがね、クリストファー・ブライズの家で経験したあとで、やっとわかったんですよ。ほら、ルードのもくろみは、被害者たちをいかに怖がらせられるかにかかっていたでしょう。この装置を考案したのはルードですが、実際にどう利用するかは、ブレーズに任されていたんです。被害者たちに恐怖心を抱かせるばかりでなく、ブレーズが難なく逃げられるようにするのが、この装置の目的でした。こいつのしわざだったんですよ。この中を開けて調べれば、表面を着色した特殊な反射鏡に乾電池がつなげてあるのがわかるはずです。それが、銀の筋のように見えた灰色の光を作り出していたものの正体です。単純でしょう?」

娘は震えながら後ろを振り返った。部屋の反対側からは、うめき声とすすり泣きが立て続けに聞こえてきた。一瞬、カリガーは娘の視線の先を追ったが、すぐにまた梁の上のものに視線を戻した。

「気の弱い男が夜中に起きた時に、この不気味な光を目にし、光の中から声が話しかけてくるのを耳にしたら、どう感じるかは想像がつくでしょう。ところで、ルードの餌食となった人たちは、ほとんどが気の弱い人たちでした。しかも、どちらかというと迷信深い者までいました。被害者には灰色の光以外何も見えず、ただ声だけが聞こえ、その声は、まさに何者かが霧の中から話しかけてくるかのように聞こえたんです。ゾッとするでしょう? 手元に銃があれば、当然その声に向けて発砲したでしょうね。でもその声の主はそこにはいなかったので、撃つたびに弾は壁に当たりました。そして煙が消えた時には、灰色の光や声を説明するものは、何一つ残されていなかったのです。ブレーズがいつも装置を持ち去っていたからです」

「でも、あの声は?」またもやこわごわと後ろを振り返りながら、ヘレンが尋ねた。

「ブレーズがちょっとしたトリックを使ったんですよ」部屋の反対側から聞こえてくる声をかき消そうとするかのように、カリガーはさらに声を大きくして言った。「ルードはブレーズにかなりいい報酬を与えていたんでしょう。ブレーズは腹話術師なんです。だから、声が灰色の霧の中から直接話しかけてくるみたいに聞こえるように、声の出どころがわからないように話すだけでよかったんです。それだけのことですよ。こういう気味の悪いもくろみは大抵そうなんですが、今回のことも簡単に説明のつくことだったんです。ところで」起こっていることにたった今気づいたかのように部屋の反対側に向き直ると、「ウィンダムのやつ、どうしてるのかな。おい、ウィンダム！　電気椅子にかけるんだから、死なせちゃダメだぞ」

カリガーは意を決したように、しかしむやみに急ぐわけでもなく、つかつかと部屋を横切ると、ルードをウィンダムの酷刑から救い出した。メチャメチャになった顔に、底知れぬ怒りを露わにしながら、ルードはやっとのことで立ち上がると、どっかと椅子に身を沈めた。そしてゼイゼイと喘ぎながら、長く瘦せて骨ばった喉の膨らみを指で擦った。そんなルードをカリガーは、いい気味だと言わんばかりに、満足そうに見つめた。

「ピンクの靴下を一足賭けてもいいが」カリガーはわざとゆっくりした口調で強調しつつ、断言した。「お前の気分は見た目と同じくらいひどいはずだ。この州の警察官が、船着き場でお前を待っている。万が一お前が逃げようとした場合に備えて、逃げ道を閉ざすために彼を残してきたんだ。お前を殺人罪で起訴するための令状を持っているよ」

まだゼイゼイと荒い息をしているルードは、切り傷とあざだらけになった顔を、ハンカチでぬぐい、つぶやいた。「何一つ証明できるもんか！」

「おや、そうかな？　お前の家にあった、祭壇のような形をした古いガラクタの下で、我々が見つけたもののことをどうやらお忘れのようだね。それに、クリストファー・ブライズからも、いくつか聞いていることがある――」

「ブライズか！」ルードがしわがれ声で嘲った。「ブライズなら死んでるさ！」

「いいや、ピンピンしてるとも。ブレーズは間違いを犯したんだ。暗闇では間違いを起こしやすいからね。あいつはブライズの肩を刺す代わりに、私の肩を刺したのさ」

手錠をかけられているブレーズは、驚きの声を漏らした。ルードはかつての輝きをすっかり失った腫れ上がった目で、警部補の顔をまじまじと見つめた。

「刺された時は、妙な感覚だった」警部補は言い足した。「しばらくの間は、何が何だかわからなかった。もうダメかもしれないとも思ったが、結局頭痛がしただけだった」

カリガーがもの問いたげにルードを見ると、ルードはあざだらけの顔に弱々しい笑みを浮かべて、かすれ声で笑いながら答えた。「あんたは大丈夫だったさ。次の日が誕生日じゃなかったし、どのみちあんたに恨みはなかったしね。私が追っていたのはほかの連中だ。そのうちの何人かには復讐してやったがね」どうやら自分の言葉を聞いて人が困惑するのが愉快らしく、ルードはふたたびかすれ声で途切れ途切れに笑った。「ちょっと話を聞いてくれ。手短にするから。何年も前に、ある男たちが集まってグループを結成した――正確には十二人。賢く、法的な問題についてはうるさくない連中で、壮大な計画を企んでいた。米国の税関を打ち負かす、新しい確実な方法を仲間うちで編み出したんだ。それは綿密かつ周到なプランで、どの点を取ってみても安全だった。グループのメンバーたちのもくろみは、非常に高い輸入税が課せられる、宝石や高価なぜいたく品といった特定の商品を扱う輸入業者に、自分たちのサービスを売ることだった。組織は外国の売り主と米国の買い主との間で、一種の物流センターとして機能し、海外で買いつけられた商品が、国内の荷受人の手に渡るまでに発生する雑多な業務を、いっさいがっさい処理することになっていた。輸入業者にしてみれば、あらゆるリスクや心配事から解放されるうえに、違法なことは何一つせずに済む。もくろみに乗ってきそうな小規模の輸入業者にこのサービスを売り、大手の競合他社に価格競争で勝てるようにしてやるというのが、彼らの計略だった。

「おわかりだろう。昔からある密輸の手口に、現代の効果的手法を応用しただけのことさ。メンバーたちにはもちろん、極度の慎重さが要求された。密会場所はブリーカー通り（マンハッタンのリトルイタリーの中心にある通り）にある、トニー・フーグルという年老いたドイツ人が営むレストランの地下食糧貯蔵室だった。見込み客に探りを入れて、このもくろみに乗ってきそうだとわかったら、そこへ招いて詳しい段取りについて話し合うことになっていた。ところがある晩、困ったことが起こった。見込み客にもくろみについて詳しく説明したところ、そいつがサービスを買うことをにべもなく断ったばかりか、グループのことを当局に通報すると脅してきたんだ」

ルードはシルクのハンカチを取り出すと、目の周囲をぬぐった。もしかすると、単に時間稼ぎのために話しているだけで、密かにまた番狂わせを演じようとしているのかもしれない。そう疑っているかのように、ウィンダムはルードをしっかりと見張っていた。

「さあこれで、優れた構想を持った十二人の男たちも、もうおしまいだ。密輸シンジケートの計画は、しょっぱなから狂ってしまったんだ。ひょっとしたら、もくろみをすっかり打ち明ける前にしておくべき見込み客に対する調査が、不十分だったのかもしれない。とにかく、その計画と、計画の推進者たちにとって、明らかに脅威となるだけの内容を、そいつは知ってしまったんだ。その晩、ブリーカー通りの地下室では、ドラマチックな光景が繰り広げられた。集会はちょっとした騒ぎになった。というか、実際にはかなりの乱痴気騒ぎになった。テーブルがひっくり返されたり電球が叩き壊されたりしてね。ようやく騒ぎが収まった頃には、その見込み客は――名前はマタリーだったと思うが――床に横たわって死んでいた」

ルードはふと口をつぐんだ。話をするうちに、いつもの落ち着きをいくらか取り戻していた。微笑みが口元に戻っている。だが、以前のものと比べると、弱々しいものに過ぎなかった。

「お前が殺したんだな」カリガーがにべもなく言った。

「推測はお好きなように。実際マタリーに何が起こったのかは、密輪シンジケート以外の人間には、結局わからずじまいだった。ほかの人間が知っていたのは、マタリーが単に行方不明になったということだけだった。密輪シンジケートのメンバーの間ですら、誰が実際に手を下したのかは、完全に明らかにされることはなかった。だが、その問題について、あまり深く追及することはなかった。十二人のメンバーが違法行為を行っている最中に人が殺されたんだ。法律に照らせば、全員が等しく有罪だ。法律上は、十二人全員がマタリー殺しの犯人ということになるんだ。

「十二人ともこれには肝をつぶした。覚えておいてもらわなくてはならないが、この連中は根っからの人殺しではなかった。違法行為を企んではいたが、人殺しをするような図太さはなかったんだ。白熱した議論が交わされ、ほかのメンバーよりも冷静だった者が、ついに解決策を提案した。今晩マタリーが出かけた先を、家族や友人が知っている可能性はほとんどない。ということは、どこか安全なところに死体を隠しさえすれば、彼が死んだことは誰にもわかりっこないだろうってね。その提案は採用され、死体は適当な場所に隠された。

「人間の性質というのは奇妙なものさ。とりわけ危機的状況においてはね。殺人の証拠を隠したというのに、シンジケートのメンバーたちは、安心することができなかった。お互いを信用していなかったし、将来どんな面倒や仲間割れが起こるかもわからなかったからだ。仲間の中で裏切る者が出てくるかもしれない。だが一人のメンバーが別のメンバーを裏切れば、結局シンジケートは崩壊し、莫大な利益をもたらすはずの計画も失敗に終わる。そうしたことをすべて未然に防ぐために、また同時に組織の結束を強化するために、その晩、地下貯蔵室で、一風変わった協定が結ばれた。メンバー一人一人が、自分の事件への関与と、ほかのメンバーと同じ罪を負うことを認めた誓約書を書き記したんだ。誓約書に署名したあと、各メンバーはそれを別のメンバーに手渡した。全員が交換し終わった時、誰もが別のメンバーの自白書を手にしていた。もしも組織全体を、あるいは個々のメンバーを裏切ったりすれば、必ず自分自身が危険にさらされることになるってわけだ。また、この集会に参加しているメンバーは、自分の死期が近いと感じたら、必ず手元にある声明書を最近親者に引き渡すことが合意された」

「ローガン・パーマー夫人の旦那は、十二人のうちの一人だったのか？」カリガーが尋ねた。「お前が毒殺した人たちの中では、唯一の女性だったが」

「まあそう慌てなさんな」とルード。「こうやって昔を思い出すのは楽しいものだが、急かされたくはないのでね。シンジケートはこうして、メンバーの一人の軽率な行為が引き起こした危機的状況を何とか切り抜けた。その行為には、メンバー全員が等しく責任を負っているんだからね。マタリーの死は、世間に知られることもなく、彼はまもなく忘れ去られた。しばらくは、組織は大繁盛した。もくろみは安全で、おおむねうまく運んだ。メンバーのほとんどはかなり裕福になった。やがて、一人、二人が組織から抜け、ほかにも商売に飽きた者も出てきて、ほとんど全員が堅気の人間になった。そのうちの数人なんて、うしろめたさから政府にお金を匿名で返納したほどだ。だがその間もずっと、メンバーはそれぞれ自分が預かった自白書を、安全な場所に保管していた。やはりお互いを信用していなかったし、とりわけ改心して堅気になった者たちのことを、信用していなかったからだ」

「お前がそのギャングのメンバーだったのは知っている」カリガーが言った。「ブライズがそうほのめかしていたからな。お前はほかのメンバーたちと、仲たがいしなかったのか？」

ルードはため息をついた。「ブライズに逃げられたのはついてなかった！　そうとも、私はほかの連中と対立していた。詳しい理由はどうでもいい。これだけ言えば十分だ。つまり我々の間には、深刻な意見の相違があり、自分の自白書を連中の一人に握られてさえいなかったら、私は喜んであいつら全員を当局に引き渡していただろうということだ。私の自白書を誰が持っているのかはわからなかった。誰の自白書を誰が持っているのか、誰にもわからないような形で交換したからだ。私が次々と不運に見舞われている間に、ほかのメンバーがうまいことやっていたという事実は、そいつらとの関係改善には役立たなかったよ。時が経つうちに、やつらは実に不愉快な手を使って、私を何度も騙すようになった。そこで、手短に言えば、私はやつらを憎むようになった。そして、やつらに指一本触れることができないせいで、やつらに対する私の憎悪はますます強くなっていった。ブリーカー通りであの晩、みなで頭を寄せ集めて話し合いをしたのは、まさにこうした危機的状況に備えていたわけだ。

「いつしか歳月は流れた。昔の仲間はどんどん疎遠になっていったが、それでも私はあいつらに対して寛容な気持ちにはなれなかった。私は仕返しするチャンスを待った。そうこうするうちに、すっかり人が変わったようになってしまってね。奇妙な精神症状がいろいろと現れだしたのに気づいたんだ。いったい自分に何が起こっているのか、わけがわからなかったよ。もしかすると、生物学者がいう隔世遺伝のようなものなのかもしれない。私は他人が苦しむ姿を見ることに喜びを感じ始めたんだ。そういう光景を目にするたびに、体の奥底から快感が湧き上がるのを感じたんだ。それはやがて悪癖となり、私は機会さえあれば、いつでもその悪癖にふけるようになった。理解してもらえるとは思わない。だが少し前に、中西部で似たような事件があったのが新聞に出ていたよ。もしかすると病気なのかもしれない。精神障害の一種とかね。まあどうでもいいことだが。

「最近、偶然ある科学者と知り合ってね。友達になったんだが、すぐにお互いに共通点があることがわかった。カルノキも私と同じ、病的欲求を持っていたんだ。彼はこれまでに聞いたことのある毒とはまるで違う、実に驚くべき毒をちょうど発明したところだった。それは実際には、二つの異なる毒を組み合わせたもので、それぞれ単独では無害だが、一緒に使われると毒性を発揮する仕組みになっていた。片方は戦時中に行われたある実験から生み出されたもので、もう一方は、ホンジュラスの奥地に住むマヤ族の間で、何世紀にも渡って知られてきた、カモティージョと呼ばれる薬だった。友人はその二つの化合物に手を加え、できあがったものをカルソルと名づけた」

ルードは少し居ずまいを正した。その顔には熱に浮かされたような妙な活気が、いつとはなしに現れていた。

「カルノキがここにいないのが残念だ。あいつなら私よりももっと上手に、科学的な点について説明できたんだが。だが、これだけ理解してもらえばじゅうぶんだ。つまり、それぞれの化合物は、単体で使われた場合には軽い頭痛を生じさせるだけなのだ。致命的な効果を持たせるには、予備的な作用物質として働く毒のほうを、あらかじめ三、四回投与しておく必要がある。それによって体内で特定の反応が引き起こされ、二つ目の毒の作用がより強く現れるようになるのだ。予備的な働きをする毒のほうは、皮膚に刺したり、気化させたものを吸わせたり、食事に混ぜるなどして、相手が知らないうちに簡単に投与することができる。被害者は少し頭痛がするだけで何もわからない。自分の体内である変化が起こっていて、そのために二番目の毒が投与された途端、ポックリとあの世行きになろうとは、夢にも思わない」

ウィンダムがヘレンにチラッと視線を向けると、震えながら顔を背けるのが目に入った。

「いつの日にか」ルードが物思いにふけるように言った。「カルソルは、ピストルよりも洗練された方法で人を殺せるということで、殺し屋のピストルに取って代わり、その辺の殺し屋をみな廃業に追い込んでしまうかもしれないな。カルノキと知り合った時に、なぜ私が興味を引かれたかというと、この毒が私自身の状況で、ことのほか役に立つと思ったからだ。何しろ私は、密輪シンジケートにいた昔の仲間のことを、相も変わらず憎んでいたのだからね。あいつらの一人に自分の自白書を握られているかと思うと、どうにも落ち着かなかったし、もしも全員分、あるいは数名分でもいいが、やつらの自白書を手に入れられたら、大きな実利が得られるだろうと思いついたんだ」

「なるほど」カリガーがそっけなく言った。「自白書を入手して、昔の仲間をゆするつもりだったんだな」

「ゆするだなんて人聞きの悪い」ルードが異議を唱えた。「だがまあ、狙いはおおむねそんなところだったがね。昔の仲間はみな裕福になっていたから、支払うだけの余裕はあった。それに私はあいつら全員を憎んでいた。そのうえ、私はさっき話したあの病的欲求にも悩まされていた。そこで簡単に言うと、昔の仲間を恐怖によって支配する作戦に乗り出したんだ。多芸多才な男、ブレーズに手伝ってもらってね。やり方は簡単だった。一人ずつ当たって、持っている自白書を譲り渡すのと、嫌な目に遭うのと、どちらがいいかと迫ったんだ。ブレーズは私の病的欲求を満足させるような、かなり気味の悪いやり方でこちらの要求を伝えてくれたし、すぐに結果を持ち帰るとも約束してくれた。初回の毒は、こちらの要求を相手に伝えた時点で投与された。それから、要求をよりいっそうきっぱりと突きつけるために、拒否された場合には、「次の誕生日は決して迎えられないぞ」と脅しをかけられる時期を選んで実行した。すごく気の利いた心理作戦だったな、あれは。恐ろしい出来事が、特定の日に起こると告げられたら、どうしたってより強い印象を受けるものだが、その日が自分の人生で特別な意味を持つ日であれば、なおさらだからね。さあ」カリガーのほうを向いて、「これでわかっただろう。ブライズに間違えられて、ブレーズに肩を刺された時、どうして頭痛以外に何も感じなかったのかが」

「でも、誕生日のことはそれとはまったく関係がなかった」警部補が言った。「あれは気まぐれにつけたおまけに過ぎなかった」

「あんたが私の狙っていた獲物の一人だった場合は、話は別だ。その場合には、予備的作用をする毒がすでに投与されていただろうから、頭痛よりも悪いことが起こっていただろう。ウィンダム、お前にはこのもくろみが理解できただろう？　お前の万年筆の中身を、私が自分の血液に注ぎ込んだ時、お前がどれほど驚いていたか覚えているか？　もし事前に予備的作用をする毒が投与されていたら、私はたちまち命を落としていただろう。まあ全体を振り返ってみれば、このもくろみは予想以上にうまくいったのさ。昔の仲間のうち、三人がこちらの要求に応じ、そのうちの一人からは、うまいこと自分の自白書を取り戻すことができたんだからね。ほかのメンバーには拒否する者もいたが、その場合にも、こっちはたっぷり楽しませてもらったよ。ハードウィックさんについては――」

ルードはふたたび椅子に腰を下ろした。微笑みは少し陰ったものの、腫れ上がった上下の瞼の隙間には、みだらな光が覗いている。「もちろん、私の秘書の振りをしている間にハードウィックさんが誕生日を迎えたのは、単なる偶然だった。彼女の場合にも、私がそれまでに確立していた方法であくまで事を運ぼうとしたのは、ただの気まぐれに過ぎない。予備的作用をする毒は、食べ物に混ぜてあった。もし私の誘いを鼻であしらうようなことがあったら――半分はそうするだろうと予想していたが――殺してやろうと決めていた。ウィンダム、お前が邪魔さえしなければ、彼女はあの晩死んでいたんだ。バラの花でチクッと刺されてね。だがお前は勝った」ルードはぼんやりと含み笑いをした。「どうやら勝つのはいつもグレイ・ファントムらしい」

自分の犯罪について語る、ルードのさも満足げな語り口が生み出す魔法を振り払うかのように、ウィンダムは肩をすくめた。ふと肘に手の感触を感じて振り向くと、一組の目が、じっとこちらの目を見上げるようにして覗き込んでいた。その瞳の奥底には悲しみの影が潜んでいたが、にもかかわらず、眼差しは温かく優しかった。

「さっきお前は言っていたな」カリガーもルードがそばにいるのが落ち着かないらしく、ルードを横目で睨みながら、きっぱりとした口調で言った。「いつだってグレイ・ファントムが勝つのだと。ピンクの靴下を一足賭けてもいいが――」

「軽はずみにものを言っちゃダメですよ」ウィンダムが忠告した。「賭けに負けることだってあるんですから」

第二十八章　過ぎ去った影

その朝はこよなく美しく、陽光に満ちあふれ、かぐわしい風がそよいでいた。

「歩きましょうよ」ハンクと二人の逮捕者と共に、カリガーと地元の警察官が本土で待っていた車に乗り込むのを見届けてから、ヘレンが言った。「ずっと向こうのほうまで歩いてみましょうよ」興奮気味につけ加えながら指さすその先には、西の地平線沿いに連なる山々が、太陽の光を受けてキラキラと輝いている。

ウィンダムはヘレンを見た。彼女の顔はまだ少し青ざめていた。瞳には暗い影が差し、微笑みにさえも恐怖の跡がにじんでいる。この二晩のうちに積み重なった恐怖心を追い払うために、ヘレンはかぐわしくすがすがしい空気の中を、早足でたっぷり散歩する必要があった。

「そうだね。歩こう――そして忘れよう」

一時間の間、二人は並んで無言のまま歩いた。道は、辺り一帯に広がる、大聖堂の側廊のような、薄暗く神秘的な雰囲気を醸し出している森の中へと下っていった。肺から汚れた空気を取り除こうとするかのように、元気の回復を促す澄み切った空気を、二人はしきりに吸い込んだ。ほどなくして森が途切れた。製材用の鋸が立てる低いうなりを片側に聞きながら、二人はサラサラと心地よい音を立てて流れる小川に架けられた橋を渡り、小さな可愛らしい家がポツポツと立ち並ぶ村へと入っていった。

「雲一つない青空ね」顔を上げたヘレンは、光り輝く紺碧の広がりを見つめながらつぶやいた。「あなたと私にとって、これはいい兆候よ。だって私たちは、新しい一日を始めようとしてるんですもの、ファントムマン」そして少し笑ってから、より現実的な調子でつけ加えた。「私、腹ペコだわ！」

「ここに座ってごらん」道端の草むらを指しながらウィンダムが言うと、ヘレンは、ああくたびれたわ、とのんきにため息をつきながら腰を下ろした。「レストランを探してくるよ」

しかし、どうやら小さなこの町にはレストランは一軒もなさそうだった。下宿屋が二、三軒あり、建物正面の輝く白い壁が緑の葉の隙間から覗いていたが、朝食の時間は過ぎていた。丘の上の鍛冶屋の隣にあるガソリンスタンドの主人に尋ねると、一時間後には、最寄りの鉄道の駅に二人を連れていくための車を用意できるとのことだった。

ウィンダムはヘレンの元に戻った。「あそこで何か軽い食事がとれるかもしれない」南カスコ郵便局&雑貨店という看板を掲げた、楡の巨木の陰にある二階建ての背の高い建物を指しながら、ウィンダムが言った。中へ入ると、木製の椅子に座ってくつろいでいた人々が、興味を引かれたように二人を見た。背の高い、髭をきれいに剃った、少々神経質そうな、しかし目にはユーモラスな光をたたえた男が、キャンプに訪れていた、青いセーラー服に赤いネクタイ、ニッカーボッカー姿の少女の一団に、アイスクリームコーンを給仕していた。間仕切りの後ろでは、明るい茶色の髪を真ん中分けにした気立ての良さそうな顔をした女性が、朝の郵便物を配っている。

褐色に日焼けした顔の、銃弾すら跳ね返しそうな泰然自若とした大男が、新たに到着した二人のほうへよたよた歩いてやって来ると、どこか物悲しい声で、どんなご用でしょうと尋ねた。

「ええと——塩味のクラッカーをいただこうかしら」疑わしげに辺りを見渡しながら、ヘレンが言った。「それからイワシの缶詰を一つ」

「それと、ジンジャーエールを二本」ウィンダムが口を挟む。

大男は頭の横をポリポリと掻くと、間仕切りのほうを見た。「おい、バーサや、塩味のクラッカーはどこさね？」

「誰が欲しがってるんだい？」郵便局長はうんざりしたような、しかし驚くほどよく響く声で答えた。

「わからんよ」大男は白状した。

「まったく、あんたのすぐ目の前にあるじゃないか。頼むよ、ウェストコット、あんた目が見えないの？」郵便袋をドサッと床に開けた音には、穏やかな非難が込められていた。

続いてイワシと飲み物が運ばれてくると、二人は後ろにあった二つの釘樽に腰を下ろした。クラッカーが給仕され、ウェストコットは二人のそばをうろついていたが、釣りをしに来たのかと恐る恐る尋ねると、先週の土曜日にいい獲物を七匹釣り上げたことを、さりげなく二人に伝えた。

「こうして見ていると」クラッカーとイワシを頬張りながら、ヘレンがのどかな店内の光景に手をかざして言った。「まるでマーカス・ルードなんて、最初からいなかったような気がするわ」

「よかった！」ウィンダムが叫んだ。「君にはやつのことなんか忘れて欲しいんだ。イワシをもう一匹どう？」

「一つ、心配なことがあるの」少し間を置いたあと、ヘレンが打ち明けた。「私と一緒に泥棒に入った、ジミー・マーラーはどうなったのかしら」

「ニューヨークに戻ったらすぐに調べてみよう。きっと釈放されていると思うけどね。ルードには彼を告訴する理由なんて、ありっこないんだから」

「じゃあ、トビー・グレンジャーはどうなの？」

トビーのひょろりとした姿と、燕尾服の裾ポケットから出てくる驚くほど雑多な数々の品を思い出して、ウィンダムは微笑んだ。「ああ、あいつに煩わされることはもう二度とないさ。警察はブレーズを通じて、あいつを捜し出せるからね。卑怯者同士のことだ、おそらくお互いに不利な証言をし合うだろうよ」

真っ赤な顔をした若者が、のっそりと店に入ってくると、自分宛の手紙が届いていないかと尋ね、帰りしなに缶詰の山をひっくり返していった。ウェストコットは散らばった缶を悲しげに見つめた。「まったく何てことさね！」これ見よがしに嘆きながら、缶をふたたび積み始める。「あのクリフってやつは、しょうがねえ野郎だ」

「それじゃあ、あの恐ろしい男、カルノキは？」とヘレン。

「あいつはルードと同じタイプの偏執狂だ。警察はカルノキも捕まえるだろう。居所はルードが知っているし、ルードは共犯者を裏切るのをためらうようなタイプじゃないからね。何かほかのことを話そうよ。たった今入ってきた、あの風格のある老人を見てごらん」

しわだらけの顔にもじゃもじゃの髭を生やし、落ち窪んだ目をいやに物欲しげに光らせた、腰の曲がった老人が店に入ってきて、ポケットから細長い財布を取り出すと、震える手で五セント硬貨と一セント硬貨を数個数えながら取り出した。ごま塩の頭を左右に振って、待ち人を捜している。

「ビルかい？」キャンディー売り場にいたはにかみ屋の若い女性から、しぶしぶ視線を外しながら、ウェストコットが尋ねた。

「調子はどうさね？」

年配の紳士は用を告げた。ウェストコットはまごつきながら周囲を見回すと、間仕切りのほうを向いた。「おい、バーサや、塩漬けニシンはどこさね？」

「誰が欲しがってるんだい？」

「ビル・ワトキンズじゃよ」

「あんたの目の前にあるよ、ウェストコット」

ヘレンは相棒の腕に触れると、きっぱりと言った。「もう気分がよくなったわ。ここの人たちの優しそうな顔と、風変わりな面白いやり取りを見ていたら、世の中そう悪いことばかりじゃないんだってことを思い出させてもらったわ。さあ、行きましょうか」

二人は歩いて外に出た。楡の巨木の陰に立って辺りを見渡すと、小さな町が陽光を受けて美しく輝いている。ウィンダムは振り返り、温かく優しい微笑みをたたえたヘレンの瞳をじっと見つめた。

「そうよ」ふたたび空を見上げながら、ヘレンがふと思いついたようにつぶやいた。「黒雲はみな消え去ったのよ。何て素晴らしいのかしら！」

「素晴らしい！」そうヘレンの言葉を繰り返したウィンダムは、彼女の目から暗い影が消えていることに気づいていた。

訳者あとがき

本書は、一九二〇年代から一九三〇年代にかけてアメリカで活躍した作家、ハーマン・ランドン（一八八二〜一九六〇）の〈怪盗グレイ・ファントム〉シリーズの中の、『灰色の魔法』（原題“Gray Magic”）を全訳したものです。

底本には、一九二五年にA. L. BURT COMPANYから出版された初刊本を使用しました。

ハーマン・ランドンは、一八八二年五月七日にスウェーデンのストックホルムで生まれ、一八九九年にアメリカへ移住。一九〇二年に新聞記者となり、後年にはワシントン・ヘラルド紙の編集長を務めました。創作活動にも意欲的に取り組んでいた彼は、怪盗グレイ・ファントムと侠盗ピカルーンのシリーズによって欧米で人気を博し、短編を含む数多くの作品を残しています。日本でも、戦前戦後を通じて、妹尾韶夫、横溝正史、江戸川乱歩らにより紹介され、読者から大変な好評をもって迎えられました。一九二七年には、ランドン原作の無声映画『黄金の弾丸』が制作されていることからも、当時の人気ぶりやその影響をうかがい知ることができます。

Gray Magic
(1925,A.L.Burt Company)

本作は、義賊であるグレイ・ファントムが、宿敵マーカス・ルードの悪業を阻止するために、次々と謎や危機に遭遇しながらも、知恵と勇気を駆使して恋人ヘレンと共に戦い抜き、最後には勝利をおさめるという、プロットの変化に富んだ、読後感さわやかな冒険活劇です。

ある嵐の晩、ヘレンを助手席に乗せて山道を猛スピードで飛ばしていたアリソン・ウィンダム（別名グレイ・ファントム）は、崖から転落する大事故に遭います。しかし、事故のあとで彼が目を覚ました場所は、病院ではなく、メイン州の無人島にある屋敷内の一室でした。なぜ事故が起こったのか。自分は一体何をしていたのか。断片的な記憶しかない彼の前に、召使いと名乗る男が現れてこう告げます。あなたは脱獄囚のアラン・ホイトです。グレイ・ファントムは、車の転落事故に遭って死んだのです——。

この男の企みは何なのか。疑念を抱くウィンダムの前に、今度は謎の助言者が姿を現し、島を脱出してニューヨークへ戻るよう促します。その頃、ニューヨークでは未知の毒によると思われる謎の中毒死事件が相次いで発生し、裕福で健康な人たちが次々と不可解な死を遂げていました——。

物語の中で、悪党マーカス・ルードに立ち向かうグレイ・ファントムとヘレンは、次々と謎めいた出来事に遭遇し、絶体絶命の窮地に何度も立たされます。こうしたハラハラドキドキさせる展開と、渦中にある登場人物たちの巧みな心理描写によって、ランドンは読者をぐいぐいと物語の世界に引き込んでいきます。

やがて、主人公たちが危機を乗り越えて勝利を収め、すべての謎がすっきりと解き明かされる大団円を迎えると、読者は主人公たちと同じように、一つの冒険を成し遂げた達成感と、頭上に垂れ込めていた暗雲が霧消したかのような、晴れやかなすがすがしい気分を味わうのです。当時グレイ・ファントムのシリーズが人気を博した所以は、魅力的なキャラクター設定に加えて、こんなところにあるのではないでしょうか。

ところで、キャラクター設定についてですが、前述のとおり、本作品は〈怪盗グレイ・ファントム〉シリーズ中の一作品であるため、主人公であるグレイ・ファントムの過去については、簡単にしか触れられていません。そこで、邦訳のあるシリーズ中の別作品、『灰色の幻』（妹尾韶夫訳、博文館、一九四〇年、原題"Gray Phantom", 1921）に記されている内容を、少し長くなりますが、ここでご紹介したいと思います。（余談になりますが、同作品の江戸川乱歩による抄訳が、一九五五年に『灰色の幻』、一九六三年に『あばかれた秘密』としてポプラ社から刊行されていますが、いずれも挿絵と奥付、乱歩の序文にある書籍タイトル以外は、まったく同じ内容です。昭和三十年代のポプラ社では、このような体裁はよくあることだったそうで、関係者の証言によれば、別作品と思って購入した読者からクレームが入り、その後は増刷の表示をするようになったということです。）

この作品の中で、博物館長で考古学の権威でもあるヘレンの父親ハードウィック氏は、グレイ・ファントムのことを、「不敵な大胆さと明敏な頭脳を兼ね備えた悪党」で、「数年前から世界中で一番危険な恐ろしい悪漢として知られている」と語っています。しかし、愛娘ヘレンの命を二度も助けてもらっていることから、グレイ・ファントムに感謝しており、「英雄崇拝の念が強く、力に満ちていると同時に、優しさのある男が好きな」ヘレンが、ファントムに惹かれていることについても、「お前くらいの年頃の女というものは、過去の暗い生活から逃れようと努める英雄的人物に感心しやすいものだ」と理解を示しています。

また、ファントムについて、ランドンは次のような説明をしています。

過去における彼は、さながら悪戯好きのロビン・フッドのように、次から次と素晴らしい冒険を演じて来た。私欲を目的とせず、ただ止むに止まれぬ興奮を求める心を満足させるために、世人をして息を殺して喘がしめるような芝居を実演して来たのである。警官はいつも煙に巻かれて、なすところを知らなかった。そして歯軋りしたり、舌打ちしたりしながらも、しかも「灰色の幻《グレイ・ファントム》」の態度の堂々たること、被害者が極《きま》り切って、かえって「灰色の幻《グレイ・ファントム》」より悪人なることを認めざるを得なかった。

それはまるで狂的な酒宴のようなもので、「灰色の幻《グレイ・ファントム》」はそれによって生来の興奮に対する渇仰を満足さすことが出来たのである。彼はいつも右手で取ったものを、左手で散らした。病院、孤児院、家畜愛護会、その他の慈善協会は、発送人のわからぬ不思議な寄付金を受け取った。寡婦、病人、貧民は、意外な贈り物を手にして、奇跡の日の再来を信ずるようになった。屋根裏に飢える夢想家や、貧と戦う発明家は、不思議な助力を得て、危機を切り抜けることが出来た。

それほどの仕事をしながら、出没自在の「灰色の幻《グレイ・ファントム》」は、いつも最も明敏なる探偵の目を逃れ回るので、彼の人物は益々神秘的の色彩でいろどられるに至り、迷信家なぞは、彼は現実に存在する人物ではなくて、何物かの影であると噂するまでになった。けれども彼はその初期において、ただ一度逮捕され、世人をして、彼もやはり実在の人物でことを悟らしめたが、すぐまた数日のうちに脱出したので、畏敬の念に打たれた警官たちは、声をひそめて、彼が演じた無数の早業《はやわざ》を噂し合った。（読みやすくするために、旧仮名遣いと旧漢字を現代仮名遣いと新漢字に変えてあります）

そんな彼も、やがて生活を変えて、人里離れた丘の上で、蘭の栽培という道楽に興じながら、静かな隠遁生活を送るようになります。その原因となったのが、感じやすいロマンチックな気性と、突発的で冒険的な気性を併せ持った美しく賢い女性、ヘレンでした。

ヘレンに出会い、心奪われ感化されて、グレイ・ファントムは正しい道を踏みたいと強く願うようになったのです。その後、彼は悪党たちを相手に、自分の過去を清算するための冒険を、ヘレンと共に繰り広げるようになります。

警察に追われる身でありながら、正義感と優しさと男気にあふれ、不敵な大胆さと明敏な頭脳で悪と戦うグレイ・ファントムは、警察にさえ一目も二目も置かれ、老若男女問わず多くの人に愛される、魅力に満ちたヒーローなのです。

次に、この小説の舞台であるメイン州とニューヨーク市マンハッタンのうち、より馴染みが少ないと思われるメイン州について、簡単にご紹介したいと思います。

アメリカで最も北東に位置するメイン州は、全土の八九パーセントが森林に覆われた緑豊かな州で、「松の木」のニックネームで呼ばれています。北はカナダ、南と東は大西洋に面し、海岸線の美しさで知られています。

内陸には森のほかに湖や川も多く、作中に登場するフライ島は、州の人口最大都市ポートランドの西方約四〇キロメートルにある、セベーゴ湖に浮かぶ千エーカーほどの大きさの島です。現在はフェリーが運航していますが、十一月から四月の間は、厚い氷に閉ざされ、船の行き来ができなくなることから、初夏から初秋にかけてのみ人が訪れるリゾート地となっています。

物語の中で、ハンクがグレイ・ファントムにフライ島からの脱出方法を伝えようとして、かつてインディアンに追われ、追いつめられたキャプテン・フライが、のちにフライズ・リープと呼ばれることになる崖から湖に飛び込んで、からくも追手から逃れ、フライ島にたどり着いたという逸話を語るシーンがあります。この伝説ですが、現在も変わらずに語り継がれており、危険なため法律で禁じられているにもかかわらず、今でも多くの人が同じことを試そうと、このフライズ・リープを訪れているそうです。

以前、休暇でメイン州を訪れたアメリカ人の知人から、漁船に乗ってロブスター漁を楽しんだという話を聞いたことがありましたが、メイン州はロブスターやハマグリといった海産物料理が美味しいことでも有名です。またその際、お土産としてL.L.Beanのグッズをもらったのですが、アウトドア用品メーカーとして有名なL.L.Beanの本店も、ここメイン州にあります。今年で創業百三年になるL.L.Beanが最初に開発した商品が、湿地の多いメイン州の森を快適に歩くために作られたラバーソールのブーツ、《ビーン・ブーツ》です。グレイ・ファントムが「幾世代もの松葉がじゅうたんのように敷き詰められた」フライ島の森の小道を歩いている最中に道に迷い、疲労困憊した時も、このビーン・ブーツを履いていたら、もっと楽に歩けたのかもしれませんね。

この物語の中で、ヘレンと共に密室に閉じ込められたグレイ・ファントムが、古代エジプトのファラオの石棺に腰かけながら、「時間ってすべてを風化させてしまうみたいだよね。長い目で見たら、悲しい出来事はおとぎ話に、棺は緊急時のソファに変わってしまうんだから」とヘレンに語りかけるシーンがあります。それに対してヘレンは、「あなたと私のことも、いつか誰かがおとぎ話にするのかしら」とつぶやきます。

この作品が九十年前に書かれたものであることを知る私たちには、この二人のセリフはどこか切ないものに響きます。どんな経験や想いも、自分たちの存在と共にやがては風化し消え去っていくのだろうと、未来に思いをはせる若い二人の、その未来自体がすでに、今を生きる私たちにとっては過去のものであることを知っているからです。

けれども、この古い作品は本当に過去のものになってしまったのでしょうか？

私にはそうは思えません。

当時と変わらぬ美しさを湛えるメイン州の豊かな自然を目にする時、そして、「一人の人間が達成できたことならほかの人間にも達成できる」と固く信じていたグレイ・ファントムと同じ信念をもって、フライズ・リープから果敢に湖に飛び込む今の若者たちの姿をYouTubeで見る時、私たちは、絶え間なく移り変わりゆく世の中にあっても、風化することなく変わらずに生き続けるものがあることを実感するのです。

この『灰色の魔法』は、ハイテク機器など何もなかった時代に書かれた作品です。登場する小道具も極めて単純なものばかりです。しかしながら、人間の心理は九十年前も今も変わりません。だからこそ、ランドンの生み出したこの物語が、今も変わることなく、読む者の心にスリルや恐怖、安堵や喜びといった様々な感情をかきたて、時代を超えて人々を魅了し続けるのでしょう。

最後になりましたが、本書翻訳の機会を与えくださった井伊順彦氏と論創社編集部の黒田明氏に深くお礼を申し上げます。

英文学者である井伊順彦氏は、〈論創海外ミステリ〉の創刊当初から翻訳に携わってこられたベテラン翻訳者であり、編集者の黒田明氏に私を推薦してくださいました。

また、黒田明氏には訳出にあたり、貴重な資料や知見を賜りました。

ありがとうございました。

それから、長期にわたる翻訳の仕事を陰で支えてくれた、家族や友人たちにも感謝の意を捧げたいと思います。ありがとう！

いつかこの本を、甥や姪、そして次の世代の子どもたちが、手に取って楽しんで読んでくれる日が来ることを願ってやみません。

二〇一五年八月

〔訳者〕
中勢津子（なか・せつこ）
獨協大学外国語学部英語学科卒業。訳書に『ベスト・アメリカン・短篇ミステリ 2012』（共訳、DHC）、『英国モダニズム短篇集 1　自分の同類を愛した男』、『英国モダニズム短篇集 2　世を騒がす嘘つき男』（いずれも共訳、風濤社）がある。

灰色《はいいろ》の魔法《まほう》
——論創海外ミステリ 154

2015年8月25日　初版第1刷印刷
2015年8月30日　初版第1刷発行

著　者　ハーマン・ランドン
訳　者　中　勢津子
装　画　佐久間真人
装　丁　宗利淳一
発行所　論 創 社
〒101-0051 東京都千代田区神田神保町 2-23 北井ビル
電話 03-3264-5254　振替口座 00160-1-155266

印刷・製本　中央精版印刷
組版　フレックスアート

ISBN978-4-8460-1454-4
落丁・乱丁本はお取り替えいたします